HERMES

在古希腊神话中,赫耳墨斯是宙斯和迈亚的儿子,奥林波斯神们的信使,道路与边界之神,睡眠与梦想之神,亡灵的引导者,演说者、商人、小偷、旅者和牧人的保护神……

西方传统 经典与解释 **HERMES**
Classici et Commentarii
德意志古典传统丛编
Library of the German Classical Traditon

刘小枫◎主编

尼伯龙人
—— 德意志悲剧

Die Nibelungen
Ein deutsches Trauerspiel

［德］弗雷德里希·黑贝尔 Friedrich Hebbel ｜ 著

裘宇飞 ｜ 译

华夏出版社

古典教育基金·"传德"资助项目

"德意志古典传统丛编"出版说明

　　德意志人与现代中国的命运有着特殊的关系：十年内战时期，国共交战时双方的军事顾问都一度是德国人——两个德国人的思想引发的中国智识人之间的战争迄今没有终结。百年来，我国成就的第一部汉译名著全集是德国人的……德国启蒙时期的古典哲学亦曾一度是我国西学研究中的翘楚。

　　尽管如此，我国学界对德意志思想传统的认识不仅相当片面，而且缺乏历史纵深。长期以来，我们以为德语的文学大家除了歌德、席勒、海涅、荷尔德林外没别人，不知道还有莱辛、维兰德、诺瓦利斯、克莱斯特……事实上，相对从事法语、英语、俄语古典文学翻译的前辈来说，我国从事德语古典文学翻译的前辈要少得多——前辈的翻译对我们年青一代学习取向的影响实在不可小视，理解德意志古典思想的复杂性是我们必须重补的一课。

古典文明研究工作坊
西方经典编译部乙组
2003年7月

目 录

中译本导读 …………………………………………………… 1

献辞 …………………………………………………………… 1

肤如龙鳞的西格夫里特 ……………………………………… 4

西格夫里特之死 ……………………………………………… 33
    第一幕 ………………………………………………… 34
    第二幕 ………………………………………………… 46
    第三幕 ………………………………………………… 69
    第四幕 ………………………………………………… 92
    第五幕 ………………………………………………… 119

克里姆希尔德的复仇 ………………………………………… 145
    第一幕 ………………………………………………… 146
    第二幕 ………………………………………………… 175
    第三幕 ………………………………………………… 203
    第四幕 ………………………………………………… 230
    第五幕 ………………………………………………… 268

附录 一部关于灾难想象的悲剧（米夏埃尔·耶格）………… 295

中译本导读

尼伯龙人的传说是德语文化背景下家喻户晓的神话故事。自十八世纪至今,有许多作者都创作过以这一传说体系为题材的戏剧作品,而其中影响力最大的,则是瓦格纳(Richard Wagner)的四联歌剧《尼伯龙族的指环》(*Der Ring des Nibelungen*)和黑贝尔(Friedrich Hebbel)的"德意志悲剧"《尼伯龙人》(*Die Nibelungen*)三部曲。瓦格纳的歌剧主要取材于北欧的《萨迦》(*Saga*)和《埃达》(*Edda*),具有更强烈的神话色彩;而黑贝尔的话剧则以中古德语史诗《尼伯龙人之歌》(*Das Nibelungenlied*)为蓝本,神话中的力量并没有直接出现,更接近于以古代宫廷为背景的传奇。将这部剧作译介到国内,一方面有助于国内的读者更全面地了解传统传说在近代德国的接受史,另一方面也能使更多读者对黑贝尔这位十九世纪的重要作家有进一步的认识。

黑贝尔简介及《尼伯龙人》的创作背景

克里斯蒂安·弗雷德里希·黑贝尔于1813年3月18日生于德国北部荷尔施泰因(Holstein)的韦瑟尔布伦镇(Wesselburen),他的父亲是一名泥瓦匠。黑贝尔年少时家境贫寒,未能接受完整的教育。但是,他之后在作为抄写员在教区长官莫尔(Mohr)家工作时,接触到了较为丰富的书籍,这段经历对他走上文学创作的道路产生了重要的影响。黑贝尔在这段时期开始发表诗歌。1832年,他在女作家寿佩(Amalie Schoppe)主编的刊物上发表的作品使他得到了寿佩的赏识。在寿佩的资助下，黑贝尔于 1835 年前往汉堡工作，并在那里结识了爱丽斯·棱幸（Elise Lensing），他们两人在随后许多年中都保持着生活伴侣的关系。

1836 年，黑贝尔获得了一笔奖学金，前往海德堡大学学习法律，但不久之后即中断学业，取道斯图加特徒步前往慕尼黑学习哲学。这段时期他寄居在一个木匠家中，生活非常艰辛。1839 年，黑贝尔在慕尼黑的生活难以为继，于是再度徒步踏上旅程，返回汉堡。旅途的劳顿使他大病一场，在棱幸的照料下才得以恢复健康。1840 年，黑贝尔与棱幸的第一个孩子出生了，同年他在戏剧创作方面也取得了最初的成就：他的第一部悲剧，取材于《圣经》故事的《犹滴》（*Judith*），在柏林的首演获得成功，一年后剧本被刊印，黑贝尔随之声名鹊起。在这之后他陆续创作的其他戏剧作品也获得了良好的声誉。

1842 年黑贝尔的第一部诗集出版。同年，他前往丹麦，国王克里斯蒂安八世（Christian Ⅷ）提供了一笔资助，使他得以前往巴黎游历。在巴黎，黑贝尔与海涅（Heinrich Heine）等作家有了接触和交往。1843 年，黑贝尔完成了市民悲剧《玛丽娅·玛格达蕾娜》（*Maria Magdalena*），但他的长子也在这一年不幸夭折。尽管 1844 年棱幸又为黑贝尔产下次子，但黑贝尔仍然没有承诺与她结婚。从 1844 年到 1846 年，黑贝尔大部分的时间都在对意大利的游历中度过。

从 1846 年起，维也纳成为黑贝尔的第二故乡。他结束了在意大利的游历之后，来到维也纳定居，并与当时已颇有声誉的演员克里斯蒂娜·恩格豪森（Christian Engehausen）结婚。这对他先前的生活伴侣爱丽斯·棱幸来说是巨大的打击，幸运的是，克里斯蒂娜后来促成了黑贝尔与棱幸的和解。黑贝尔与克里斯蒂娜育有两个孩子。

在定居维也纳之后，黑贝尔的生活逐渐稳定、宽裕起来，他也由此进入了创作的黄金时期，取得了较多重要成就。埃尔朗根大学授予了黑贝尔哲学博士的学位，他的悲剧作品《希律王与米利暗》（*Herodes und*

Mariamne)、《阿格妮丝·贝尔瑙厄》(*Agnes Bernauer*)、《吉格斯和他的指环》(*Gyges und sein Ring*)以及《尼伯龙人》等也都是这一时期的创作成果。1863年黑贝尔凭借剧作《尼伯龙人》获得了席勒奖。

在文学界围绕着黑贝尔的争议始终未曾中断。例如，他与施蒂福特(Adalbert Stifter)等作家多有激烈的论战，而将他的剧作《吉诺维娃》(*Genovena*)改编为歌剧的音乐家舒曼(Robert Schuman)则将黑贝尔视为当代最大的天才。

此外，黑贝尔还是一位非常关注社会和政治的作家。一方面，他同情1848年革命，但另一方面，他又对激进的民主化进程持有怀疑态度，不希望看到君主政体的瓦解。1849年，他曾经希望能够参与法兰克福国民议会，但是没有成功。

早年的生活磨难及坎坷经历对黑贝尔的健康状况造成了严重的影响：他患上了久治不愈的风湿病，后半生一直受着这种病痛的折磨。1863年12月13日，黑贝尔在维也纳去世，享年50岁。

《尼伯龙人》三部曲是黑贝尔完成的最后一部剧作。在黑贝尔之前，以尼伯龙人传说为题材的戏剧作品大都受到浪漫文学的影响，或歌颂爱情，或赞美忠诚，人物和情节容易流于模式化，文学价值不高，生命力也不强。黑贝尔在1835年左右就阅读过史诗《尼伯龙人之歌》，而在创作《尼伯龙人》之前，也接触到有关这一类题材的戏剧作品，例如富凯(Friedrich de La Motte Fouqué)的《北方英雄》(*Der Held des Nordens*)、劳帕赫(Ernst Raupach)的《尼伯龙人的财宝》(*Der Nibelungen-Hort*)、盖贝尔(Emanuel Geibel)的《布伦希尔德》(*Brunhild*)等，但他对这些作品并不满意。从1855年秋季起，黑贝尔开始着手对尼伯龙人传说进行系统和深入的研究，准备以此为题材撰写剧作。不过，《尼伯龙人》的创作进行得并不顺利，经历过多次中断和删改，甚至黑贝尔自己也曾怀疑过是否能完成这部剧作。直到1860年3月22日，《尼伯龙人》的剧本才最终完稿。1861年1月31日，三部曲的前两部在魏玛首演，之后全剧于5月16至18日上演，获得了巨大的成功。1862年，《尼伯龙人》的剧本在汉堡出版。

剧情梗概及黑贝尔对史诗和传说的改编

《肤如龙鳞的西格夫里特》（*Der Gehörnte Siegfried*）是整个故事的引子。尼德兰王子西格夫里特（Siegfried）来到勃艮第王城沃尔姆斯（Worms），希望向公主克里姆希尔德（Kriemhild）求婚。与此同时，克里姆希尔德的长兄，勃艮第国王恭特（Gunther）也计划求娶冰岛女王布伦希尔德（Brunhild）。但只有在比武中战胜布伦希尔德的人才能娶她为妻，于是西格夫里特与恭特约定，由西格夫里特用自己过去在冒险中得到的隐身斗篷帮助恭特赢得与布伦希尔德的比武，以此作为迎娶克里姆希尔德的条件。

《西格夫里特之死》（*Siegfrieds Tod*）的情节从恭特一行人来到冰岛向布伦希尔德求婚展开。西格夫里特按照约定帮助恭特在比武中战胜了布伦希尔德，于是在返回沃尔姆斯后，恭特将妹妹许配给了西格夫里特。这一点引发了布伦希尔德的怀疑。之后，西格夫里特又再次帮助恭特在婚房中制服布伦希尔德，并取走了她的腰带。这条腰带之后被克里姆希尔德得到，成为悲剧的导火索。在观看比武时，克里姆希尔德与布伦希尔德为各自丈夫的地位争吵起来，布伦希尔德将西格夫里特称作恭特的臣仆，而愤怒的克里姆希尔德则取出了腰带，说出了布伦希尔德被征服的真相。布伦希尔德深感自己受到了侮辱，要求勃艮第王室为她复仇，于是恭特的封臣哈根（Hagen）向王后承诺杀死西格夫里特。由于西格夫里特曾经在战胜毒龙之后以龙血沐浴，使全身除了背上一处因有椴树叶掉落覆盖而没有沾染龙血的地方之外完全刀枪不入，所以哈根若要达到目的必须采取暗杀的手段。他伪造了丹麦与萨克森即将入侵的消息，又向克里姆希尔德保证自己会在战场上掩护西格夫里特，诱使克里姆希尔德向他透露了西格夫里特背上没有沾染龙血的位置,之后在狩猎时趁西格夫里特俯身饮水,用长矛从背后将其刺杀。在西格夫里特的葬礼上,他的伤口重新流出鲜血,证实哈根就是杀害他的凶手。克里姆希尔德决心为亡夫复仇。

《克里姆希尔德的复仇》(*Kriemhilds Rache*)发生在多年之后。克里姆希尔德利用西格夫里特留给她的尼伯龙财宝为自己收买盟友,而觉察到此事的哈根设计将财宝从她那里夺走以阻止她借此复仇。匈人国王艾柴尔(Etzel)在妻子荷尔契(Helche)去世后,派遣封臣吕狄格(Rüdiger)去向克里姆希尔德求婚。克里姆希尔德意欲借助艾柴尔的力量为西格夫里特复仇,于是在得到了艾柴尔与吕狄格都不会拒绝她的任何要求这一许诺之后,同意与艾柴尔成婚,并与他生育了一个儿子。她邀请自己的族人前往匈人的王国参加夏至庆典,实则策划向他们发动袭击。在前往匈人王国的路上,恭特与克里姆希尔德最年轻的弟弟吉赛海尔(Giselher)爱上了吕狄格的女儿,两人随即订婚。在夏至日庆典上,克里姆希尔德命匈人突袭勃艮第人带来的侍从,引发战端。勃艮第人与匈人之间爆发了一场血腥的大战,双方都损失惨重。克里姆希尔德要求吕狄格兑现承诺,为她作战;吕狄格虽然已经与勃艮第王族联姻,但无奈之下也只得参战,并死于大战之中。最后,客居于艾柴尔宫廷中的迪特里希(Dietrich)俘获了恭特和哈根。为了从哈根口中问出尼伯龙财宝的下落,克里姆希尔德下令将恭特处死,而哈根仍然拒绝透露秘密,于是克里姆希尔德又将其手刃。迪特里希的武器总管希尔德勃兰特(Hildebrant)无法忍受克里姆希尔德的滥杀行为,拔剑刺死了她,整部悲剧就此落幕。

黑贝尔的《尼伯龙人》在情节发展上基本参照了史诗《尼伯龙人之歌》,但是,剧作的精神内核却与中世纪的史诗有着相当大的差异。

《尼伯龙人之歌》成书于十三世纪初,其中的价值观念具有浓厚的封建宫廷文化色彩。史诗对人物的评判标准主要在于是否符合封建采邑制度下的秩序——亲族之间、夫妇之间、领主与封臣之间彼此负有责任，而宫廷的秩序正是借由忠诚义务才得以维系。民族和宗教在史诗中虽然有所涉及，但并不是主要的矛盾所在：史诗中所描述的勃艮第、尼德兰、冰岛与匈人的宫廷，尽管宗教信仰不同，然而运作的方式大体上都是一致的，而且史诗也并没有将信仰异教的匈人塑造成恐怖的蛮族，信奉基督教和信奉异教的骑士们在艾柴尔的宫廷中完全可以和睦共处。

但是，在黑贝尔的《尼伯龙人》剧作中体现的则是作家自己面对变革中的十九世纪，对历史与社会的深刻反思。黑贝尔受到康德、谢林和黑格尔的哲学美学观点以及叔本华的悲观主义影响，在进行戏剧创作时也体现出悲观主义的色彩。他对以荣誉为目标的暴烈战斗和忠诚观念都持有批判的态度，而推崇以悲悯、自省为核心的带有基督教色彩的道德观。因此，与中世纪的史诗相比，在《尼伯龙人》中，宗教信仰的冲突以及与之伴生的价值观冲突被提升到了更为重要的地位上。

黑贝尔结合西方历史上多神原始信仰的没落与基督教的崛起对史诗进行了改编：勃艮第与冰岛的宫廷在名义上皈依了基督教，但人们的行为方式却仍然保留着上古时代遗留下来的好勇善斗的习性；艾柴尔的形象则融合了历史上的匈人国王阿提拉（Attila）的特点，他的宫廷是刚刚走出蛮荒的游牧部族对"文明社会"的一种模仿。

黑贝尔剧作中理想的英雄并不是英勇无敌却意气用事的西格夫里特，不是不惜代价忠于真爱的克里姆希尔德，不是将君臣忠节置于道德之上的勃艮第王族，不是在马背上征服四方的艾柴尔，而是虽然拥有强大的力量却能够自我控制、不到万不得已时不使用武力的迪特里希。为了塑造出这个形象，黑贝尔甚至删去了史诗中迪特里希被叔父排挤、战败流亡的背景经历，将他来到艾柴尔宫廷中的理由改编成对自己的考验和历练，并在一切都结束之后，让迪特里希"背负起世界"，成为将要到来的新时代——一个人们遵循道德而非以荣誉为行事准则的新时代——的领袖。

此外，民族这一主题在《尼伯龙人》中也得到了比在史诗中更多的强调。一方面，黑贝尔的观念和态度存在着时代的局限性，他将"来自亚细亚的"匈人塑造为贪财、粗野的乌合之众，在一定程度上带有"黄祸论"的色彩，而另一方面，剧中对勃艮第人的塑造也体现了黑贝尔对当时盛行于德国的民族主义的反思。《尼伯龙人之歌》自十八世纪以来一直被视为德国的"民族史诗"，而其中所展示的实为封建宫廷秩序一部分的忠诚也被视为德意志民族的美德，但实际上这种忠诚却正是最终导致所有主要人物死亡的缘由。从剧作的副标题"德意志悲剧"可以看出，黑贝尔对于推崇"尼伯龙人的忠诚"这种现象怀有深深的隐忧，这种忧患意识通过种种人性悲剧被展现了出来；若德意志人仍然将极端化的忠诚与荣誉感视为民族美德，在民族主义思潮，甚至是崇尚武力、不断扩张的道路上继续走下去的话，尼伯龙人的悲剧或许就将在德意志人身上重演。事实上，当我们回顾第二次世界大战的历史时，会发现这种隐忧在二十世纪的德国演变为现实：纳粹德国热衷于宣传被他们所扭曲过的尼伯龙人传说，最终不仅给德国，也给整个欧洲带来了深重的灾难。

对翻译过程的说明

《尼伯龙人》是一部按照无韵诗的格律所写成的诗剧，也就是说，这部剧作的每一诗行都由五个抑扬格音步（一个非重读音节与一个重读音节相连）构成，但行尾并不押韵。诗剧对诗行的划分并非按照自然分行进行——有时一个诗行中会包含来自不同角色的几句较短台词，有时一句较长的台词会被划分成多个诗行；而且，为了符合格律，有时还会对句子的语序或单词的音节作出调整。另外，舞台说明不计入诗行之中。这种格律很难完整地通过翻译在中文中得以还原，因此我在翻译时遵循的基本原则是：在使译文符合中文语言习惯的基础上，尽量对原文的语义内容进行直译并保留原文对诗行的划分，但不再追求诗行之间音节数目的相等。

另外，《尼伯龙人》涉及了相当多的对于当代非德语母语读者来说较为陌生的内容，其中包括来自史诗和神话的典故、传统习俗、历史事件等等。对于这些内容，我在参阅了相关资料（主要包括由理查德·维尔纳 [Richard Werner] 作注的 1901—1903 年版黑贝尔作品全集和由阿尔弗雷德·诺依曼 [Alfred Neumann] 作注的 1902 年版《尼伯龙人》），并请教咨询了柏林自由大学的米夏埃尔·耶格（Michael Jaeger）博士（曾为柏林德意志剧院 2009、2010 年版《尼伯龙人》担任文学指导）后进行了注释，以方便中文读者理解。

在此衷心感谢所有对我的翻译工作给予指导、帮助的老师、同学以及华夏出版社的各位编辑，也恳请各位读者对翻译中出现的失误和不足之处不吝赐教。

献给我的妻子克里斯蒂娜·亨利叶特，原姓恩格豪森*

那是五月里一个明媚的日子；
稚气未脱的我走进花园，
在桌子上找到了一本古书。
我一将它翻开，就被深深吸引，
仿佛中了魔咒一般。那样的魔咒 5
一旦开头，即使从稚子口中念出，
就得按照魔鬼的法则，一直念到结尾，
无论它多么令人畏惧。我取走了那本书，
悄悄躲进最隐蔽的凉亭，
读起了这首关于西格夫里特和克里姆希尔德的长诗。 10
我仿佛坐在诗中所写的
魔泉之畔，灰色的水妖
将世间全部的战栗倾注在我的心头；
与此同时，我头顶上方的小鸟
沉醉于生命的喜悦，在树梢上摇摇晃晃， 15
歌唱着世界的无限辉煌。
直到夜色深沉我才将书放回，

---

* 黑贝尔的妻子克里斯蒂娜是一名戏剧演员。黑贝尔在创作《尼伯龙人》之前曾经观看过由恩斯特·劳帕赫（1784—1852）所著的话剧《尼伯龙人的财宝》；此剧文学价值不高，但克里斯蒂娜在其中所扮演的克里姆希尔德形象对黑贝尔产生了很大的触动。

浑身僵硬,沉默无语。
我再次见到此书已是多年之后,
但是书中众人的形象仍烙印在我的记忆中
挥之不去,而我心中也依旧悄然怀着一个
从未磨灭的愿望,将这个故事摹仿重现,
哪怕只是写在流沙之上、清水之中。
每当我感到自己在其他方面已经有所成就,
便几乎有了书写的勇气,
然而却一直没有动笔。
有一天我走进了缪斯的殿堂①,
在那里诗人苍白的阴影因陌生的热血而变得通红,
如同现身于奥德修斯面前的亡灵大军一般。
一声低语传遍了厅堂,随之而来的是
神圣的宁静,大幕徐徐升起,
你以复仇者克里姆希尔德的形象现身。
为你写下台词的并非阿波罗②的宠儿,
但那些词句仍然激动人心,
如同从带着明亮回响的黄金箭筒中射出的箭矢,
将巨人提丰击倒在血泊之中。
当你的心中怀着最可怕的悲苦,
苍白的双唇念着令人恐惧的誓言,
为第二个新婚的夜晚梳妆打扮之时,
整个厅堂都被喧闹的欢呼声充满。
所有人灵魂深处最后的坚冰都已消融,

---

① 指剧院。
② 希腊神话中太阳神阿波罗亦为诗神。

化作滚烫的泪水从眼中滴落,
但是我却未发一言,直到今天才向你表达感谢。
因为在那个夜晚,我少年时的梦
再次复苏,所有的尼伯龙人 45
朝我走来,仿佛他们的坟墓都已崩裂,
而特罗尼的哈根说出了第一个字眼。
那么,就请你收下这幅图景,因为它属于你,
是你为它赋予了灵魂,若它能在岁月中留存下来,
那么就让它为你一人增光添彩, 50
为你和你的艺术保藏一份纪念!

肤如龙鳞的西格夫里特

作为序幕的独幕剧

人　物

恭特国王

特罗尼的哈根

旦克瓦特，哈根之弟

伏尔凯，琴师

吉赛海尔，国王之弟

盖尔诺特，国王之弟

鲁摩尔特，御膳司厨

西格夫里特

乌特，先王旦克拉特的遗孀

克里姆希尔德，乌特之女

武士与民众

莱茵河畔的勃艮第都城沃尔姆斯，恭特国王的城堡大厅内。清晨。恭特、吉赛海尔、盖尔诺特、旦克瓦特、琴师伏尔凯及其他武士聚集于此。

第一场

（特罗尼的哈根上。）

哈根　怎么，不去打猎吗？
恭特　　　　　　　　今天可是圣日！①
哈根　那神甫成天胡扯些魔鬼什么的，
　　　就让魔鬼自己把他抓去吧！
恭特　　　　　　　　哎，哈根，注意分寸。
哈根　今天又是什么日子？他的生日早过了！　　　　　55
　　　那时候是——让我想想——对了，没错，还下着雪呢！
　　　为了给他过节，我们都没法去猎熊。
吉赛海尔　舅父②说的是谁呀？
哈根　　　　　　　　之后他又被钉上了十字架，
　　　死了，被埋葬了。——我没说错吧？
盖尔诺特　他说的是救世主呀。
哈根　　　　　　　　这难道还没完没了了吗？——　60
　　　有谁还和我一样坚持旧俗？我晚间要是吃肉，
　　　就只吃过了晌午才刚剥下皮来的野味；
　　　要是喝酒，也得亲手
　　　从公牛头上折下角来做杯子！
恭特　那你就只能啃鱼吃了，我的朋友，　　　　　　　65
　　　在复活节的早上我们是不打猎的。
哈根　那我们做什么？那圣人现在在哪儿？
　　　他准许我们做什么？我听见鸟儿鸣叫了，
　　　那么人总能听听提琴声吧？

---

　①　指复活节。
　②　按照《尼伯龙人之歌》，哈根与勃艮第诸王是亲戚，但具体的关系史诗并未提及。北欧传说中对应哈根的角色霍格纳与对应恭特的角色贡纳尔为平辈兄弟。哈根为勃艮第诸王舅父这一说法或为黑贝尔自创。

70	（对伏尔凯）拉提琴吧，拉到最后一根琴弦也崩断为止！
	伏尔凯　太阳还当空照着的时候，我是不拉琴的。
	我得把这件快活的差事留到晚上。
	哈根　是啊，而且你还乐意用敌人的肠子
	当弦绷在琴上，再拿他一根骨头来当琴弓。
75	伏尔凯　　　　　　　　　　　　若是有这机会，
	你不愿意当一回乐师吗？
	哈根　我了解你，亲爱的伏尔凯。
	只有不让你拉琴的时候你才有话说，
	也只有没有仗可打的时候你才拉琴，是不是？
	伏尔凯　就算是吧，朋友。
80	恭特　　　　　　　　　长日难捱，你给我们讲些故事吧。
	你不是知道不少关于强壮的英雄
	和骄傲的美人的奇闻逸事吗？
	哈根　如果你愿意，最好只讲在世之人的事迹；
	因为这样人们才能对自己说，有朝一日
85	这英雄会与我拔剑较量，这美人能让我拥入怀中！
	伏尔凯　我倒是要给你讲两个在世之人的事迹，
	但是你一定会打消这种想法。
	我知道一个勇士，你永远挑战不了他；
	也知道一个妇人，你永远追求不了她。
90	哈根　什么！还有个妇人？关于那勇士我是同意的，
	可是竟还有这样的妇人？你说的勇士一定是那屠龙者，
	挥舞着巴尔蒙宝剑，肤如龙鳞的西格夫里特，
	他曾浴血奋战过一次，
	那之后便再也不会流血——
	只是那妇人又是怎么一回事？

伏尔凯　　　　　　　　我不会给你讲她的故事！　　　　　　　95
　　　你尽可以出发去追求她，
　　　但肯定不能把她作为新娘带回家中。
　　　就算是那屠龙的勇士，若是想上门向她求婚，
　　　都要三思而后行哩。
哈根　听着，西格夫里特阁下敢做的事情，我也一样敢做。　　100
　　　只不过我不会去挑战他本人：
　　　那与对着青铜和岩石挥剑无异。
　　　这一点随你们相信也好，怀疑也罢：
　　　我宁可永远不在龙血中沐浴，
　　　因为谁会与一个不可能倒下的对手战斗？　　　　　　　105
吉赛海尔（对伏尔凯）
　　　我曾听过千人的唇舌喋喋不休地说起他的事迹，
　　　但是都如同叽叽喳喳的鸟鸣一般混乱无章，
　　　不成曲调。讲讲他的故事吧！
恭特　先讲那妇人的故事。那是个什么样的女子？
伏尔凯　在遥远的北方，漫漫长夜永不终结，　　　　　　　110
　　　人们在采集琥珀、捕猎海豹的时候，
　　　天空中并没有阳光照耀。
　　　不，那里的光来自沼泽中的火球——
（远处传来号角声。）
哈根　是号角的声音！
恭特　　　　　　然后呢？
伏尔凯　　　　　　　　一位美丽非凡的公主
　　　在那里成长起来。她的美貌如此无与伦比，　　　　　　115
　　　仿佛自开天辟地之时起，
　　　大自然就为了她努力俭省，

从所有女子身上扣留了最高的魅力，
只为使她拥有摄人心魄的力量。
您知道，有一些树上刻着如尼符文，
它们晦涩难懂，不知出自何人之手，
全是在伸手不见五指的黑夜里刻下的；
看见那些符文的人，就再也无法离开，
只能冥思苦想，猜测那些符文的意义，
但是却找不到答案。最终他的佩剑滑落，
头发变得灰白，却至死都无法停止思索：
在她的容颜之中，就有这样的魔文！

恭特　怎么会这样，伏尔凯？这世上有这样一位妇人，
而我现在才知晓她的存在？

伏尔凯　　　　　　　　您还会知晓更多！
且听我说。那世间最美的少女
成长于冰天雪地之中，视线所及之处
尽是鲨鱼和巨鲸，头顶的天空中
从未有过真正的光明，
那里没有一座山不会时不时地
从直通地底的深渊中喷出红色的火光。
可这生养她的荒凉土地
却也嫉恨着它唯一的至宝，
以一种带着妒意的不安小心地守护着她，
仿佛只要她跟随男子登上婚床，
它就会在那一瞬间里
被环绕四周的海洋所吞没一般。她住在
一座燃烧的城堡里，通向城堡的道路
由狡诈的矮人一族守护；

他们听命于野蛮的阿尔贝里希，
　　　会迅速将人包围，挤扁，扼杀。① 145
　　　除却这些之外，她还天赋异禀，力大无穷，
　　　能叫英雄勇士都自惭形秽。

恭特　此话怎讲？

伏尔凯　　　谁要是向她求婚，就和追求死亡
　　　一般无二。他若是不能将她迎娶，
　　　自己也不可能再返回家乡。尽管 150
　　　到达她的面前已经困难重重，
　　　要经受她的考验却是难上加难。
　　　很快，她的双手有多少指节，
　　　就有多少追求者长眠在了冰冷的地下；
　　　虽然已经有过不少勇士敢于去将她寻觅， 155
　　　但却没有一人能够活着返回！

恭特　那这就恰好证明，她是注定属于我的！
　　　啊，我为选择一位妻子已考虑很久，如今终于有了结果：
　　　布伦希尔德将成为勃艮第的王后！
　　　（号角声已十分接近。）
　　　发生什么事了？

哈根　（走到窗前）
　　　　　　尼德兰的英雄来了。 160

恭特　你认识他？

哈根　　　您自己来看看！除了他之外，
　　　还有谁能只带着十二个随从，

---

① 阿尔贝里希守卫布伦希尔德所居城堡这一说法不见于史诗，或为黑贝尔自创。

就如此无畏地来到此地?

恭特　　（也走到窗前）

　　我也相信了! 可是你说, 他来这里干什么?

哈根　我不知道是什么吸引了他! 他肯定不是

　　来向您鞠躬致敬的, 而且

　　人们想要的一切, 他在自己国中都应有尽有。

吉赛海尔　真是一位高贵的勇士!

恭特　　　　　　　　　　我们该如何招待他?

哈根　我的建议是, 他如何问候您, 您就如何答谢他。

吉赛海尔　我要去迎接他!

盖尔诺特　　　　　　我也去!

哈根　这样做也不会自降身价!

　　因为他的功绩无需自己列举, 就已人尽皆知:

　　他不仅有着刀枪不入的角质皮肉,

　　腰间佩着巴尔蒙宝剑,

　　还是尼伯龙财宝的主人,

　　阿尔贝里希的隐身帽也归他所有。

　　而这一切, 我得实话实说,

　　都是他靠着力气夺取来的, 丝毫不用诡计。

　　所以我也跟你们一同去。

恭特　　　　　　　我们现在出去, 已经嫌迟。

第二场

西格夫里特（与十二武士同上）

　　勃艮第国王恭特, 我向你致意!——

　　你没料到吧, 竟会亲眼见到西格夫里特本人!

> 我是来为了你的王国而向你挑战的!

恭特　在这里我们不为自己已经拥有之物战斗。

西格夫里特　那就为尚未拥有之物而战斗吧!我也有一个王国,
和你的王国一样大小,你若是能战胜我,　　　　　　　　　185
就能成为那里的统治者。你还想要更多吗?
怎么你还不拔剑?我可是听说,
在这里聚集着最有胆气的豪杰,
即便他们在随便哪片橡树林里
遇见了雷神托尔,也敢同他大战一场,　　　　　　　　　190
从他的手中把雷电夺来,
之后又会出于傲慢,将这战利品弃如敝屣。
怎么样,这是不是真的?还是说,
你对我提出的筹码有所怀疑,
觉得我的父亲还在世,于是我就不能把国土交付与你?　195
等我一回去,我父亲西格蒙特就会退位,
而且他自己也热切盼望着这一刻的到来,
因为他年事已高,
权杖对他来说已经太过沉重。
你每赌上一个愿意听命于你的英雄,　　　　　　　　　200
我就赌上三个;你押上一座村庄,
我就押上一座城市;你拿出莱茵河的一段,
我就将整条河流都作为赌注!你就拔剑上前吧!

旦克瓦特　什么人竟如此刁一位国土说话?

西格夫里特　　　　　　　　　　　一位国王!
一位勇士也是这样对一位勇士说话!　　　　　　　　　205
若是一个人不能证明自己有权拥有财产,
他又怎么配、怎么敢占有它?

若是一个人不能将现存于世最强大的敌手

击倒在地，再将双脚踏在他的身上，

那怎么堵得住周围人们的闲言碎语？

你不是这样的人吗？告诉我，是什么人让你惧怕，

我立刻就可以重新出发，

代替你拔剑向他挑战！

你不说，又不拔出武器来自卫？

我的心里燃烧着与英雄豪杰较量的渴望，

看他是会让我的财富翻倍，还是将其尽数夺去；

你难道从未有过这种感受吗？我只要看看你的这些臣仆，

就不会相信这一点。

你要是没有和我一样的想法，

这些骄傲的男子汉绝不可能跟随你。

旦克瓦特　想必您自从披上了龙的鳞甲之后，

就一直如此沉迷于战斗了吧？

但是并不是所有人都像您一样，能够骗过死神；

他在我们这里就能通行无阻。

西格夫里特　在我这里也一样！老椴树呀，这是拜你所赐，

当我在龙血中沐浴的时候，

你将一片叶子投在我的身上，

还有那吹动了椴树的风，这功劳也有你一份！

这样一来，对那把自己的懦弱

隐藏在对我的嘲讽背后的人，我也可以反唇相讥了。

哈根　西格夫里特阁下，人们称我为特罗尼的哈根，

而这一位则是舍弟。

伏尔凯（拉了一下提琴。）

西格夫里特　　　　特罗尼的哈根，

　　　　我向你致意！我在这儿说的这些话，
　　　　要是惹恼了你，你只消告诉我就是，
　　　　我愿意暂且不管那王室贵胄， 235
　　　　而来经受你的考验，就当你是恭特本人一般。
恭特　哈根，在国王开口之前，不要说话了。
西格夫里特　你要是担心自己的利剑
　　　　在我坚硬的皮肉上崩断，
　　　　那我就换一种挑战的方式：跟我一起 240
　　　　到下面的庭院中去，那里有一块巨石，
　　　　它的重量不管对我还是对你来说都是一样的：
　　　　我们可以比赛投石，较量力气。
恭特　尼德兰的英雄，欢迎来到此地。
　　　　若有使您欢喜之物，尽可以任意取用。 245
　　　　在您离开之前，请与我们共饮。
西格夫里特　你竟然如此温和地同我说话？那我得请求你，
　　　　赶快送我回父亲那里去，
　　　　只有他一人才能管束我。
　　　　不过，就让我留着我的小孩子脾气吧， 250
　　　　顽皮的天性可不是一时半会儿放得下的：
　　　　你来和我一起投石，我就和你们一起喝酒！
恭特　如您所愿，西格夫里特阁下。
西格夫里特　（对旦克瓦特）　至于你呢，
　　　　我要是折了你的第三条胳膊，你也不会疼，
　　　　因为我知道，你根本就没有那玩意儿，是不是？① 255
　　　　（对所有人）我走进大厅的时候，感到了一阵恐惧；

---

① 西格夫里特讽刺旦克瓦特缺乏男子气概。

　　　　我活到现在，还从未有过这样的感受。
　　　　我打了个寒战，就好像冬天一下子降临了似的。
　　　　然后我想到了我的母亲，
260　　我之前出发的时候，她从来不会哭泣，
　　　　可是这一次呢，她却哭得好像全世界的水
　　　　都变成了她的眼泪一样。
　　　　这让我觉得头昏脑涨，思绪纷乱，
　　　　几乎不愿意从马上下来。
265　　现在你们诸位可不要这么快就赶我重新上马。
（众下。）

第三场

（乌特与克里姆希尔德上。）

乌特　　那只猎鹰就是你的丈夫！

克里姆希尔德　　　　　　您要是不能对这个梦给出其他解释，
　　　　母亲啊，就别再说下去了。
　　　　我总是听人说，爱情只能带来短暂的欢乐，
　　　　随之而来的便是长久的痛苦。我在您身上
270　　也看到了这一点，所以我绝不会恋爱，
　　　　哦，绝不会，绝不会恋爱！

乌特　　　　　　　　　　孩子，你说的这是什么话？
　　　　不错，爱情最终会给我们带来痛苦，
　　　　因为两人之中，总有一人会先于伴侣逝去，
　　　　你也看到了，这有多么令我伤心。
275　　可是当年我从你父亲那里
　　　　获得的第一个吻，就已经值得

> 我如今所流的所有苦涩的眼泪。
> 而且在他离我而去之前,也为我留下了慰藉,
> 如今我能为英勇的儿子们而感到骄傲,
> 又能把你紧紧地拥抱在怀里, 280
> 这一切能发生,都是因为我曾经爱过。
> 所以,不要叫那头韵吓坏了你:
> 我所得到的是短暂的痛苦和长久的欢乐。①

克里姆希尔德　与其要失去,还不如从未拥有过来得好!

乌特　这世上有什么是你不会失去的呢? 285
> 你连自己也会失去。你难道能一直像现在这样吗?
> 看看我吧!你尽可以笑我,
> 但是我曾经和你一样年轻,而且相信我,
> 你将来有一天也会变成我这个样子。
> 你既然连自己都保存不了,还想保存什么呢? 290
> 所以,你就尽管接受到来的一切,并且同我们大家一样,
> 喜欢什么就去抓住它,虽然死神
> 随时都可能依着自己的意愿,将它击得粉碎,
> 但是到了那时,你自己用以抓取心爱之物的手也将化为尘土。

克里姆希尔德　（走到窗前）
> 我发誓,母亲,我心里想的是—— 295
> （她望了一眼窗外,便不再说下去。）

乌特　你怎么不说话了?你的脸一下子变得通红,
> 是什么事让你不知所措?

---

① "爱情（Liebe）""欢乐（Lust）"与"痛苦（Leid）"均为 L 开头的单词。

克里姆希尔德　（从窗前退回）
我们的宫廷里
什么时候有了这样的规矩，来了陌生的客人，
都不通报给我们知道？
300　　这座莱茵河畔的雄伟城堡
难道竟变得和牧羊人的小屋一样，
不论白天黑夜，
谁想进来就进来吗？

乌特　你怎么一下子这么生气？

克里姆希尔德　　　　哎，我原本想看看
庭院里的那些小熊，
305　　它们在一块儿打滚的样子滑稽得很。
可是我一打开窗扇，毫无防备，
竟有个武士厚颜无耻地盯着我的脸看！

乌特　就因为这个武士，
你居然没法把开了头的誓言说完？
（也走到窗前）
310　　啊，确实，只要看一眼他站在那里的模样，
谁都得多想想，要不要继续发誓了哩。

克里姆希尔德　我兄弟们的客人关我什么事？
我只想知道怎么躲开他！

乌特　那么，你的脸颊只是因为愤怒
315　　才涨得通红，这下我就放心了。
因为这位挡在你和你的小熊中间的年轻英雄
早就已经结婚了，还有一个儿子。

克里姆希尔德　您认识他？

乌特　　　　　　当然了！

克里姆希尔德　　　　　　　他叫什么名字？

乌特　我不知道！不过现在我知道你的心事了。
　　　你的脸色一下子变得像死神一样苍白！—— 320
　　　说实话，你要是得到了这只猎鹰，
　　　就完全不必担心什么雕了。
　　　我保证，他与任何人较量都不会落下风！

克里姆希尔德　我刚跟您讲了昨晚的梦！①

乌特　别这样，克里姆希尔德！我可不是在拿你的事开心。 325
　　　我们在梦里时常能看到上帝的指引。
　　　如果我们醒来的时候仍然会恐惧地颤抖，
　　　就像你方才那样，那就说明我们的确看到了神意。
　　　不过，我们必须正确地理解
　　　上帝给我们的指示，而不能出于恐惧， 330
　　　发下不可能实现的誓言。
　　　那只猎鹰已经向你飞来，你就要好好地保护他，
　　　别让他被狡诈的雕撕成碎片；
　　　而不是想着把他赶走，
　　　你要是赶走了他，也就赶走了自己一生的幸福。 335
　　　因为在这世上没有什么能超越
　　　来自一位勇士的爱恋，尽管你现在
　　　戴着少女的花冠，还体会不到这种感情。
　　　而且，上天也不会赐给你一位
　　　比他更好的夫君了，我是不会拒绝他的。 340
　　　（从窗口向外张望。）

---

①　克里姆希尔德梦见自己养的猎鹰被两只雕杀死，预示着她未来的丈夫将遭遇厄运。

克里姆希尔德　他大概也不会向我求婚，我用不着照您说的做。

乌特　（笑）哎，我这么老了，也能跳得这么远哩。

克里姆希尔德　他们在下面做什么呀，让母亲您笑成这样？

乌特　看样子他们在比赛投掷。

345　　　你弟弟吉赛海尔先投。

不错，不错，他毕竟是最小的那一个。不过看哪，

现在轮到那个异国武士了。哎呀，我的儿子，

你要上哪儿去？瞧，那异国武士上场了，

他举起胳膊发力，然后——哈，那块石头

350　　　准会像变成了鸟儿似的飞起来——快过来

站到我身后，你以后可没有机会看见这样的场面，

他肯定要把石头投到最远的地方，

只投一次就结束这场比赛！

现在——我莫非眼瞎了不成？

竟没有投得更远？

克里姆希尔德　（靠近）

355　　　　　　　　您夸他夸得太早了？

乌特　只多了一尺！

克里姆希尔德　（走到乌特身后）

　　　　　　　我倒是越来越觉得，

好像只多了一寸。

乌特　　　　　只比这孩子

投得远了一尺——

克里姆希尔德　算不上什么本事！

尤其是他之前还这么一副洋洋得意的样子。

乌特　而他还喘着大气！

360　克里姆希尔德　他个头那么大，

这副样子实在滑稽！换了是我的话，肯定会叫人同情，
　　　因为对女孩子来说，这倒是个不错的成绩。
乌特　现在咱们的盖尔诺特上场了。
　　　他的状态很好，不是吗？在所有的孩子里，
　　　他是最像父亲的一个。
　　　大胆地上吧，我的儿子！——这一投真不错！
克里姆希尔德　连那头熊都被吓着了，
　　　它没料到石头飞过来，赶紧逃开了。
乌特　你要是想去冒险，随时都可以出发！——
　　　不过吉赛海尔得留在这里。
克里姆希尔德　　　　　然后怎么样了？——
　　　不，不用给我挪位置，我在这儿看得见。
乌特　那武士又来了！不过这次
　　　他都没有使劲儿，就好像是
　　　提前认输了一样。我这回
　　　可是彻底看走了眼！——可他那是在干什么？
　　　他转了个身——背对着目标，
　　　而不是用眼睛盯着它——然后把石头
　　　高高举过肩膀和头顶，扔了出去——真是的，
　　　我又搞错了！他就像战胜吉赛海尔一样
　　　战胜了盖尔诺特。
克里姆希尔德　　　　　而且他又以一尺之差取胜！
　　　不过这一次他没有喘大气。
乌特　我的孩子都是好孩子。
　　　盖尔诺特坦率地向他伸出了手，
　　　要是换了别人的话就得拔剑了，
　　　毕竟这实在太过傲慢。

克里姆希尔德　不过看得出来，他并没有恶意。

乌特　伏尔凯阁下把刚才嘲讽似的拉着的提琴
　　　都放到了一边！

克里姆希尔德　　　这一尺之差
　　　搅了他的兴致。现在如果
390　　还按照这个上台阶一样的次序来的话，
　　　本来该轮到我们的马厩总管了，不过恭特王兄
　　　猛地把旦克瓦特阁下推了回去；他要
　　　自己来试一试身手。

乌特　　　　　　　　他这一投也很成功，
　　　投出了盖尔诺特的两倍距离。

克里姆希尔德　　　　　　　　可是还不够远。
395　　您看，那武士立刻跟着投了一次，
　　　咱们又以一尺之差落败了。

乌特　国王在笑哩。哎，我现在也要笑了！——
　　　我早就看出来，他就是那只猎鹰，
　　　有他在，你的噩梦就不会成真；
400　　不过他现在也已经使出全力了。

克里姆希尔德　现在特罗尼的领主上场了。

乌特　　　　　　　　　　　　他就算面上愉快，
　　　心里可有个疮哩！——他举起了石头，
　　　就好像要把它砸碎似的。看那石头飞得多远！
　　　一直落到了墙边上！嗯，他也投不了更远了。
405　　这一投没人能超越得了，
　　　而且也没有地方来给他多投那一尺。

克里姆希尔德　可那武士又一次举起了石头。

乌特　他要干什么？——我的天呀，

这是出了什么事？城堡在我们头顶上坍塌了吗？

这轰隆隆的响声多么可怕！

克里姆希尔德　　　　　　　连高塔都被震动了。寒鸦

和蝙蝠都从窝里飞了出来——

乌特　它们瞎了眼似的朝光亮的地方飞去！

克里姆希尔德　　　　　　　　　　墙上

裂了一道缝。

乌特　　　这不可能。

克里姆希尔德　　等尘土

消散下去再看吧。石头从那儿穿了过去，

砸出一个窗户般大的洞来！

乌特　　　　　　　现在我也看见了。

克里姆希尔德　石头落进了莱茵河里。

乌特　　　　　　　简直让人难以置信！

可是这的确是真的，

那溅上了天的河水能证明这一点。

克里姆希尔德　　　　　　　这一下

可不止一尺之差了。

乌特　　　　　这一投之后

他总算也得擦擦额头了。

谢天谢地！要不然那特罗尼人就该气死了！

克里姆希尔德　现在比赛结束了。他们互相握手；

旦克瓦特和伏尔凯没有得到这个权利。

乌特　来吧，我们都忘了，现在是做弥撒的时间了。

（两人同下。）

第四场

（众武士重上。）

恭特　　西格夫里特阁下，您真爱开玩笑。

425　西格夫里特　　　　　　　　你生我的气了？

吉赛海尔　　请您原谅我，竟敢这样不自量力
　　向您挑战。您如果愿意的话，
　　就罚我和我年老的母亲乌特比赛摔跤吧，
430　我如果赢了她，您就当着所有百姓，让人吹起响亮的号角，
　　给我戴上一个橡树枝的花环吧！①

西格夫里特　　别这么说！你投得也不差，
　　只是得再长十岁年纪。

哈根　　　　　　　您最后投的那一下
　　是您最好的本事吗？

西格夫里特　　　　谁能在游戏里
　　展示出最好的本事呢？

435　恭特　　　　　　　我再一次向您表示欢迎！
　　倘若我能够把您留住，
　　使您在这里不只做个匆匆而去的客人，
　　那我将会感到万分庆幸。不过，
　　我实在没有什么可以提供给您的。
440　就算我把自己的右臂给您来交换您的左臂——
　　我是十分愿意的——
　　可是您也要嫌吃亏，不肯同意！

---

① 此为吉赛海尔夸张的自谦，说自己的力量比年老的母亲还不如。

西格夫里特
  你可要留神,说不定你还没想到,我就要向你讨东西了!

恭特 不管您要什么,我都预先答应。

西格夫里特 你这么说,我很感谢!我绝不会   445
  忘记你的好意,不过你还是
  收回这番话吧,因为我的愿望
  比你想象的还要狂妄。我先前向你讨要王国,
  那还只是个很低的要求哩。

恭特   您可
  不要吓我。

西格夫里特 你听说过   450
  我的那笔财宝吗?啊,当然,
  你不必担心自己的金银,
  我有足够多的财富,与其把它们拖回家中,
  我更愿意把它们赠送出去,可是这些财宝
  对我来说又有什么用呢?我想用它们换取的东西, 455
  可是永远都买不来的!

恭特   那是?

西格夫里特   你猜不到?——
  那你可不该是这么一副表情!

恭特 您可曾见识过远古的力量?

西格夫里特 在我母亲那儿见识过一回!那次我运气不错,
  因为她心情好!①

恭特   在此之外就没有了?

---

① 此处西格夫里特没有反应过来"Kraft des Alten"指"远古的力量"(如布伦希尔德所拥有的那样),而是以为指"老年人的力量"(如母亲发怒)。

| 460 | 西格夫里特 | 那是当然！

你还没有看出来吗？刚才有一个姑娘

从上边望着庭院里的我们，

她摇动着金色的秀发，

让它们像帘幕一样遮住了她的眼睛，

| 465 | 当她看见我在你们之中的时候，就马上

退了回去，那反应就和我在矮人国里

看见脚下踩着的泥土一下子

聚成了一张人脸，

冲着我龇牙咧嘴的时候一样！

| | 恭特 | 她只是害羞而已！

| 470 | 您尽管继续追求她。不过，您若是

找不到媒人的话，我愿意帮您这个忙，

只不过您也得为我做同样的事。

因为，在布伦希尔德来到此地之前，

我不允许舍妹克里姆希尔德出嫁。

| 475 | 西格夫里特 国王呀，你说出了个什么名字？

你竟然想迎娶那个

血管里奔涌着铁水的北方少女？

啊，放弃这个想法吧！

| | 恭特 | 为什么？难道她不值得追求吗？

| | 西格夫里特 不值得？她的名声可是举世皆知！可是

| 480 | 除了一个人之外，没有人能战胜得了她，

而那个人永远都不会选择她为妻子。

| | 恭特 那我就该因为恐惧而放弃对她的追求吗？

那将是多大的耻辱！我宁可现在就

死在她的手上，也不愿意

带着这种可耻的软弱无力之感活上一千年。

西格夫里特　你不知道你在说什么。
　　你要是被火烧着了，或者落入水里向下沉去，
　　这算是耻辱吗？听着，她就完全像是
　　大自然中的元素之力一样，而这世上只有一个人
　　能够战胜她，并且可以随他自己的心意，
　　将她留在身边，或是转赠他人。
　　但是你难道愿意从一个既不是她的父亲
　　也不是她的兄弟的人手中得到她吗？

恭特　我首先要尽力试试看！

西格夫里特　你不会成功的，你绝对不可能成功，
　　她会把你击倒在尘土里！你也别以为，
　　她那坚如钢铁的心里还暗藏着温存，
　　甚至会在看见你的时候，
　　就决定不必战斗！
　　不，她才不懂这个，她会为了她的童贞而战，
　　就好像这对她来说性命攸关一样。
　　她就如同那不长眼睛的闪电、
　　听不见呼救的深水一般，
　　将所有意图解下她那象征处女身份的腰带的勇士
　　都毫不留情地赶尽杀绝。
　　所以，你还是放弃她吧，别再想她了，
　　除非你想要从另一个人手中
　　——从我的手中得到她！

恭特　为什么我不该这样做呢？

西格夫里特　　　　　　　　那要问你自己！
　　如果你肯承诺，将你的妹妹作为给我的报酬，

　　　　　　我就愿意跟你一起出发，
　　　　　　因为我完全只是为了她而来到这里的。
　　　　　　就算你真的把你的王国输给了我，
　　　　　　凭着她你也能将它重新从我手里赎回。
　　　哈根　那么您对此有何打算？
515　西格夫里特　　　　　　　我们需要
　　　　　　通过严酷的考验！她会像我刚才那样投掷石头，
　　　　　　然后朝着它的方向跳跃，石头落在哪里，她就跳多远，
　　　　　　还能从百步之外投出长矛
　　　　　　刺穿七层青铜，如此种种，不一而足。
520　　　　只不过，为了取胜，我们需要分工，
　　　　　　我来出力，他来做样子！
　　　哈根　他来助跑，您来投石、
　　　　　　跳远？
　　　西格夫里特
　　　　　　　　没错！我就是这个意思！而且同时
　　　　　　我还要背着他！
　　　哈根　　　　　　您疯了吧！
　　　　　　这怎么可能骗得过她？
525　西格夫里特　　　　　　我可以借助隐身斗篷，
　　　　　　它已经让我避过了一次她的视线！
　　　哈根　您曾经到过那里？
　　　西格夫里特　　　　　我去过！不过我并不是向她求婚去的，
　　　　　　而且我可以确定，那儿没有人看见我！——
　　　　　　你们都呆住了，满脸惊讶地看着我？
530　　　　我的确已经觉察到，只有大费一番口舌
　　　　　　才能让你们相信我，可是我原本打算

把这一切留到路上再讲的,因为那旅程可长得很,
这样我就可以一边看着外头的海水,
一边讲自己的故事消磨时光了!

恭特　　　　　　　　　　　不,现在就请您
　　给我们讲讲冰岛,讲讲您的冒险经历! 535
　　我们很愿意听,事实上,
　　刚才我们正打算听您的事迹。

西格夫里特　　　　　　　还有另一个故事呢!我曾经
　　被对战斗的渴望所驱使而踏上冒险之路,
　　在出发之后的第一天,我就在一处山洞前
　　遇到了两个年轻的武士,他们正在愤怒地彼此争斗。 540
　　这两人是一对兄弟,尼伯龙国王的儿子,
　　他们刚刚埋葬了自己的父亲——
　　我后来听说,他就是被这两个逆子杀害的——
　　就开始为遗产的归属而争执起来。
　　他们身边有堆积如山的宝石, 545
　　其间放着古老的王冠、
　　盘卷成奇异形状的兽角,特别是
　　那最为引人注目的巴尔蒙宝剑,
　　而洞穴里的赤金也发出熠熠亮光。我刚一露面,
　　那两人便带着野蛮的疯狂态度, 550
　　要求我作为一个外人去为他们分配财宝。
　　我很愿意满足他们的愿望,也希望阻止
　　他们试图谋杀彼此的行为,但却无济于事。
　　因为我完成了分配之后,他们每人
　　都觉得自己得到的份少了,于是怒吼起来, 555
　　我只得依着他们的要求,

　　　　　　　将分成两半的财宝又堆到一起，
　　　　　　　重新分了一次。可是他们反而变得
　　　　　　　更加生气了；我正弯着腰跪在地上，
560　　　　　想着如何分配得平均一些，他们居然在狂怒中
　　　　　　　迅速拔出了剑，向我袭来。
　　　　　　　我为了抵挡这两个狂人的攻击，
　　　　　　　便一把抓过了旁边的巴尔蒙宝剑，
　　　　　　　因为当时我已来不及拔出自己的佩剑。
565　　　　　让我始料未及的是，尽管我仍伏在地上，
　　　　　　　并不打算伤他们的性命，
　　　　　　　但那两人却像盲目的野猪一样冲向剑刃，
　　　　　　　将自己刺穿了，于是我就成了
　　　　　　　所有财宝的继承人。
　　　　哈根　　　　　　　这可真是血腥！但也的确没有使诈。
570　　西格夫里特　　这时我就打算朝山洞里走。可是让我震惊的是，
　　　　　　　我找不到这洞穴的入口了，就好像
　　　　　　　有一堵墙突然从大地的怀抱中
　　　　　　　升了起来，于是为了开出一条通路，
　　　　　　　我就用剑朝它捅了上去。然而里面流出来的
575　　　　　却不是水而是血，而且还有什么颤动了起来。我以为
　　　　　　　那堵墙里藏着一条龙，但是我搞错了，
　　　　　　　那整堵墙本身就是一条龙，
　　　　　　　它在岩洞中沉睡了千年，
　　　　　　　身上长满了草和苔藓，看起来
580　　　　　不像一头有呼吸的野兽，
　　　　　　　而更像一段丘陵那崎岖不平的山脊。
　　　　哈根　　这就是那条龙！

西格夫里特　　　　　不错，我趁着它
　　还没有因受惊而腾跃起来的时候爬到了它身上，
　　骑在它脖子上，从后面砸碎了它蓝色的头颅，
　　就这样将它杀死了。这大概　　　　　　　　　　　　　　585
　　是我完成过的最困难的一桩业绩了，
　　倘若没有巴尔蒙宝剑，我恐怕不能成功。
　　之后我一点点劈开了它巨大的身躯，
　　切开全部的血肉、斩断坚硬的骨骼，
　　就好像劈开一座石山那样，　　　　　　　　　　　　590
　　最终来到了洞口前。可是
　　我刚一踏入洞穴，就感到自己
　　被一双强有力的胳膊束缚住，
　　几乎要将我的肋骨都挤压到一块儿去，
　　但我的眼睛却看不见它们，就仿佛是空气本身　　　595
　　对我发起了袭击一样！那是野蛮的矮人阿尔贝里希，
　　与这个可怕的怪物的战斗
　　是我平生距离死亡最近的一次经历。
　　不过，最终他还是现出了身形，
　　这一来他就遭了殃。　　　　　　　　　　　　　　　600
　　因为，我在与他厮打的时候，
　　无意之中从他的头上扯下了隐身斗篷，
　　而失去了这斗篷之后，
　　他也就失去了力量，摔倒在地上。
　　这时候，我原本想像踩死一只野兽一样结果了他，　605
　　连脚后跟都已经踏在他的脖子上了，
　　他却迅速地借助一个我此前并不知晓的秘密
　　逃得了性命。他告诉我，

只要那龙血还冒着热气,其中便有魔力存在,
610 于是我便匆匆地放过了他,
在那鲜红的血中沐浴了。

恭特　那就是说,您在一天之内,
便通过战斗获得了巴尔蒙宝剑、尼伯龙财宝和隐身斗篷,
还有一身鳞角般的皮肤?

西格夫里特　　　　　　正是!
615 对了,还有听懂鸟语的能力!
巨龙的一滴魔血溅到了我的嘴唇上,
我当时便听懂了头顶上传来的鸟鸣,
若不是我太急着把它擦掉,
我也能听懂走兽的语言。
620 你们想想:那里长着一棵遮天蔽日的老椴树,
而从树上一下子传来了窃窃私语的声音,
之后又传来了或高或低的笑声和嘲讽,
我还以为听见有人躲在树叶之间,
讥笑我的这番举动。但当我环顾四周时,
625 却只看见了一些鸟儿,有乌鸦、寒鸦,
还有猫头鹰,它们争吵不休。它们提到了布伦希尔德,
也提到了我。那黑乎乎的群鸟
你一言我一语地说个不停,但只有一点是明确的,
那就是还有一场冒险在等待着我!
630 我心底的渴望又苏醒了。寒鸦飞在前面,
猫头鹰跟随其后。很快,我的去路
就被燃烧的湖水挡住了,而在那湖上
显现出了一座城堡,如同灼热的金属一般
发出蓝绿色的闪光。我站住了。

　　　　那寒鸦叫道：把巴尔蒙宝剑从鞘里拔出来，　　　　　　635
　　　　绕着头顶挥舞三圈！我照着做了，
　　　　而湖水立刻便消失了，比一道光还快。
　　　　这时，城堡里渐渐有了生机，一些人影
　　　　在城垛上出现，纱巾随风飘舞，
　　　　一位骄傲的少女在朝下张望。　　　　　　　　　　　　640
　　　　猫头鹰忽然叫唤起来：那就是新娘！
　　　　快脱掉隐身斗篷！我之前
　　　　为了试试斗篷的效果，将它穿上了身，
　　　　当时都已经忘了自己还穿着它。
　　　　但是这时候我却用手紧紧地攥住了斗篷，因为　　　　645
　　　　我看见那些无所顾忌的鸟儿要来抓它。
　　　　高高在上站在那里的布伦希尔德虽然美貌惊人，
　　　　但是她却没有触动我的心弦，
　　　　而我认为，若是觉得自己不能向她求婚，
　　　　那就不应上前问候。
伏尔凯　　　　　　　这倒是一番高尚的话语。　　　　　　650
西格夫里特　于是我便离开了那里，没有人看见我，
　　　　但我却知晓了通往那城堡的路，也了解了城堡和其中的秘密。
恭特　那就请为我带路吧，英雄！
伏尔凯　　　　　　　　　不，国王陛下，您还是留在家中吧，
　　　　这事不会有好结果的。
西格夫里特　　　　你莫非觉得
　　　　我不能信守承诺？
伏尔凯　　　　　　不是这个意思！我只是觉得，　　　　　655
　　　　使用诡计对我们来说是不合适的！
恭特　其他的办法又行不通。

伏尔凯　　　　　　　　那您就放弃吧。

盖尔诺特　我也劝您如此。

哈根　　　　　　　哎，你们各位！这又是为什么？

恭特　　　　　　　　　　　　　　　我并不觉得
　　　此事有多可耻，这就好比
660　　人要是不能自己游到对岸，
　　　就上船渡过去，既然能用刀剑作战，
　　　就不用拳头一样。

西格夫里特　　　你可以这样想，我们出发吧！

恭特　甚好！为了得到布伦希尔德，我愿将克里姆希尔德嫁给您，
　　　我们可以同时举行婚礼！

哈根　（将手指置于嘴唇前，看着西格夫里特，敲了敲自己的
　　　佩剑。）

665　西格夫里特　我难道是个妇人不成？我永远都不会透露一个字的！
　　　在你们赶去比武场地的时候，
　　　我就假装要回我们的船上取东西，
　　　跑去海滩上，叫她看见，
　　　之后却穿上隐身斗篷回来，
670　　陪伴在你身边，助你一臂之力！

（众下。）

西格夫里特之死

五幕悲剧

人　物

恭特国王
特罗尼的哈根
旦克瓦特
伏尔凯
吉赛海尔
盖尔诺特
伍尔夫，武士
特鲁赫斯，武士
西格夫里特
乌特
克里姆希尔德
布伦希尔德，冰岛女王
弗丽嘉，女王乳母
神甫
司库人臣
武士、民众、侍女、矮人

第一幕

冰岛,布伦希尔德的城堡内。清晨。

第一场

(布伦希尔德与弗丽嘉自舞台对侧上。)

布伦希尔德　这么早是做什么?你的头发滴着露水,
　　衣服上也沾了血。

弗丽嘉　　　　　　我趁着
　　月亮还没有落下去,向远古的众神
　　献上了一份祭品。

布伦希尔德　　　　　远古的众神!
675　　现在十字架统治着一切,托尔和奥丁
　　都成了地狱里的魔鬼。

弗丽嘉　　　　　　难道因此
　　你对他们的敬畏就减少了吗?就算他们
　　不再能给我们赐福,却还能对我们降下诅咒,
　　所以我仍愿意宰杀公羊奉献给他们。
680　　啊,你也献上了祭品该多好!再没有第二个人
　　像你那样有充足的理由这样做了。

布伦希尔德　　　　　　　我?

弗丽嘉　　　　　　　又来了!
　　我早就该把一切都告诉你的。
　　如今终于是时候了。

布伦希尔德　　　　我曾经以为

　　　　你要到临终之时才会对我解释，
　　　　于是都已经不再追问了。
弗丽嘉　　　　　　　　那么就仔细听吧！　　　　　　　685
　　　　有一位白发苍苍的老人
　　　　突然从我们那座火山之中走出，将一个孩子
　　　　连同一块刻着符文的石板递到了我的手中。
布伦希尔德　　　　　　　　　　　　是在夜里？
弗丽嘉　你怎么知道？
布伦希尔德　　　　你在睡梦中曾经透露过一些事情，
　　　　因为月光照在你脸上的时候，　　　　　　　690
　　　　你就会说些梦话。
弗丽嘉　　　　　而你都听见了？——好吧！
　　　　那是在午夜时分！我们正在王后的遗体旁
　　　　为她守灵。那老者的头发皓白如雪，
　　　　而且比我所见过的任何一个妇人的头发都长，
　　　　如同一件宽大的斗篷般　　　　　　　　　　695
　　　　垂在他的周身，一直飘拂到他身后。
布伦希尔德　那是山神！
弗丽嘉　　　　　　这我并不知道。他没有
　　　　开口说过一个字。而那女婴
　　　　却伸出小小的手，从已故王后的头上
　　　　摘下了闪闪发光的金王冠，　　　　　　　　700
　　　　那王冠她戴起来竟奇迹般地合适。
布伦希尔德　　　　　　　什么？那个孩子？
弗丽嘉　正是那个孩子！王冠戴在她的头上一点都不显得松，
　　　　而在后来也从未显得太紧！
布伦希尔德　　　　　　　　就像我的那顶王冠！

弗丽嘉　是的,正和你的王冠一样!还有更奇妙的事情:
705　　　　这个女孩与已故王后怀中抱着的婴儿
　　　　相貌是如此相似,只有通过呼吸
　　　　才能将二者区分开来,让人觉得,
　　　　仿佛是大自然为了什么缘故
　　　　将这具身体重新创造了一回,
710　　　　又将血液转注入新的身体之中一般。
　　　　而王后怀中的婴儿在那一刻忽然消失了,
　　　　就好像从未存在过。
　　布伦希尔德　　　　王后怀中
　　　　竟然还抱着一个孩子?
　　弗丽嘉　　　　　　王后是
　　　　在分娩时去世的,
　　　　孩子也没有保住。
715　布伦希尔德　　　　这你还不曾说过。
　　弗丽嘉　我只是忘记说了。王后的心一定是
　　　　由于悲伤而破碎的,因为她已经不能
　　　　让丈夫看一眼孩子了。多年以来
　　　　国王一直徒劳地期盼着这天伦之乐,
720　　　　但就在孩子出生前一个月,
　　　　他却突然驾崩了。
　　布伦希尔德　　　　继续讲下去!
　　弗丽嘉　我们寻找着那白发老者的身影。
　　　　他已经消失得无影无踪;
　　　　而那如同苹果一样从中间被分开、
725　　　　在我们的窗外张开大口的山峰,也缓缓地闭合了。
　　布伦希尔德　那老者再也不曾来过?

弗丽嘉　　　　　　　　　　听好了！
　　第二天清晨我们让女主人
　　入土为安之后，神甫就打算
　　立即为那女婴洗礼。但是他
　　还没把圣水沾上她的前额， 730
　　手臂就忽然变得麻木了，
　　此后再也举不起来。
布伦希尔德　　　　　再也举不起来！
弗丽嘉　不错，不过他年纪已经老了，我们也并没被吓着，
　　而是又另找了一位神甫。他虽然为女孩洒上了圣水，
　　然而就在他要为她祝福的时候， 735
　　却一下子变哑了，
　　之后再也不能说话。
布伦希尔德　　　　　那第三位呢？
弗丽嘉　我们很长时间都没有找到第三位神甫，
　　不得不从很远的地方找一个
　　对此还一无所知的来。
　　他虽然为女孩完成了洗礼， 740
　　但仪式刚一结束，
　　他就倒在了地上，再也没有起来。
布伦希尔德　而那个女孩——？
弗丽嘉　　　　　　　　她长大了，变得健康强壮。
　　而她那些孩子气的游戏
　　则成为指引我们一切行动的启示， 745
　　就如同那块刻着符文的石板
　　向我们预言的那样，从未失准。
布伦希尔德　　　　　　　弗丽嘉！弗丽嘉！

弗丽嘉　是的！是的！你就是那个孩子！现在你终于意识到了吗？
　　　　你若是有母亲的话，她绝不会躺在那尘土飞扬的停尸所中；
　　　　你要在远古众神居住的海克拉火山上，
　　　　在司掌命运的诺恩女神和接引英灵的瓦尔基里中寻找母亲！
　　　　哎，要是那时没有一滴圣水
　　　　沾上你的额头该多好！我们就能
　　　　知道更多了！

布伦希尔德　你在嘀咕些什么？

弗丽嘉　　　　　　　　　为何今天早上
　　　　我们醒来时都并非卧于床榻之上，
　　　　而是和衣坐在椅子上，
　　　　牙齿发颤，嘴唇青紫？

布伦希尔德　也许我们都突然睡着了。

弗丽嘉　这样的事曾经发生过吗？

布伦希尔德　　　　　　　从来没有。

弗丽嘉　那么，是那老人来过了，有话要对我们说！
　　　　我甚至觉得自己能看见
　　　　他摇晃着你，又对我做出威胁的样子来，
　　　　可是你却陷于沉睡之中，
　　　　对此充耳不闻，因为你固执己见时，
　　　　就听不见命运对你做出的安排。
　　　　所以去献祭吧，好让你获得自由！
　　　　啊，要是当年神甫逼迫我的时候，
　　　　我不曾听从他该多好！可是那时我还没有
　　　　破解出石板上符文的意义。快去献祭，孩子，
　　　　因为危险已经临近了！

布伦希尔德　　　　　　　危险？

弗丽嘉　　　　　　　　　是的,危险!
　　你知道,环绕着我们的城堡的火湖
　　已经熄灭很久了。
布伦希尔德　　　可尽管如此,
　　那手持巴尔蒙宝剑的勇士却不曾前来。
　　他本该在获得了法夫纳看守的血腥宝藏之后　　　　　　　775
　　就骑马穿过火湖的。
弗丽嘉　或许我对符文的解读有错。但是这第二个征兆
　　绝不会欺骗我,因为我早就知道,
　　神明的启示正在决定命运的时刻
　　等待着你。所以孩子啊,快去献祭!　　　　　　　　　　780
　　或许众神正隐去身形环绕在你的周围,
　　只等第一滴血洒上祭坛,
　　他们就会出现在你的面前。
布伦希尔德　我什么都不怕。
(号角声传来。)
弗丽嘉　　　　　　　　是号角!
布伦希尔德　　　　　　　　你难道是
　　第一次听见号角声不成?
弗丽嘉　　　　　　　我第一次在听见号角声时感到恐惧。　　785
　　蓟花的季节已经过了,①
　　钢铁般的勇士将昂着头来到你的面前。
布伦希尔德　来吧!来吧!我要叫他看看,
　　我依然能够获得胜利!若是

---

① 指之前的对手如花草般不堪一击。

790 　　在湖水还熊熊燃烧的时候，我本会赶上前去迎接你，
　　而那忠诚的火焰也会在我的面前俯首，
　　顺从地朝左右两边分开，就像猎犬见了主人，
　　便会跳跃着为他让路一样。
　　如今这条道路已经通畅了，但我却再不会向你致意！
　　（一面说，一面登上王座）
795 　　现在，把大门打开，让他们进来！
　　不管来的是谁，他的首级都归我所有了！

第二场

（西格夫里特、恭特、哈根与伏尔凯上。）

布伦希尔德　今天又是谁来送死？

　　（对西格夫里特）　　　　是你吗？

西格夫里特　我不是来送死的，也不是来求婚的。
　　此外，您竟然先问候了我，
800 　　而不是恭特国王，实在让我受宠若惊。
　　我只是作为他的向导而来的。

布伦希尔德（转向恭特）　　那么，就是你了？
　　你知道你要赌上什么吗？

恭特　　　　　　　　我当然知道！

西格夫里特　您的美貌已然声名远播，
　　而您的力量则更加广为人知。
805 　　但是不管谁，只要看到您的眼睛，
　　那么他即使是在极致的狂热中也将无法忘记，
　　您是与幽暗的死神并肩而立的。

布伦希尔德　不错！谁要是不能胜过我，就得当场丢掉性命，

他的随从也都要陪葬。你还在笑吗？
　　别这么傲气了！就算你能走到我面前， 810
　　像观赏一幅画那样盯着我看，
　　丝毫不颤抖，哪怕在头上
　　顶满满的一杯酒也洒不出来，
　　我也要向你发誓，你会像他一样倒下。
　　（对恭特）至于你，如果你还听得进去的话， 815
　　我建议你听我的侍女们
　　向你列举一下，都有哪些勇士曾经败在我的手中。
　　或许你曾经和其中的一些人较量过，
　　甚至说不定还曾经被其中某一位击败，
　　不得不向他俯首称臣呢！ 820

哈根　　恭特陛下还从未被人战胜过。
西格夫里特　　他高耸的城堡位于莱茵河畔的沃尔姆斯，
　　各种丰富的物产为他的国土增添了光彩；
　　而他本人的地位比众位勇士都高，
　　他所拥有的荣耀也超过了境内的一切光辉。 825
哈根　　这话说得真不错！尼德兰人，我要同您握手！
伏尔凯　　对您来说，自愿放弃这片贫瘠的土地，
　　放弃这荒凉海滨的无限孤寂，
　　离开地狱与黑夜，跟着我们的国王
　　一起走进真正的世界，就是这么困难的事情吗？ 830
　　这地方甚至已经不能算是大地上的国土了，
　　而是一块被放弃了的礁石，
　　活着的人们早已怀着恐惧离开了它；
　　您若是爱着这片土地，
　　那也只是因为您是在此出生的最后一人！ 835

　　　　　这天空中肆虐的风暴、这海面上

　　　　　翻滚的浪涛、这火山可怖的喘息，

　　　　　尤其是这赤红的光线，

　　　　　它从天穹洒落下来，

840　　　就如同从祭坛上流淌而下的鲜血一般，

　　　　　这一切都是如此可怕，只有魔鬼才和它们相配。

　　　　　人们在这里每一次的呼吸，甚至都带着血腥的气味！

　　　布伦希尔德　你对我的孤寂又知道什么？

　　　　　我还并不渴望得到你们那个世界中的任何东西。

845　　　我这句话你们要相信：就算我有什么想要的，

　　　　　我也要自己去获取，用不着谁来送给我！

　　　西格夫里特　我不是已经和诸位说过了吗？去战斗吧！去战斗吧！

　　　　　你必须用武力才能把她从这里带走！

　　　　　只有当这事成了之后，她才会感谢你。

　　　布伦希尔德

850　　　你是这么想的？那你的如意算盘可打错了。你们知道

　　　　　你们要让我献出的是什么吗？不，你们不知道，

　　　　　也没有人知道。你们首先该想一想这一点，

　　　　　好好问问自己，我将会如何保卫它！

　　　　　不错，在这里时间几乎是静止的，

855　　　我们不知道春天、夏天和秋天，

　　　　　季节的面貌从不发生变化，

　　　　　而我们也同样坚韧固执。

　　　　　而就算在你们那里沐浴着阳光生长的所有事物

　　　　　在此地都无法生根发芽，

860　　　我们的黑夜却仍能孕育出

　　　　　你们既不懂播种也不能栽培的果实。

　　　　我依然期待着战斗，我依然在欢呼，
　　　　要战胜那骄傲的、
　　　　企图夺走我自由的敌人。我身上仍然
　　　　充盈着青春，充盈着不断增长的生命力， 865
　　　　而在这燃烧的生命之火
　　　　离我而去之前，命运已经
　　　　在冥冥之中赐予我奇迹的赠礼，
　　　　使我成为它的最高祭司！
弗丽嘉　　她怎么了？我献给众神的祭品够了吗？ 870
布伦希尔德　　大地将会突然在我的面前张开，
　　　　让我看到它隐藏于核心的秘密；
　　　　天上的星辰将会在我的耳畔鸣响，
　　　　让我领会它们超凡脱俗的旋律；
　　　　我还将获得第三件赐福， 875
　　　　这第三件赐福在世上无人能够理解！
弗丽嘉　　奥丁在上，是您啊！她在夜间对您的话充耳不闻，
　　　　于是您就使她张开了眼睛，
　　　　自己看见了诺恩女神们对她做出的安排！
布伦希尔德（昂首挺胸，目光凝滞）
　　　　我曾经在一个清晨早早地离开了城堡。 880
　　　　我没有去猎熊，也没有
　　　　去把那些被冻在洞里的海蛇弄出来，
　　　　好让它们不要把地球都给搅碎了；
　　　　我骑着我的黑马散步，心中无所畏惧，
　　　　而它也愉快地驮着我前行。 885
　　　　这时候我突然停了下来。我脚下的地面
　　　　竟然变成了虚空！这让我毛骨悚然，

连忙拨转了马头。可是我身后的地面也同样如此,
完全变得透明了。我的头顶和脚下
890 都飘浮着彩色的云朵。但我的侍女们却仍然在闲聊。
我高声喊道:"你们难道瞎了眼,什么都看不见了吗?
我们现在悬空飘在无底深渊之中啊!"她们却吃了一惊,
纷纷摇着头,挤挤挨挨地
围到了我身边来。弗丽嘉低声说道:
895 "你命中注定的时刻也到来了吗?"这时我才终于意识到,
地球对我来说已经变成了水晶!
我先前所见的云朵,其实是
交织的金银矿脉,它们光彩熠熠,
交错缠绕着这颗水晶球,一直延伸到地心。

弗丽嘉   胜利!胜利!

900 布伦希尔德 夜晚随之而来。不,并不是紧接着;也许过了很久。
我正与侍女们坐在一起,但这时她们全都
忽然倒在地上,仿佛死了一般;她们没说完的话
还留在口中。而我却被一股力量引着
登上了高塔,因为在我的头顶仿佛传来钟鸣之声,
905 每一颗星都有它独特的曲调。
最初这对我来说只是平常的音乐,
但是到了破晓之时,我如同做梦一样开始喃喃自语:
国王在入夜前就已经死去;他的儿子
在母亲的怀腹中窒息,永远不能出生。
910 直到后来我才从别人那里得知自己说了这些话,
但是却不清楚,自己是如何知道这些事情的。
不过很快一切对我都变得清晰,
很快这奇迹就从北极到南极传遍了整个世界。

之后人们就如现在一样纷纷来到我的面前，
但并不是带着刀剑来与我交战， 915
而是谦卑地摘下了自己的冠冕，
聆听我的梦境，
试图解读我断断续续的言语，因为我的目光
能够看穿未来，我的手中
握着通向世界上一切宝藏的钥匙。 920
于是我高高端坐于众人之上，
命运不属于我，而我却了解命运。
然而我忘记了，预兆指示给我的还有更多。
数百年、甚至数千年的光阴流逝而去，
我对此竟浑然不觉。但是最终我问我自己： 925
死亡在何处？我揽镜自照，
映在镜中的头发给了我答案。它们仍旧漆黑，
没有一丝变白。于是我高声喊道：
这就是第三件赐福，死亡将永不会来临！
（向后倒下，被侍女们扶住。）

弗丽嘉　我还在怕什么？就算是挥舞着巴尔蒙宝剑的那个人来了， 930
她现在也有了抵御他的护盾！
尽管她爱着他，却还是会与他交战，而他则必死无疑。
她已经知道一切了，就一定会战斗！

布伦希尔德（重新站起身）
我刚才在说话！这是怎么一回事？

弗丽嘉　　　　　　　　　　拿起你的弓吧，孩子，
今天你的箭将以前所未有的方式 935
追猎它的敌手。

布伦希尔德（对众武士）
　　　　　　　　那么，来吧！
西格夫里特（对布伦希尔德）　　您可愿意发誓，
　　若是输掉比赛，就跟我们走？
布伦希尔德（大笑）我发誓！
西格夫里特　　　　　　　　一言为定！我这就去将船准备好。
布伦希尔德（准备离去，同时对弗丽嘉）
　　你到展览战利品的大厅里去，
　　在那儿再打一颗钉子！
940　　（对众武士）　　　　开始吧！
（众下。）

第二幕

沃尔姆斯的城堡内院。

第一场

（鲁摩尔特与吉赛海尔相遇。）

吉赛海尔　　哎呀，鲁摩尔特，现在可还有一棵树是没被砍倒的吗？
　　您这几个星期一直忙着往树林里钻，
　　拼了命似的为婚礼做准备，
　　就好像除了人类之外，连矮人和精灵也要来参加婚礼一样。
945　鲁摩尔特　　我是在为此做准备呢。要是我发现
　　哪里的水壶没有好好地装满，
　　就得赶紧把偷懒的厨师打发过去，
　　还得和帮厨们一起搅拌锅里的汤。

吉赛海尔　　这么说，您已经知道这次求婚的结果了？
鲁摩尔特　　我当然知道，因为去为国王求婚的可是西格夫里特呀。　　950
　　　　　　他在半路上抓住了两个王子，把他们送到了我们这里，
　　　　　　就好像那不过是两只吓坏了的兔子一样；
　　　　　　这样一个人是肯定不会输给妖女的。
吉赛海尔　　您这话倒是说得对。吕德格和吕德加斯特①
　　　　　　对我们来说可是值钱的人质哩！　　955
　　　　　　他们本以为可以带着一支
　　　　　　勃艮第人从未见识过的大军前来进攻，
　　　　　　而现在却乖乖地做了俘虏，
　　　　　　甚至用不着人看守也不敢轻举妄动。
　　　　　　继续做菜吧，朋友，您绝不会缺少客人的！　　960
（盖尔诺特上。）
　　　　　　咱们的猎人来了！
盖尔诺特　　　　　　但是我这回没有带野味回来！
　　　　　　我刚才到咱们的塔楼上去了，看见莱茵河上
　　　　　　挤满了航船。
鲁摩尔特　　　　　那就是新娘！
　　　　　　我现在马上去吩咐人把城堡里所有
　　　　　　咩咩叫的羊、哞哞叫的牛、咕咕叫的鸡、吭吭叫的猪都宰了，　　965
　　　　　　好让她在很远的地方就知道，
　　　　　　她在这里会受到多盛大的欢迎！
（号角声传来。）
　　盖尔诺特　　　　　　　　　　太晚了！

---

① 《尼伯龙人之歌》中的丹麦国王与萨克森国王。此处将此二人同称为丹麦王子，第四幕又称之为丹麦与萨克森君主，或为黑贝尔写作时的疏漏。

第二场

西格夫里特（与众随从上）
　　我回来了！

吉赛海尔　　家兄没有和您在一起？

西格夫里特　　别着急！我正是作为他的使者来的！
970　　不过，我不是来向你报信的，
　　而是要把消息带给你的母亲，此外我还希望，
　　能够见一见你的妹妹。

吉赛海尔　　如您所愿，英雄，因为我们还未能
　　报答您将那两位丹麦王子送来的恩惠。

975　西格夫里特　　我现在倒希望自己不曾把他们送来了。

吉赛海尔　　为什么？您借此向我们展示了
　　您是多么强大的一个盟友；再没有比这更有效的方式了，
　　那两个人可不是等闲之辈啊。

西格夫里特　　就算是这样吧！但是我要是没有把他们送来的话，
980　　保不定就会有小鸟儿传播流言，
　　说我死在那两个人手里了；
　　那么我倒想知道，克里姆希尔德会对这消息有什么反应。

吉赛海尔　　他们在我们手上，对您也一样有益！
　　我虽然一直都知道，只要技巧熟练，
985　　人们就能把钢铁和青铜捶打成号角，
　　可是却从未听说过，人也能变成号角。
　　而这两个人就证明了
　　像您这样的铁匠是能做到这一点的。
　　他们赞扬您的话，您自己要是听见了，

恐怕当场就要脸红！而且他们那样说还不是为了卖弄聪明—— 990
有些人为了给自己的失败贴金，
往往会吹嘘他们的对手有多么强大——
不，他们是纯粹发自内心称赞您的。
不过，您最好还是从克里姆希尔德口中听听这一切比较好；
她整天向那两个人打听关于您的事情，简直乐此不疲。 995
她这就来了。

第三场

（乌特与克里姆希尔德上。）

西格夫里特　　求你了！

吉赛海尔　　　　　怎么？

西格夫里特　我从未期望过我的父亲在我身边
　　告诉我应该怎样战斗；
　　可是现在我大概需要问问我的母亲，
　　应该怎样说话才好。 1000

吉赛海尔　您要是觉得难为情的话，就把手伸给我。
　　在这里人们都管我叫小孩子；现在他们会看见，
　　小孩子也能引领雄狮呢！

（将西格夫里特领到妇人们面前）
　　尼德兰的英雄
　　来了！

西格夫里特
　　　尊敬的女士们，
　　请别因为我是独自一人就感到惊慌。

乌特　　　　　　　　　　不，勇敢的西格夫里特， 1005

我们不会如此。您不是那种
在别人都倒下的时候还苟且偷生，
好去报告不幸的消息的武士。
您一定是来告诉我，我有了一个新的女儿，
克里姆希尔德也有了一个新的姐妹的吧。

1010 西格夫里特   太后啊，
的确如此。

 吉赛海尔 "的确如此"？没有更多了？而且
就这么几个字，也让您如此难以启齿么？
难道您不愿意让她嫁给我的王兄，还是说
您在战斗中把舌头给扭伤了？

1015 这样的事情至今为止可从没有过先例呢。不对，
您之前向我描述布伦希尔德棕色的眼睛
和黑色的头发的时候，
明明还是巧舌如簧的哩。

 西格夫里特   您可别相信这话！①

 吉赛海尔 他为了强调自己无意于她，
1020 还举起三根手指来发誓，②
说自己爱的是个金发碧眼的姑娘③。

 乌特   他④呀，就是个讨人嫌的调皮孩子，
桦树枝的笤帚和榛子木的教鞭都管不住他。
他过去从来没挨过父亲的责打，

---

① 此话是对乌特说的。
② 拇指、食指与中指。中世纪时人们在发誓时常做这一手势。
③ 指克里姆希尔德。
④ 指吉赛海尔。

如今也早就过了受母亲管束的年纪；

现在的他就像是一匹小马驹, 1025

从没见过缰绳和鞭子, 骄傲得不得了。

您要么就彻底担待着他, 要么就好好儿罚他一回!

西格夫里特　　　　　　　　　　　那可是

很危险的! 野生的小马驹最难驯服,

好些人甚至连骑都没有骑上去,

就只能一瘸一拐、颜面尽失地从它身旁走开了!

乌特　　　　　　　　　　　所以呀, 1030

他也就又躲过一场责罚了!

吉赛海尔　　　　　　为了对您表示感谢,①

我要告诉您一个秘密。

克里姆希尔德　　　吉赛海尔!

吉赛海尔　你有什么要藏着掖着的事儿吗? 你什么都不用怕!

我又不知道你的秘密,

也不会从你的炭火上把灰吹走。 1035

乌特　那你要说的又是什么?

吉赛海尔　　　　　　这下我自己都忘啦!

我的姐姐突然一下子脸红起来,

我作为弟弟当然要好好想想,

这究竟是为什么。嗯, 算啦, 没关系!

反正我这辈子肯定能想起来刚才要说的话, 1040

然后就能告诉他了。

西格夫里特　　　　尽管取笑我吧,

因为我刚才完全忘了自己还有报信的任务在身。

---

① 意指西格夫里特没有因为吉赛海尔的口无遮拦而要求乌特惩罚他。

在我催促你们换上礼拜日的盛装之前,

你们就会听到号角的声音,

之后恭特就会带着他的新娘回来了!

吉赛海尔 您难道没有看见我们的御膳司厨正在忙里忙外?

您的到来已经足以让他知道一切了。

不过我这就去帮忙!(去找鲁摩尔特。)

克里姆希尔德 我们可没有什么报酬

配得上您这样高贵的使节呀。

西格夫里特 哎,其实有的!有的!

克里姆希尔德(摆弄自己的别针,让披巾掉落下来。)

西格夫里特(连忙抓住披巾)

这就是了!

克里姆希尔德

不管是对您还是对我,这都不合适吧。

西格夫里特 珠宝对我来说就和别人眼中的尘土一样。

我能用金银盖起房子,

可就缺这么一条披巾。

克里姆希尔德 那您就把它拿去吧。

这是我自己织的。

西格夫里特 您愿意把它给我?

克里姆希尔德 是的,高贵的西格夫里特,我当然愿意。

乌特 不过现在请允许我们失陪——我们需要一些自己的时间。

(与克里姆希尔德同下。)

第四场

西格夫里特　我现在站在这里,就和一尊罗兰①的雕像一样!
　　我的头发里没有麻雀做窝,
　　这可真是奇怪。②

第五场

神甫(走上前)
　　　　　　恕我冒昧,高贵的勇士,
　　布伦希尔德受过洗礼吗?
西格夫里特　　　　　她受过洗礼!
神甫　这么说,她是来自信仰基督教的国土的了?
西格夫里特　那里的人们敬拜十字架。
神甫(退下)他们敬拜它的方式恐怕和这里差不多:
　　人们只是在奥丁的橡树之外
　　也同时接纳了十字架,因为不知道
　　其中是不是藏着魔法。这就和最虔诚的基督徒
　　也不会轻易打碎异教的偶像是一个道理:
　　他只要发觉那偶像正在盯着他看,
　　那古老恐惧的最后一丝残余
　　就会在他的心中悄然升起。

---

①　罗兰为查理曼麾下骑士,其雕像在中世纪晚期之后的欧洲城市中相当常见,但此处被提及则不符合时代背景,为黑贝尔的艺术虚构。
②　意指自己在心仪淑女面前极度紧张,无法动弹。

第六场

(号角奏乐。布伦希尔德、弗丽嘉、恭特、哈根、伏尔凯与众随从上。乌特与克里姆希尔德自城堡中出迎。)

恭特 　　　　　　　　　城堡就在那儿。
1070 　　我的母亲和妹妹已经朝我们走来,
　　　正要问候你呢。
伏尔凯(在贵妇们接近彼此时对布伦希尔德)
　　　　　　这对您来说难道不是好事吗?
哈根　西格夫里特,我有话对您说! 您出了个坏主意。
西格夫里特　我出了个坏主意? 她不是被征服了吗?
　　　她不是就站在这儿吗?
哈根 　　　　　　　　那又有什么用呢?
西格夫里特　我以为这就万事大吉了。
1075 哈根 　　　　　　　　恰恰相反! 如果不能夺走
　　　她的初吻,就永远无法
　　　将她掌控,而恭特做不到这一点。
西格夫里特　他试过了吗?
哈根 　　　　　　不然我为什么要说起这事?
　　　当城堡出现在我们的视线中时,他就已经试过了。
　　　一开始她就表现出抗拒,但这无可厚非,少女本该如此;
1080 　　我们自己的母亲当年也曾这般抗拒过她们的丈夫。
　　　然而,当她发现只需要用大拇指一推
　　　就能让那追求她的男子连连后退之后,
　　　她顿时狂暴了起来;但他却不肯退让,
1085 　　于是她就将他抓住,然后伸长手臂,

让他悬在莱茵河的水面上。这样一来,
国王自己和我们的脸上都要永远蒙羞了。

西格夫里特 这个魔女!

哈根 您在这儿骂她有什么用?您得帮忙呀!

西格夫里特 我想,等神甫
宣告了他们的结合之后——

哈根 如果不是因为
陪伴着她的那个老女仆的话! 1090
她整天都坐在布伦希尔德身边,
用尽她那七八十岁的老脑筋问东问西、四处窥探。
比起布伦希尔德来,她更让我感到恐惧!

乌特(对克里姆希尔德和布伦希尔德) 你们要从此相亲相爱;
既然出于内心最初的激动,你们两人
已经携起手来,使手臂围成了一个圆环, 1095
那么以后这个圆环还会扩得越来越大。
为此,你们要为了共同的喜乐
同进同退,彼此扶持。
你们将要拥有的生活一定会比我幸福,
因为我若是有什么话不能同夫君说的, 1100
就必须咽进肚子里去,
于是我至少就没法抱怨他了。

克里姆希尔德 我们要成为姊妹。

布伦希尔德 为了你们二位的缘故,
我愿意在今夜之前让您的儿子、您的兄长
在我的嘴唇上烙下他的印记,让我成为他的使女。 1105
因为我就如同一棵尚还幼嫩的树一样,

　　　　　　　　不曾被打上过烙印；① 而你们甚至
　　　　　　　　让即将降临到我头上的耻辱也变得甜美了，
　　　　　　　　若非如此，我会永远逃避这种命运。
　　　　乌特　　你怎么能说这是耻辱呢？
1110　　布伦希尔德　　　　　　　　请原谅我，
　　　　　　　　但我说的只是我自己心中所想。你们的世界
　　　　　　　　对我来说是陌生的；正如你们若是
　　　　　　　　踏入我的世界，就一定会被它吓着那样，
　　　　　　　　你们的世界也让我感到恐惧。我有这样一种感觉：
　　　　　　　　我这样的人不可能出生在这里，
　　　　　　　　却要在这里生活下去了！——这里的天空一直
　　　　　　　　这样蓝吗？
　　　　克里姆希尔德　　并不总是如此。不过大部分时候都是的。
　　　　布伦希尔德　　我们那里除了人的眼睛，再没有别的什么是蓝色的了；
　　　　　　　　而那些蓝眼睛的人全都有着红色的头发
1120　　　　　　　　和苍白的面孔。这里的空气
　　　　　　　　也一直这样平静无风吗？
　　　　克里姆希尔德　　　　　　有时候也会
　　　　　　　　有坏天气，白天忽然变得漆黑如夜、
　　　　　　　　电闪雷鸣。
　　　　布伦希尔德　　但愿今天
　　　　　　　　来这样一场风暴吧！它对我来说就如同来自家乡的问候。
1125　　　　　　　　我无法习惯这里如此明亮的天光，
　　　　　　　　它让我觉得难受，就好像我在这里赤身露体地行走，
　　　　　　　　无论穿多少衣服都不够厚实似的。——

―――――――――

① 树龄足够、可以砍伐的树会被以烙印标记。

> 这些红色的、黄色的和绿色的是鲜花吗?

克里姆希尔德　你从未见过鲜艳的色彩,却认识它们?

布伦希尔德　我们那里有各种颜色的宝石, 1130
　　只不过没有白色和黑色的;
　　但是我自己有洁白的手和漆黑的头发。

克里姆希尔德　那么,你不知道香味吧!

(摘下一朵紫罗兰递给布伦希尔德。)

布伦希尔德　　　　　　　　啊,这香味真是美妙!
　　我刚才唯独没有注意到的就是这朵小花,
　　可竟然就是它发出了这样的芬芳! 1135
　　我真想给这朵花起一个甜美的名字,
　　可是它大概已经有名字了。

克里姆希尔德　　　　没有一朵花
　　比它更加谦卑,也没有一朵花
　　像它一样,会被你轻易地踩碎;因为它几乎
　　为自己生得比一片草叶更美而感到羞愧, 1140
　　于是要将自己深深地藏起来。可是就算如此,
　　它却得到了你在这里说出的第一句温柔的赞美。
　　你就把这当作一个征兆吧:在这里还隐藏着
　　许多能让你喜悦的事物,
　　但是它们都还没有被你的眼睛发现呢。

布伦希尔德　　　　　　我希望如此,也相信如此!—— 1145
　　可这一切仍然让我痛苦!你不知道这是一种怎样的感受:
　　身为一个女子,却在每一场战斗中
　　都胜过男人,他们的鲜血冒着热气
　　在我面前流淌,而我只在呼吸之间,
　　就能将他们失去的力量 1150

　　　　　　　摄入我自己的体内！我觉得自己
　　　　　　　越来越强大、越来越勇敢，最终，
　　　　　　　我比任何时候都确定自己将要获得胜利，而这时——
　　　　　　　（突然转过身）
　　　　　　　弗丽嘉，我再问你一遍！那时候发生了什么？
1155　　　　　我在上一场战斗之前到底看见了什么，又说了什么？
　　弗丽嘉　你似乎看见了这片土地的精灵。
　　布伦希尔德　这片土地！
　　弗丽嘉　　　　　　　而且你非常兴奋。
　　布伦希尔德　　　　　　　　　　我很兴奋！——
　　　　　　　但是你的眼睛里有火光。
　　弗丽嘉　　　　　　　　那是因为我看到
　　　　　　　你是如此喜悦。
　　布伦希尔德　　可那些武士在我面前
　　　　　　　像雪一样苍白。
1160　　弗丽嘉　　　　　　他们的肤色原本就是如此。
　　布伦希尔德　那么你为什么要瞒我这么久？
　　弗丽嘉　我自己也是现在才看出来的，
　　　　　　　因为只有在这里我才能作此比较。①
　　布伦希尔德　　　　　　　　　如果我先前
　　　　　　　看到这片土地的时候是那样兴奋，
　　　　　　　我现在也本应该再次高兴起来。
1165　　弗丽嘉　　　　　　　　　你不必怀疑。
　　布伦希尔德　可是我觉得，我那时似乎
　　　　　　　提到了星辰和金属——

---

① 意指在冰岛的极夜中无法将人的相貌看清。

弗丽嘉　　　　　　　是的，确实如此！
　　你说这里的星辰更加明亮，
　　但金银却对它们视而不见。

布伦希尔德　是这样啊！

弗丽嘉（对哈根）　　难道不是吗？

哈根　　　　　　　　我当时并没有注意听。　　　　　1170

布伦希尔德　尽管我已经不是一个小孩子了，
　　但是我请求你们诸位，就把我当作小孩子来看待吧，
　　我会比别的孩子成长得更为迅速。
　　（对弗丽嘉）　　　　那么，就是这样了吗？

弗丽嘉　就是这样了。

布伦希尔德　　这样就很好！这样就很好！——

乌特(对走上前来的恭特)
　　我的孩子啊，她要是对你态度冷淡，　　　　　1175
　　你就多给她一点时间！她过去听惯了
　　乌鸦的嘶鸣，心门是无法开启的；
　　但是在云雀的鸣啭和夜莺的歌声中，
　　一切就会水到渠成了。

哈根　我们的乐师在头脑发热的时候也是这么说的，　　1180
　　那时他还会去亲昵地抚摸小狗哩。就算是如此吧；
　　但是少女可以有足够的时间把事情想清楚，
　　而贵妇却必须言出即行。
　　您已经以武器的法则将她征服了，
　　那就把她掌控住！
　　（高声）　　神甫阁下！（朝前走去。）

恭特　　　　　　　　我和你一起去！　　　　　1185

西格夫里特　等等，恭特，等等！你对我许诺了什么来着？

恭特　克里姆希尔德，我可以为你选择一位夫君吗？

克里姆希尔德　全听王兄安排。

恭特（对乌特）

我不必担心您会反对吧？

乌特　你是国王呀。我和她一样，都是你的使女。

恭特　那么，当着诸位亲族的面，妹妹啊，我请求你，

为了我，也为了我们的家族，立下誓言，将你的手

伸给高贵的西格夫里特吧。

西格夫里特　　　　　　我简直无法描述

自己在见到你的面容时有多么喜悦；

而你大概也已经听够了

我结结巴巴地说的这些话了吧。

那么，就像猎人们所做的那样，

只不过我现在不会从帽子上把羽毛吹下来①——

我要问您一句话：姑娘啊，您愿意接受我吗？

但是为了不让您被自己的天真单纯蒙蔽双眼，

为了让您不要连一点建议都没有听到就匆匆做出决定，

请您在对我说出"是"或"否"之前，

先听一听我的母亲是怎样责备我的。

她说，我虽然已经拥有足以

征服整个世界的力量，却太缺乏谋略，

连一个小小的鼹鼠窝都守卫不了，

就算我自己的眼睛还在，②

也毫无可能做成这件事。

---

① 意指自己态度谦和，而非趾高气扬。

② 鼹鼠的眼睛是退化的，外观上会被误认为不长眼睛。

她这两条评价，您可以完全相信其中的一条，

而另外一条，我却是一定要反对的。 1210

因为只有在我征服了您之后，

人们才会看见，我将会怎样好好地守护您！

那现在我要再问您一回：克里姆希尔德，您愿意接受我吗？

克里姆希尔德　母亲，您在笑呢！

啊，我当然没有忘记自己的梦；那恐惧 1215

并未离我而去，它比往常更激烈地向我发出了警告；

但是正是因此，我才要勇敢地说：我愿意！

布伦希尔德（走到克里姆希尔德和西格夫里特中间）

克里姆希尔德！

克里姆希尔德　你要做什么？

布伦希尔德　　　　　　我要证明

自己是你的姊妹！

克里姆希尔德　　现在？你要怎么证明？

布伦希尔德（对西格夫里特）　　　你不过是一个臣子、

一个仆从，是谁给你的胆量， 1220

竟然敢向她，一个国王的女儿，

伸出手来求婚？

西格夫里特　　　什么？

布伦希尔德　　　　你难道不是作为向导来到我的城堡，

又作为使者而离开的吗？

（对恭特）　　　　而你怎么能容忍、

甚至支持他的这种行径？

恭特　　　　　　　他可是

天下第一的勇士啊！

布伦希尔德　　　那就让他 1225

　　　　　做你驾前的首席封臣。
恭特　他拥有的财宝比我自己的还要多呢!
布伦希尔德　呸!这就让他有权娶你的妹妹了吗?
恭特　他为我击倒了上千敌人。
布伦希尔德　战胜了我的英雄还要为这种事情感谢他?
恭特　他和我一样,也是一国之君。
布伦希尔德　　　　　　那他还向你
　　俯首称臣?
恭特　　　当你属于我了之后,
　　我就解答你的这个疑问!
布伦希尔德　我若是不能得知你的秘密,就永远不会属于你!
乌特　那么,你是彻底不愿叫我一声"母亲"了吗?
　　别让我等待太久了啊,我已经老了,
　　遇到的伤心事也够多了!
布伦希尔德　　　　　　我会像之前发过的誓那样,
　　跟他一起进教堂,我也乐意
　　成为您的女儿,但我不会做他的女人。
哈根(对弗丽嘉)您劝劝她!
弗丽嘉　　　　　　这还用得着我吗?
　　他既然已经征服过她一次了,
　　自然也做得到第二次。
　　可是处女是有权反抗一下的。
西格夫里特(握住克里姆希尔德的手)
　　为了在此证明我的王家身份,
　　我要将尼伯龙财宝赠送给你。
　　现在,我就可以行使丈夫的权利,你也要尽妻子的义务了。

（他吻她。）

哈根　去教堂吧！

弗丽嘉　他拥有尼伯龙财宝？

哈根　您已经听见了。吹号吧！

弗丽嘉　　　　　　　还有那巴尔蒙宝剑？①

哈根　那还用说吗？来吧，快吹号，宣告婚礼开始！

（雷鸣般的音乐。众下。）

第七场

（大厅。特鲁赫斯与伍尔夫上。众矮人抬着金银珠宝穿过舞台。）

特鲁赫斯　我站在克里姆希尔德这边。

伍尔夫　　　　　　　　是吗？那我就跟随布伦希尔德。

特鲁赫斯
　　你要是愿意的话，能告诉我为什么吗？

伍尔夫　　　　要是我们所有人
　　都打同一种颜色的旗子，
　　那长矛比武还怎么开得起来？

特鲁赫斯　　　　　　　你这个理由
　　我还是同意的，否则
　　我一定会觉得你是疯了。

伍尔夫　　　　　　　嘿，你这话可别说得太大声了，
　　因为向那个外族女人发誓效忠的人可不少呢。

特鲁赫斯　她和我们的差异可是像白天和黑夜一样大的啊！

伍尔夫　谁否认这一点了？可有些人就是喜欢黑夜呀。

---

① 弗丽嘉意识到了西格夫里特的身份。

　　　　　　（指向矮人们）他们拖着的又是什么？

特鲁赫斯　　　　　　　　　　　　我想就是那宝藏吧。
1260　　当西格夫里特把那些尼伯龙族的人
　　　　作为随从召来的时候，也把宝藏
　　　　一并带来了；而且我还听说，
　　　　他已经决定把这笔财产赠送给克里姆希尔德了。

伍尔夫　这些矮人的模样真是讨厌！瞧他们那驼背！
1265　　要是有一个四脚朝天翻过来，就和面桶没什么两样！

特鲁赫斯　而且他们还住在地底下
　　　　或者山洞里，与那些虫类为伍，
　　　　和鼹鼠是亲戚。

伍尔夫　　　　　但他们很强壮！

特鲁赫斯　还很聪明！谁要是和他们做了朋友，
1270　　　就用不着找曼陀罗草根了。①

伍尔夫（指着宝物）
　　　　谁要是得到了那些东西，这两者②他就都用不着了。

特鲁赫斯　我对那可没什么兴趣。有一句老话说得好，
　　　　那些有魔力的金子渴求鲜血，
　　　　胜过干透了的海绵渴求水；
1275　　而且，那些尼伯龙族的武士
　　　　还说了好些古怪的话。

伍尔夫　　　　　　他们说到了乌鸦！
　　　　不过具体是什么来着？我没有仔细听。

特鲁赫斯　在他们把黄金搬上船的时候，

---

① 西方民间传说，认为曼陀罗草根能让人找到埋藏的金银。
② 指与矮人的交情和曼陀罗草根这两件能使人获得财宝的事物。

有一只乌鸦停在了那堆金子上,
呱呱地叫了起来。西格夫里特因为听得懂它的叫声, 1280
于是先是一面堵上了自己的耳朵,
一面"嘘,嘘"地驱赶它,又拿宝石
朝它扔过去,可是那鸟还是不飞走,最后,
他甚至把长矛都冲它投过去了哩。

伍尔夫　这可真是稀奇!西格夫里特固然勇敢, 1285
可他的本性却是很温和的呀。
(号角声传来。)　　　　　听,咱们也有事做!
大伙儿都聚起来了。布伦希尔德的人在这边!

特鲁赫斯　　　　　　　　克里姆希尔德的人在这边!
(伍尔夫与特鲁赫斯下。此时聚集起来的其他武士也跟上他们,重复他们的喊话。灯光渐暗。)

第八场

(哈根与西格夫里特上。)

西格夫里特　你到底要干什么呀,哈根?为什么使眼色
叫我从宴会上出来?像今天这样
坐下来欢宴的机会,我以后可是再也不会有了。 1290
看在我已经帮了你们这么多的份儿上,
就让我消停这一天吧。

哈根　　　　　　　　还有事情要您办呢。

西格夫里特　那就留到明天好了!今天的一分钟
对我来说抵得上一整年;我和我的新娘
才说了屈指可数的那么几句话, 1295
就让我把今晚的时光留给她吧。

哈根　我向来不愿意打扰热恋之中
　　　或是喝醉酒的人。但是您拒绝也没有用；
　　　您必须来帮这个忙。您已经听到布伦希尔德是怎么说的了，
　　　也看见她在婚礼上是怎样表现的了：
　　　她坐在桌子跟前，哭泣不止。
西格夫里特　我难道能改变此事吗？
哈根　　　　　　　　她会坚守
　　　自己发下的誓言，这是毋庸置疑的；
　　　而更可以确定的是，这会造成无法磨灭的耻辱！
　　　这样说，您可明白？
西格夫里特　所以呢？
哈根　　　　　　您必须制服她！
（恭特走近两人。）
西格夫里特　我？
哈根　　　　　听我说！国王会和她
　　　一同走进卧室，您就披上隐身斗篷跟上他。
　　　在她还没解下披巾的时候，他就
　　　做出急不可耐的样子要亲吻她。她会反抗。
　　　他们会扭打一阵子，而她将大笑着打赢这一回。
　　　这时候，他会假装不经意地把灯熄灭，
　　　并且高声叫道："玩笑开够了，现在是认真的了！
　　　像船上那样的事，在这儿不会再发生了！"
　　　然后您就抓住她，叫她领教领教您的厉害，
　　　直到她为了性命向您求饶为止。
　　　这事一成，国王就能让她
　　　发誓做他顺从的使女，
　　　而您就和来时一样，从那儿离开就好了。

恭特　　　　　　　　　　　　您准备好
　　　帮我这最后一个忙了吗？
　　　我以后不会再要求您这样做了。
哈根　他会的，而且他必须帮您。这事因他而起，
　　　他怎能不把它完成呢？
西格夫里特　　　　　　说真的，
　　　你们要我做的这件事，
　　　就算不是在婚礼当天，而是在别的日子，
　　　我也有理由拒绝。就算我愿意，
　　　我又要怎么去做？我该怎么和克里姆希尔德说？
　　　我需要让她原谅的过错已经够多了，
　　　简直让我觉得脚底下的地板都发烫；
　　　要是我再做错那么一件事的话，
　　　恐怕她这辈子都饶不了我啦。①
哈根　朋友啊，当一个女儿走出摆着摇篮的房间，
　　　准备进入新娘的婚房，
　　　与她的母亲分离的时候，
　　　她们的告别总是很漫长的！
　　　这段时间对您来说应该够用了，那么——就这样！
　　　（向西格夫里特伸出手，但被后者拒绝。）
　　　布伦希尔德现在就像一只被射伤了的野兽，
　　　谁会让她就这样带着箭逃走呢？
　　　好猎手一定会立刻补上第二箭。
　　　失去的已经失去，结束的已经结束，

---

① 西格夫里特担心自己若去帮助恭特制服布伦希尔德，就会让克里姆希尔德在新婚之夜独守空房。

　　　　　瓦尔基里和诺恩女神的骄傲后裔
　　　　　已经倒在地上，奄奄一息；彻底终结她吧，
　　　　　这样，明天早晨就会有一个愉快的妇人向我们微笑，
　　　　　最多再说上一句："我做了一场可怕的梦！"
　　　西格夫里特
　　　　　我不知道，是什么在向我发出警告。
1345　哈根　　　　　　　　　　　　您大概是觉得，乌特夫人
　　　　　那边的事情会比您要做的结束得早吧？您大可以放心，
　　　　　她肯定会一次又一次地把克里姆希尔德叫回去，
　　　　　拥抱她，再给她祝福。
　　　西格夫里特　　　　　　就算这样，也还是不行！
　　　哈根　什么？若是现在突然有个使者
1350　　　出现在您面前，告诉您令尊
　　　　　卧病在床，生命垂危，那么就算
　　　　　您的妻子不催促您回去，您难道就不会
　　　　　立刻叫人把您的马牵来吗？令尊
　　　　　虽然年事已高，却仍然能从疾病中痊愈，但是名誉
1355　　　一旦受到了损害，若不能立刻弥补，
　　　　　就会落入万劫不复的境地！
　　　　　而国王的名誉就好似天上的星辰，
　　　　　他麾下的所有勇士都和他荣辱与共！谁要是犹疑不定，
　　　　　让国王失掉了哪怕是一线荣光，
1360　　　就让不幸降临到他头上吧！
　　　　　我自己要是有这个能力的话，也不会再继续请求您了，
　　　　　我会亲自完成这件事，并且为此骄傲；
　　　　　但是这一切都由法术而起，
　　　　　也只有法术才能将它终结。

　　　　您就动手吧！难道要我跪下来求您吗？
西格夫里特　　　　　　　　我并不愿意这样做！ 1365
　　　谁能想到事情会变成这样啊！可是
　　　这又是明摆着的事儿！哎，我的天哪！
　　　我这辈子从来没有像现在这样感到恶心过，
　　　但是你说的话又确实有根有据，那么就这样吧。
恭特　我给母亲使一个眼色—— 1370
哈根　不！不！不能让妇人知道！这里就我们三个，
　　　而我希望，我们中没有一人多嘴多舌。
　　　我们这个联盟中的第四人就是死神！
（众下。）

第三幕

　　　清晨。城堡的庭院。教堂位于舞台的一侧。

第一场

（鲁摩尔特与旦克瓦特着甲胄上。）
鲁摩尔特　　三条人命！
旦克瓦特　　　　　　是啊，对昨天来说这可是够多了，
　　　毕竟那只不过是场预赛而已。今天的伤亡 1375
　　　多半不止这些。
鲁摩尔特　　　　　那些尼伯龙族的人
　　　个个都预先把自己的殓衣带在了身上；
　　　那东西对他们来说，就像佩剑一样是随身之物。
旦克瓦特　北方人的习俗很是奇特。

1380 　　　　因为越往北走,群山就越是荒凉,
　　　　　　生机勃勃的橡树逐渐让位于阴森森的冷杉,
　　　　　　人们到了那里,也会变得越来越阴郁,直到最后
　　　　　　彻底失去人性,变得和野兽无二。
　　　　　　你一开始会碰到一个无法歌唱的部族,
1385　　　　等走到他们领土的边界,在那里遇到的部族甚至无法欢笑,
　　　　　　而再接下来的那个部族将会像哑巴一样沉默——就这样下去,
　　　　　　　我不用多说了。

第二场

(奏乐。大批武士列队行进,伍尔夫与特鲁赫斯亦在其中。)
鲁摩尔特(走到旦克瓦特身边)
　　哈根现在满意了吧?
旦克瓦特　　　　我想应该是满意了!
　　征召了这么多人来,简直就像要打仗一样!
　　不过,他这么做也有道理,
1390　　因为咱们这位王后早晨要听的曲子,
　　和椴树上云雀唱的歌可是大不相同啊。
(同向前走去。)

第三场

(西格夫里特与克里姆希尔德同上。)
克里姆希尔德(指着自己的衣裙)
　　怎么样?你要不要感谢我一下?
西格夫里特　　　　　　我不知道你是什么意思。

克里姆希尔德　看看我呀！

西格夫里特　　　　　　我要感谢你，因为你就是你；
　　因为你的微笑是这么迷人；因为你的眼睛是蓝色
　　而不是黑色——

克里姆希尔德　哎呀，你这个傻瓜！我不过是上帝的使女；
　　你称赞我的相貌，不就是称赞他的本事吗？我难道是自己
　　把自己创造出来的吗？你这样称赞我的眼睛，
　　可我难道是自己挑选了它们不成？

西格夫里特　　　　　　　我觉得爱情的幻梦
　　真是再神奇不过了！我想，那一定是一个
　　如同今天一样的清晨，万物都欣欣向荣、熠熠生辉，
　　而你，从两朵最纯净的蓝色铃兰花上
　　采撷了两滴最清澈的露珠，
　　从那以后，你的双眼就拥有了
　　天空一般的蔚蓝。

克里姆希尔德　　你还不如感谢我
　　小时候那一跤摔得机灵呢。
　　因为那时我伤了鬓角，
　　离眼睛就差这么一点点儿。

西格夫里特　让我吻一吻你的伤痕！

克里姆希尔德　　　　　你这急性子的医生呀，
　　别浪费你的膏药啦。我的伤
　　早就好了。行啦，说点别的吧！

西格夫里特　　　　　　那么，我要感谢
　　你的嘴唇——

克里姆希尔德　用言语吗？

西格夫里特（试图拥抱她）这样可以吗？

克里姆希尔德（躲开）你觉得我非要你这样不可？

西格夫里特　　　　　　　　　　　　　　　那就用言语吧！

为了你的言语——不，为了那比言语更为甜美的声音；

为了你温柔的隐秘中的低语，

它们如同你的亲吻一样悦耳迷人；

为了爱情的隐秘本身，还为了

我们比赛投掷时你在窗前的聆听，

啊，要是我当时注意到该有多好！哪怕是为了你的嘲讽

和讥笑——

克里姆希尔德

你这么东拉西扯，

就为了拖延时间时不丢面子是不是？你可真坏呀，亲爱的！

这样的话都是我在夜里跟你说的；

你现在白天来对我学舌，莫非是想看看

我会不会脸红吗？我的血可真不听使唤：

它就像潮水一样涨得快落得也快，过去母亲曾经说

我就像一丛玫瑰，

在同一根枝子上就能开出红白两种颜色的花儿。

昨天早上我的弟弟①和我打趣的时候，

我就觉得自己的脸上火烧火燎的。

可要不是因为这个，你肯定还是什么也不知道，

我就得亲口把心里的事儿都说给你听了！

西格夫里特　愿他今天打猎的时候碰到最好的鹿！

克里姆希尔德

然后射不中才好呢！没错，我就是这么想的！——

---

① 指吉赛海尔。见第二幕第三场。

你呀，简直就像我的舅父，那位特罗尼的领主一样；
　　　如果有人给他绣了一件新衣服，
　　　悄悄地去放到他的床前， 1435
　　　除非尺寸太小，要不然他根本发现不了！
西格夫里特　　　　　　　　　　　　为什么这么说？
克里姆希尔德　你只看得见由上帝和自然
　　　所创造的那个我，却对我自己的梳妆打扮
　　　视而不见。我装扮自己时头一件事就是挑选衣饰，
　　　可这条腰带你连看都不看一眼。 1440
西格夫里特　哎呀，它确实色彩斑斓呢！可是我更愿意
　　　把彩虹摘下来系在你身上，
　　　因为我觉得，你和那彩虹十分相配哩。
克里姆希尔德
　　　你只要能在晚上把彩虹带来，我就愿意系上它。
　　　可是你这回可别把它像这条腰带一样扔在地下了； 1445
　　　我差点就没看见你送的这件礼物呢。
西格夫里特　你在说什么呀？
克里姆希尔德　　　　　　要不是因为这些宝石，
　　　它也许现在还躺在桌子底下；
　　　可是那火焰一样明亮的光彩当然是藏不住的。
西格夫里特　这是我给你的？
克里姆希尔德　　　　　　　　当然！
西格夫里特　　　　　　　　克里姆希尔德，你一定在做梦！ 1450
克里姆希尔德　我是在房间里找到它的。
西格夫里特　　　　　　　　　　　　这大概是
　　　你母亲丢失的吧！
克里姆希尔德　　　我的母亲？

啊，不可能，她的首饰我都认识！
我还以为这是尼伯龙宝物中的一件，
1455 所以才急急忙忙地系上了它，为的是让你高兴！

西格夫里特
我要感谢你的好意，可是我真的没有见过这条腰带！

克里姆希尔德（摘下腰带）
那么，你这条腰带就让位给方才被遮盖住的
金丝刺绣吧！我原本已经打扮停当了，
把它系在最外面只是为了能同时向你
1460 和母亲致敬，因为这刺绣
可是母亲的手艺呢！

西格夫里特　　　这可真是奇了！——
你是在地上找到这条腰带的？

克里姆希尔德　　　　　是啊！

西格夫里特　　　　　　　揉成一团了？

克里姆希尔德　瞧瞧，你果然是认得它的吧！你和刚才一样，
还在拿我开心，而我
又要多费一回事！（又要系上腰带。）

1465 西格夫里特　　　上帝在上，千万别系！

克里姆希尔德　你是认真的？

西格夫里特（自言自语）　她①想要
捆住我的手。

克里姆希尔德　你不笑？

西格夫里特（自言自语）　于是我怒火中烧，
用尽了全力。

---

① 指布伦希尔德。

克里姆希尔德　　　　　还没有笑吗？

西格夫里特（自言自语）

  我从她身上扯下了什么东西！

克里姆希尔德　　　　　　　我都快要相信你是认真的了！

西格夫里特（自言自语）

  我把这件东西塞进了怀里，因为她又要　　　　　1470

  把它抢回去，然后——把它给我，把它给我，

  这条腰带必须绑在石头上沉到莱茵河底，

  因为要想把它藏起来，没有一口井是足够深的！

克里姆希尔德　西格夫里特！

西格夫里特　　　　　　它从我的手里掉出去了！——快给我！

克里姆希尔德　它到底是怎么到你手上的？

西格夫里特　　　　　　　　　这个秘密　　　　　　　1475

  会带来可怕的灾难，

  你不要问了。

克里姆希尔德　你已经

  告诉过我更大的秘密啦。我都知道

  你身上哪一处会让你丢掉性命呢。

西格夫里特　但这个秘密我只能独自保守！

克里姆希尔德　　　　　　　　　可另一个秘密

  你就能告诉第二个人！

西格夫里特（自言自语）该死！我太着急了！

克里姆希尔德（以手掩面）

  之前你明明对我发过誓了！你为什么要做这种事？

  我期望的可不是这样。①

---

① 克里姆希尔德因陌生腰带的缘故怀疑西格夫里特对她不忠。

西格夫里特　　　　　　凭我的性命起誓，
　　我之前从未和其他女子有染！
克里姆希尔德（将腰带高高举起。）
西格夫里特　　　　　　我被它
　　给绑住了！
克里姆希尔德　这话要是从狮子口中说出来，
　　倒还更可信呢！
西格夫里特　　可这是真的！
克里姆希尔德　这也太伤人了！像你这样的一个人，
　　用谎言来掩盖错误
　　是最不应该的了，
　　不管那个错误有多严重！
（恭特与布伦希尔德上。）
西格夫里特　　　　　　快拿走，快拿走！
　　有人来了！
克里姆希尔德
　　谁来了？布伦希尔德吗？难道她认识这条腰带？
西格夫里特　快把它藏起来呀！
克里姆希尔德　　　　　我就不！我要把它给人看！
西格夫里特　你把它藏起来，我就告诉你这一切是怎么回事。
克里姆希尔德（收起腰带）　这么说，你真的认得它？
西格夫里特　　　　　　　　　　　　听我说！
（两人跟随众武士下。）

第四场

布伦希尔德　那不是克里姆希尔德吗？

恭特 是啊。

布伦希尔德 她还要 1495
在这莱茵河边待多久?

恭特 她大概很快就会离开了,
因为西格夫里特也要回家去。

布伦希尔德 那么我就恩准他告假还乡,
并且不必来向我辞行了。

恭特 你就这么恨他吗?

布伦希尔德 我见不得
你的妹妹这样自轻自贱。 1500

恭特 她做的事和你一样呀。

布伦希尔德 不是的,不是的! 你是个真正的英雄!
你的名字曾经让我一听就恨,
可是现在却使我的心中充满了骄傲和欢愉!
没错,恭特,我的身上的确已经发生了奇妙的变化,
你一定也发现了吧? 我本来有话要问你, 1505
但是我并没有提那个问题。

恭特 我高贵的夫人啊!

布伦希尔德 你这样称呼我,我很高兴。
如今我回想起自己骑马散步、
投掷长矛的情形,竟然感觉那么陌生,
就好像让我去想象你手里转着烤肉的钎子一样! 1510
我已经不愿意再看见兵器了,
我自己曾经使用的盾牌对我来说
也变得太过沉重。当我想要
把它放到一边的时候,甚至需要
叫侍女过来帮忙! 唉,现在比起 1515

　　　　　　陪着你出来，我更愿意去静静地听蜘蛛织网、
　　　　　　鸟儿做窝的声音哩。
　　　　恭特　　　　　　　　可这一次你必须——
　　　　布伦希尔德
　　　　　　我知道那是为什么。原谅我吧，我将你的慷慨大度
　　　　　　错当成了软弱无力。当我在船上
1520　　　　怀着恶意反抗你的时候，你并不愿意
　　　　　　让我蒙羞。可是我却不懂得这种慷慨，
　　　　　　而正因为如此，最后力量还是
　　　　　　回到了你的身上；它曾经只是由于
　　　　　　命运的变化无常，才偶然地为我所拥有。
1525　　恭特　既然你这样温柔的话，
　　　　　　那就也和西格夫里特和解吧！
　　　　布伦希尔德　　　　　　　　不要提他！
　　　　恭特　可是你并没有理由这样怨恨他呀。
　　　　布伦希尔德　是，我是没有理由恨他。可一个国王
　　　　　　这样自降身份，去给别人当向导、
1530　　　　传口信，也实在是一件
　　　　　　闻所未闻事，就好比一个人
　　　　　　在自己背上套了个马鞍子，
　　　　　　或者像狗一样吠叫着追猎物一样！
　　　　　　不过，他既然自己愿意这样做，那这又和我有什么相干？
　　　　恭特　事情并不是这样的。
1535　　布伦希尔德　　　　　　　　更可笑的是，
　　　　　　他明明已经做了这自轻自贱的事，
　　　　　　却偏偏还在别人面前
　　　　　　做出一副趾高气扬的样子，简直要叫人相信，

　　　　他从全世界每一位国王那里
　　　　摘下了王冠，然后把它们铸到了一起， 1540
　　　　好让人见识这前所未有的无上荣光！
　　　　因为说实话，只要这世上还有第二顶王冠熠熠生辉，
　　　　那么就没有一顶王冠的光彩是完满无缺的。就算是你，
　　　　戴在额头上的也不过是苍白的半月，
　　　　而不是闪耀的日轮！ 1545

恭特　你难道不觉得，自己对他所抱有的
　　　　成见太深了吗？

布伦希尔德　　我竟然先问候了他，
　　　　而不是你！你必须复仇！让人——杀了他！

恭特　布伦希尔德！他是我的妹夫，
　　　　和我是骨肉之亲！

布伦希尔德　　　那你就去 1550
　　　　和他战斗，把他打倒在尘土里，
　　　　像一张矮凳一样踩在脚底下，
　　　　让我看看你的荣光。

恭特　我们这里也没有这样的习俗。

布伦希尔德　　　　　　我不会放弃的；
　　　　我一定要看看这种情景。他只不过是徒有其表， 1555
　　　　你才是真有本事的人！
　　　　不管他用了什么把戏让那些庸人对他移不开眼，
　　　　你都要破除掉它！克里姆希尔德
　　　　现在站在他的身旁时，那目空一切的样子
　　　　实在放肆，可这么一来，她或许就不得不低垂下目光了。 1560
　　　　这对她来说也并不会有什么害处，而只要你
　　　　肯照我说的做，我对你的爱意可就会大大增加了。

恭特　他的武艺也很高强啊!

布伦希尔德　　　　　　就算他杀死过龙,
战胜过阿尔贝里希,那又算得了什么呢?
和你比起来,他还差得远哩!发生在
我们两人之间的那次战斗,是万古之中
男人和女人争夺权力的最终决战。
你胜利了;而我所要求的,
只不过是让你用我曾经追求过的
那一切荣誉为自己增光添彩而已。既然
你是世界上最强大的人,那么就请你为了我的欢愉,
狠狠地抽打那个家伙,剥除他身上的金色云朵,
好叫他赤裸裸地站在世人面前。
这样的话,我就祝他长命百岁。

(两人同下。)

第五场

(弗丽嘉与乌特上。)

乌特　您看,布伦希尔德今天看起来
比昨天高兴多了。

弗丽嘉　　　　　　她确实如此,太后。

乌特　我对此早有预料。

弗丽嘉　　　　　　可是我不曾想到!
她的性子变了那么多,甚至
要让我觉得,就算她完全
变成另一个人,就算她那多年来
曾经让我用金梳子梳理过的黑发

变成了金发,我都不会吃惊了。

乌特　您不觉得难过吧?

弗丽嘉　　　　　　　我只是觉得奇怪。
如果您像我一样,养育过那样的一个女英雄,
如果您知道我所知道的一切, 1585
那么您也会像我一样觉得奇怪的。

乌特(重新朝城堡走去)
您把您分内的事做好就行了!

弗丽嘉　　　　　　　　我做了的事
比您能想到的还要多!我不知道
她为什么会变成这样,但是既然
她现在很高兴,那么我也会保持沉默,当然 1590
也不会向她提起被她遗忘了的那段时光。

第六场

(克里姆希尔德与布伦希尔德携手上。武士与民众在台上聚集起来。)

克里姆希尔德　如何?观看别人战斗,
岂不是比自己作战要好?

布伦希尔德　　　　　你把这二者拿来比较,
难道都曾自己尝试过吗?

克里姆希尔德　　　反正我也
没有这样的打算。

布伦希尔德　　那你就不该这样大胆地 1595
把自己当作法官!——只不过我觉得,
这次的乐趣要归我独享了。

可就算是这样，我对你也并没有恶意；
你尽可以继续握着我的手。

克里姆希尔德　　　　　　你这是什么意思？

1600　布伦希尔德　要是看见自己的丈夫在比武中落败，
谁还能欢呼呢？

克里姆希尔德　　这话不假。

布伦希尔德　　　　而且她也骗不了自己：
她的丈夫还能稳稳当当地坐在马鞍上，
只是因为他的君主手下留情，对他开恩了。

克里姆希尔德　　　　　　　　　　的确如此。

布伦希尔德　那么这样一来——

克里姆希尔德　　　　　可我是不会遇到这样的事呀！
你笑什么？

1605　布伦希尔德　我笑你太自信了。

克里姆希尔德　我有理由这样！

布伦希尔德　　　　　　也许你这样的想法不需要经历考验，
而且有梦可做也是好事。睡吧，睡吧，
我不会叫醒你。

克里姆希尔德　　你在说什么呀！
我高贵的丈夫只是太过仁慈了，

1610　不想让他王国里的官员
太过劳累，要不然的话，他早就已经
把他的刀剑铸成权杖，
统治整个世界了。
因为所有的国家都已经臣服于他，

1615　若是有胆敢否认这一点的，我立刻就能
要求西格夫里特把那片国土变成我的花园。

布伦希尔德　克里姆希尔德啊，那我的丈夫可成什么了呢？
克里姆希尔德　他是我的兄长，自然会保住他的御玺，
　　　无人会去称它的分量，不管那御玺是轻是重。
布伦希尔德　当然，因为他自己就是这世界天平上的砝码。
　　　就好比一切事物的价值都是由金子衡量的一样，
　　　他就是衡量勇士和英雄的标准！
　　　你不用反驳了，亲爱的小妹妹，
　　　你来给我讲讲应该怎么做针线活吧，
　　　我会好好听着的。
克里姆希尔德　布伦希尔德！
布伦希尔德　　　　　　　我可真的不是出于嘲讽才这么说的，
　　　而是的确希望学会针黹之事。
　　　虽然我生来就能投掷长矛，
　　　就像走路、站立那样用不着人教，
　　　可是在女红上却并非如此。
克里姆希尔德　如果你愿意的话，我们马上就可以开始。
　　　而既然你那么喜欢制造伤口，
　　　我们就从刺绣做起，我这里
　　　还有一件样品呢！（她想要取出腰带。）
　　　　　　　　　不对，我记错了！
布伦希尔德　你竟然不像之前那样，看着我这做姐姐的了？
　　　而我那么亲切地握着你的手，
　　　你却把手也抽走了，
　　　这可实在不太友善，而且按照规矩，
　　　至少也应该由我先放开手才行。
　　　你梦想中的权杖到了你兄长的手里，
　　　就这么叫你无法忍受吗？

　　　　　　作为他的妹妹，
　　　　　　你本应该感到欣慰才是呀，因为他的威名
　　　　　　也有一半是属于你的。而且，我想，你应当
1645　　　　在众人面前把这份荣耀①让给我，
　　　　　　因为你只是失去了一次出风头的机会，
　　　　　　但是没有人像我一样，为此付出了那么多。
　　　克里姆希尔德
　　　　　　我现在看到了，一切违背自然的行为最后都会反噬到自己
　　　　　　　　身上：
　　　　　　从没有人像你一样抗拒过爱情，
1650　　　　而现在爱情却让你变得双倍盲目，这就是对你的报应。
　　　布伦希尔德　你说的是你自己，而不是我！
　　　　　　这算什么争吵的理由呢？全世界都知道，
　　　　　　在我出生之前，就已经注定了，
　　　　　　只有最强大的人才能将我战胜——
　　　克里姆希尔德　我当然愿意相信这点。
　　　布伦希尔德　　　　　　　　　就算如此——？
　　　克里姆希尔德（大笑。）
1655　　克里姆希尔德　　　　　　　　　　　你一定是疯了！
　　　　　　你是不是太担心我们会对封臣
　　　　　　过于严苛了？你什么都不用怕，
　　　　　　我可不会去开辟什么花园，②
　　　　　　而且，只要你别太固执，我也只在今天，
1660　　　　只在这教堂前要求一次

---

① 指作为地位最高者可以最先进入教堂的权力。
② 指上文克里姆希尔德声称西格夫里特能将不服从他们的国家都变成花园。

走在你前面的权利，之后再也不会这样。
克里姆希尔德　我本来真的不会拒绝你，
　　　但是这事关我丈夫的名誉，
　　　所以我一步都不能退让。
布伦希尔德　　　　　　　就算是他自己，
　　　也会要求你让我先行的。
克里姆希尔德　　　　　　你竟敢诽谤他？ 1665
布伦希尔德　当他们来见我的时候，西格夫里特
　　　就像别的封臣在君主面前退让那样，退到了你兄长身后，
　　　而且，我向他表示问候时，他也没有接受。
　　　我认定他是一名随从——他自己
　　　也是这么说的——于是我觉得他的做法再正常不过； 1670
　　　可是现在我却有了不一样的想法。
克里姆希尔德　　　　　　　　怎么？
布伦希尔德　我曾经见到过狼在熊的面前
　　　灰溜溜地躲到一旁，而熊在野牛的面前
　　　也是如此。西格夫里特就是恭特的臣仆，
　　　就算他没有发下过效忠的誓言也一样。
克里姆希尔德　　　　　　　别说了！ 1675
布伦希尔德　你竟然要威胁我？你可别昏了头，小丫头！
　　　我可是清醒着呢，你也冷静冷静吧！
　　　这肯定都是有原因的！
克里姆希尔德　确实是有原因的！你要是知道了真相，
　　　一定会吓得发抖。
布伦希尔德　　　　　吓得发抖？！
克里姆希尔德　　　　　　　吓得发抖！没错！ 1680
　　　可是你不用怕；就算是现在，我也还是对你

怀着足够多的善意，决不会出于对你的憎恨

而把前因后果都告诉你。我要是

说了的话，现在就该当场

1685　　自掘坟墓！不，不，

我不愿意让你变成这整个世界上

有活气的人之中最悲惨的一个，

你尽管骄傲放肆好了，我是出于同情才保持沉默的！

布伦希尔德　你在说大话，克里姆希尔德，我才看不起你！

1690　克里姆希尔德　我丈夫的妯娌竟然看不起我？

布伦希尔德　把她锁起来！捆起来！她疯了！

克里姆希尔德（拿出腰带。）

你认识这条腰带吗？

布伦希尔德　　　　　不错！这就是我的腰带。

既然它在你的手里，

那一定是有人夜里把它从我这儿偷走了！

1695　克里姆希尔德　偷走了？把它交给我的可不是盗贼！

布伦希尔德　那又是谁？

克里姆希尔德　　　　是征服了你的那个人！

但不是我的兄长！

布伦希尔德　　　克里姆希尔德！

克里姆希尔德　　　　　　　如果是他的话，

你这个男人似的女人说不定会先掐死他，

然后又出于对自己的惩罚，爱上他的尸体。

但这是我的丈夫交到我手里的！

布伦希尔德　　　　　　　　不可能！不可能！

1700　克里姆希尔德　　　　　　　　　　　就是如此！

你再接着贬低他啊！那么现在

你是不是可以允许我在你之前进教堂了呢?

(对她的侍女们)

跟我走!我要让她看看,我想做什么就做什么!

(下,走进教堂。)

第七场

布伦希尔德　勃艮第的王公们在哪里?——哦,弗丽嘉!
你听到了吗?

弗丽嘉　　　我听到了,也相信这是真的。

布伦希尔德　你简直要杀了我!事情真是这样的?

弗丽嘉　　　　　　　　　　　　　　　她确实
说了不该说的话,但是有一点我可以确定,
那就是你被欺骗了!

布伦希尔德　　　她没说谎?

弗丽嘉　是那个挥舞巴尔蒙宝剑的人。当火湖熄灭的时候,
正是他站在湖边。

布伦希尔德　　　那么,就是他羞辱了我。
因为那时我正站在城垛上,他不可能
没看见我。他一定已经满脑子都想着她①了。

弗丽嘉　我先前没有对你说真话,② 可现在你就知道,
他们从你那里骗取了什么了!

布伦希尔德(对弗丽嘉的话充耳不闻)

---

① 指克里姆希尔德。

② 弗丽嘉先前并未将布伦希尔德在幻觉中说的话如实向她转述。见第二幕第六场。

　　　　　　　　　　　　　　　所以他在看着我的时候

才会有那样骄傲而平静的神情。

1715　弗丽嘉　　　　　　　　　不仅仅是

这片狭窄的国土，原本整个世界

都注定是要归你所有的啊！而且，

星辰也会对你说话，就连死神本身

在你面前都会失去威力！

布伦希尔德　别再对我提那些了！

1720　弗丽嘉　　　　　　　　　为什么不能提呢？孩子啊，

虽然你不能重新赢回那一切了，但是你还可以

为自己复仇！

布伦希尔德　我会为自己复仇的！

竟敢蔑视我！女人哪，女人，你哪怕

有一个夜晚在他怀中嘲笑过我，

1725　我也要你用好几年的眼泪来偿还这笔债，

我要——我在说什么啊！我现在和她一样软弱。

（扑倒在弗丽嘉胸前。）

第八场

（恭特、哈根、旦克瓦特、鲁摩尔特、盖尔诺特、吉赛海尔与西格夫里特上。）

哈根　出什么事了？

布伦希尔德（直起身来）

　　　　　　国王陛下，我是个姘妇吗？

恭特　姘妇？

布伦希尔德
  你的妹妹就是这样说我的！
哈根（对弗丽嘉）刚才到底发生了什么？
弗丽嘉   你们的事败露了！我们现在
 已经知道了是谁战胜了她。克里姆希尔德甚至还说， 1730
 他战胜了她两次。
哈根（对恭特） 他都说出去了！
（他与恭特低声密谈。）

第九场

克里姆希尔德（自教堂中走出）
 夫君啊，原谅我！我做得确实不对，
 可是你要是知道了她是怎么诽谤你的——
恭特（对西格夫里特）您自吹自擂了？
西格夫里特（将手放在克里姆希尔德头顶。）
      以她的性命起誓，
 我没有那么做。
哈根 用不着他发誓，您也可以相信他！ 1735
 他只是说了实话。
西格夫里特 而且那也
 不是我自愿的！
哈根 我不怀疑这话的真实性。
 这事是怎么发生的，我们下次再说；现在，
 让我们先把这两位妇人分开，否则的话，
 她们要是过早地再次见面， 1740
 就会像鼓起肋骨的蛇一样剑拔弩张。

西格夫里特　我很快就会离开这里。克里姆希尔德,跟我来!

克里姆希尔德(对布伦希尔德)

　　你要是意识到,你把我伤得多深的话,

　　你自己也会——

布伦希尔德(转过身去。)

克里姆希尔德　你既然爱我的兄长,

1745　　又怎能这样斥责使你

　　归他所属的那个人呢?

布伦希尔德　　　　　啊!

哈根　　　　　　　快走吧!快走吧!

西格夫里特(带着克里姆希尔德离开)

　　你们会看到,这里没有人胡说八道!(下。)

第十场

哈根　请诸位到我身边来,我们必须马上决定

　　是否判他死刑。

恭特　　　　你说什么?

1750 哈根　难道我们没有理由这样做吗?王后就站在那儿,

　　满面都是因为受到辱骂

　　而抑制不住的热泪!

　　(对布伦希尔德)

　　　　　　您是唯一一个

　　能让我折腰叹服的高贵英雄,

　　使您遭受这等侮辱的那个人必须死!

恭特　哈根!

哈根　(对布伦希尔德)

如果您自己不挡在他

和为您复仇的人中间的话，他就不会有活路。

布伦希尔德　在你们履行这句诺言之前，我什么都不会吃了。

哈根　国王陛下，请您原谅我在您之前开口说话；

我只是希望您能看一看现在的情势。

当然，自主决断的权利还是在您的手上，

您必须在他们两人之间做出选择。

吉赛海尔　这竟然是认真的？只为了一点小小的过失，

你们就要谋杀这世上最忠诚的朋友？

王兄啊，你可不能答应！

哈根　你们难道要在宫廷里养育一个私生子吗？

恐怕执拗的勃艮第人

会拒绝为他加冕的！不过，您是君主，还是由您决定！

盖尔诺特　人们如果开始议论，就算我们自己没法制止他们，

勇敢的西格夫里特也能将他们战胜。

哈根　（对恭特）

您保持了沉默。很好，余下的事就交给我吧！

吉赛海尔　我不想和你们这条毒计有什么瓜葛！（下。）

第十一场

布伦希尔德　弗丽嘉，要么我死，要么他亡！

弗丽嘉　他会死的，孩子！

布伦希尔德　　　　　　我不仅仅是被羞辱了，

还被当作礼物送来送去，成了他们交易的筹码！

弗丽嘉　用你做了交易，孩子！

布伦希尔德　　　　　　　　他觉得我作为女人配不上他，

　　　　就把我当成一个铜板，去买来一个妻子！
弗丽嘉　　把你当作铜板，孩子！
布伦希尔德　　　　　　这比谋杀更加恶劣！
　　我一定要复仇！复仇！复仇！
（众下。）

第四幕

沃尔姆斯。

第一场

（大厅。恭特与众武士在一起。哈根手持一支长矛。）
哈根　　一片椴树叶，就算是瞎子也能击中；
　　　至于我呢，我有自信在五十步外
　　　用这支长矛敲开一颗榛子。
吉赛海尔　　您现在拿出这本事来干什么呢？
　　　我们早就知道，您不会让任何兵刃生锈。
哈根　　他来了！现在，请诸位向我展示一下，
　　　你们就算不是刚遭受了丧父之痛，也能拉长面孔，
　　　做出一副忧愁神态的本事吧。

第二场

西格夫里特（上）　　　　勇士们呀，你们难道没有听见
　　　猎狗的吠叫声和年轻猎人
　　　试吹号角的声音吗？快起身！上马！出发吧！

哈根　今天的天气倒是会不错。
西格夫里特　　　　　　　　而且你们难道没有听说,
　　现在那些熊都敢闯进马厩来了, 1790
　　而且早上人们一打开门,
　　甚至还有山雕站在门口,只等着
　　有小孩儿蹦蹦跳跳地从门里出来吗?
伏尔凯　　　　　　　　　　不错,确实有这回事。
西格夫里特　我们之前出海求婚时,这里都没人好好打猎了!
　　快来吧,和我一起击退那些骄傲的敌手, 1795
　　从它们那里收取贡品!①
哈根　　　　　　朋友啊,我们现在
　　必须磨快宝剑,再用钉子加固长矛。
西格夫里特　为什么?
哈根　　　　　　之前的几天您一直
　　沉浸于享乐,要不然您早就会知道了。
西格夫里特　你们明明知道,我是在准备向你们辞行! 1800
　　不过告诉我吧,出什么事了?
哈根　　　　　　　　丹麦人和萨克森人
　　又在路上了。
西格夫里特　　向我们宣誓效忠的
　　那两个王侯死了吗?
哈根　　　　　　哦,不是的,
　　他们站在军队的最前头哩。
西格夫里特　　　　　就是被我捉住之后
　　又无偿释放了的吕德加斯特 1805

---

① 指从野兽那里获得战利品。

和吕德格？

恭特　　　他们昨天
又和我们断交了。

西格夫里特　　　他们的使者呢？
你们把那家伙砍成了多少块？
每只秃鹫都吃到份儿了吗？

哈根　您竟说出这样的话？

1810　西格夫里特　　　　　为这两条毒蛇服务的人，
就该像他们自己一样，被踩得粉碎！见鬼，
我第一次如此愤怒！我过去时常以为
自己能感受到憎恨，但那只是我的错觉；
我只不过是爱得少了一点儿而已。这世上
1815　没有什么能真正让我憎恨，除了背誓、出卖、
伪善和构成这一切基础的种种恶行；
它们支撑着叛徒向前蠕行，
就好像蜘蛛用它那干枯的腿脚爬行一样。
而那两个人明明也是勇士，他们怎么能
1820　做出这种败坏自己名声的事情？亲爱的兄弟们呀，
你们别这样冷冰冰地站着、盯着我看，
好像我发了疯，或者连事物的大小
都分辨不清了一样！到现在为止，
我们大家还没有受到侮辱，一切债务
1825　我们都可以平心静气地勾销掉，除了最后这一项：
只有这两个人是有罪的！

吉赛海尔　　　　这太可耻了！
他们赞美你的话现在还在我的耳边呢。
可是他们的使者是什么时候来的？

哈根　　　　　　　　　　　您刚才
　　没有看见他吗？嗯，倒也是，
　　他一完成任务，就立刻灰溜溜地逃掉了，　　　　　　1830
　　都没有向我们讨要给使者的惯例赏钱。

西格夫里特　呸！你们竟然没有
　　为他的这种放肆行为惩罚他！该让乌鸦
　　把他的眼睛啄出来，然后轻蔑地
　　吐在他的君主们面前，　　　　　　　　　　　　　1835
　　对我们来说，这是唯一合适的答复方式。
　　这算不上是保家卫国的战争，
　　算不上依照律法和规矩进行的战斗，
　　而是对邪恶野兽的狩猎！哈根，不要笑！
　　我们不要用我们高贵的宝剑武装自己，　　　　　　1840
　　而要用刽子手的大刀，而且，
　　只有到了捕狗陷阱里的绳子不够用的时候，
　　我们才要举起刀，因为刀
　　毕竟也是铁铸的，因此也是宝剑的亲戚。

哈根　说得不错！

西格夫里特　你看起来像是在笑话我呢。　　　　　　1845
　　这我就不明白了，你平时不是一点就着吗？
　　我当然知道你比我年纪大，
　　可是我现在说这些话，不是出于年少无知，
　　也不是出于急躁易怒：我过去曾经很急躁，
　　但是在你们的劝说之下已经变得温和了。我觉得　1850
　　我现在是在为整个世界说话；就好像
　　教堂的钟声呼唤人们祈祷一样，我的唇舌
　　也在呼唤着人对人的复仇与审判。

恭特　如您所言。

西格夫里特（对哈根）

　　　　　　　你知道背誓是什么吗？知道出卖是什么吗？
1855　　你要是盯着一个叛徒的眼睛看，还笑得出来吗？
　　　　你向他发起了一场合乎荣誉的公开挑战，
　　　　并且把他击败了；但是你出于骄傲——
　　　　如果不是出于本性的高贵的话——没有将他彻底消灭，
　　　　而是又把他放走了，还把
1860　　你从他手中夺走的武器亲自还给了他。
　　　　他没有把武器重新掷向你，而是从牙缝里
　　　　向你挤出了感谢的话语，甚至还对你又是称赞又是歌颂，
　　　　向你发了一千道誓，答应做你的臣仆；
　　　　可是当你的耳朵里填满了蜜糖，
1865　　疲倦地躺在床榻之上，
　　　　像个孩童一样赤身露体、毫无防备的时候，
　　　　他就悄悄地溜过来下毒手把你杀掉，
　　　　说不定还会对奄奄一息的你吐上一口唾沫！

恭特（对哈根）你对此有何看法？

哈根（对恭特）　　　　　　这高贵的义愤
1870　　给了我勇气，向我们的朋友询问，
　　　　是否愿意再次与我们并肩作战。

西格夫里特　我要自己带着我手下的尼伯龙人出征，
　　　　因为我得对这第二次战争负责！
　　　　尽管我非常想带着妻子
1875　　回去见母亲，好让她能够
　　　　破天荒地完完整整称赞我一回，
　　　　可是我绝不能容忍

那两个伪君子还有炉子能烤面包，
有井水能喝！我这就
取消回家的行程，而且还要向你们保证：
我要把那两个家伙活捉过来，用铁链
把他们拴在我的城堡跟前，从今以后，
只要我从城堡的大门进出，他们就得趴在地上朝我叫唤，
因为他们的灵魂和狗也没有什么分别！（急下。）

第三场

哈根　他现在一定气冲冲地到妻子那里去了。
　　　等他说完了，我就跟着过去。
恭特　我不想继续了。
哈根　　　　　　　陛下，您这是什么意思？
恭特　让新的使者来报告我们，
　　　一切都再次平静下来了。
哈根　　　　　　　　　等我去见了
　　　克里姆希尔德，得知了那个秘密之后，
　　　就立刻照办。
恭特　　　　　你难道
　　　是铁石心肠，不会
　　　受到感动的吗？
哈根　　　　　　我不明白您的意思，陛下，
　　　请您说得再清楚一点。
恭特　　　　　　　　他不该死掉。
哈根　只要您下命令，他就会性命无虞。就算
　　　到了森林里，我已经站在他身后，拔出了长矛准备投掷，

>   您使个眼色，倒下的就不会是那个罪人，而是一头野兽！
> 恭特　他不是罪人！他拿到了那条腰带，
>   而克里姆希尔德又找到了它，
>   对此他又能做得了什么呢？他把腰带的事情
>   给忘了，就好像是在战斗之后忘了抖落身上的箭，
>   任由它插在了铠甲上，直到后来听见那支箭
>   被碰出了声音才想起来一样。
>   您自己说说，诸位也都来评评理：他做得了什么呢？
> 哈根　他无能为力！他无能为力！谁说他是故意的了？而且，
>   他没有急中生智、用话术脱身的本事，也不是他的责任，
>   在他试图这么做的时候，脸就肯定已经红了。
> 恭特　那不就是了？还有什么理由呢？
> 哈根　　　　　　　　　　　　王后的誓言！
> 吉赛海尔　她要是渴求鲜血，就让她自己去杀他好了。
> 哈根　我们现在是在像小孩子一样吵嘴。难道人们
>   在不知道武器能否派得上用场的时候，
>   就不能收集它们了吗？对于一片国土，
>   人们会将它的所有道路关隘都打探一遍，
>   那么对于一个英豪，为什么就不该这么做呢？
>   我现在去克里姆希尔德那里碰碰运气，
>   这也只是为了不要浪费
>   我们想出来的这条最完美的计策而已。如果
>   他自己没有向她透露秘密的话，我从她那里
>   也问不出什么来，而且，是否要把我得来的情报
>   加以利用，也完完全全由你们决定；
>   说真的，如果你们愿意的话，
>   甚至可以在战争中去保护他身上的致命弱点，

尽管我只是要装出打算这么做的样子而已。

但是无论如何,你们都必须知道他的那个弱点在哪里。(下。)

第四场

吉赛海尔(对恭特)

　　幸好你自己回到了高尚、忠诚的正路上, 1925

　　要不然,我就会对你说:这种把戏

　　不合王者的身份!

伏尔凯　　　　　　您这样生气

　　我们也不难理解,毕竟您自己也被骗了。

吉赛海尔　不是为了这个。不过我也不想和你们争吵,

　　反正现在一切都又好起来了。

伏尔凯　　　　　　　　此话怎讲? 1930

吉赛海尔　此话怎讲?

伏尔凯　　　　　我可是听说,王后

　　穿起了丧服,拒绝了一切饮食,

　　甚至连水都不沾嘴唇了。

恭特　　　　　　　很遗憾,确实是这样!

伏尔凯　那怎么能说一切都好起来了呢?哈根说的是真话。

　　看样子,她和其他人截然不同,光阴的徐徐流逝 1935

　　并不能让她的心性重新软化下来,

　　而正因如此,这个选择才无法避免:不是他死,就是她亡!

　　诚然,您说得也没错,这不是西格夫里特的罪过,

　　那条腰带就像蛇一样

　　缠到了他的身上。不,这纯粹就是一桩不幸的意外, 1940

　　置人于死地的也只是这意外本身,

　　　　　您现在能够选择的，只剩下让谁因此而丧命了。
　　吉赛海尔　　谁不想活了就让谁去死好了！
　　恭特　　　　　　　　　　　这实在是
　　　　一个可怕的选择啊！
　　伏尔凯　　　　　　我过去曾经警告过您，
1945　　　　不要走这条路，但是现在
　　　　已经没法回头了。
　　旦克瓦特　　　　而且，按照我们的律法，
　　　　每个人遭受的不幸，难道不都是他自己的责任吗？
　　　　如果一个人在夜里拿着长矛，
　　　　不小心刺穿了自己最好的朋友，
1950　　　　那么就算他立刻为此痛哭，热泪滚滚奔涌，
　　　　也不能靠着眼泪为自己脱罪，
　　　　而必须要用鲜血来赎罪。
　　恭特　　　　　　我到她那里去一下。（下。）

第五场

　　伏尔凯　　克里姆希尔德和哈根来了。她一副心神不宁的样子，
　　　　就和他所预想的一样。我们也走吧！
（众下。）

第六场

（哈根与克里姆希尔德上。）
　　哈根　　　　　　　　　这么早
　　　　就到大厅里来了？
1955　　克里姆希尔德　　舅父啊，我再也

没法忍受待在屋里了。

哈根　　　　　　　　　我要是没搞错的话，你的丈夫

也刚从你那儿离开。他看起来很激动，

好像是生气了一样。你们两人

还没有言归于好吗？

他莫非要滥用自己作为丈夫的权威？ 1960

告诉我吧，我会和他谈的。

克里姆希尔德　　　　　　　啊，不是这样的！

我的丈夫一个字都没有责骂我。①

如果没有其他事情让我想起那个可怕的日子的话，

它对我来说就已经像一场梦一样了。

哈根　他对你这样温和，让我很高兴。

克里姆希尔德　　　　　　　　可我宁愿 1965

被他斥责一顿！不过他或许也知道，

我自己一直在责怪自己呢。

哈根　　　　　　　　你别对自己太严厉了。

克里姆希尔德　我知道自己把她②伤害得多深，而且为此

永远都不会原谅自己。哎，我宁愿

自己才是被侮辱的那一个，而不是说出那些话的人！ 1970

哈根　所以你因为这个才早早地从房间里出来了？

克里姆希尔德

这个？不，不是的，这反而会让我躲进房间里去！

可是我太担心他了，实在没法安生。

---

① 史诗中西格夫里特因为克里姆希尔德的失言而责打了她，但黑贝尔为强调夫妇二人对彼此的珍爱而对情节做了改动。

② 指布伦希尔德。

哈根　　　　　　　　　　　　担心他？

克里姆希尔德　又要打仗了。

哈根　　　　　　　没错，正是如此。

克里姆希尔德　那些虚伪的家伙！

1975　哈根　　　　　　　　　　别这么一下子就气冲冲的，
　　　　连行李都不收拾了呀。
　　　　你安安心心地回去就好，不用胡思乱想，
　　　　然后把他的盔甲放在行李的最上头——
　　　　哎，我在说什么哪！他从来不穿盔甲，
　　　　也用不着穿嘛。

1980　克里姆希尔德　　您相信？

哈根　我简直要笑出来了。要是别的哪个妇人
　　　　这样哭哭啼啼，我就会对她说："孩子啊，在一千支箭里
　　　　只有一支射得中他，而且那支箭还肯定会断掉！"
　　　　可是你这么说，我就得笑话你了，而且还要给你提个建议：

1985　　你再要说自己忧心忡忡的话，还是找个好一点的理由吧。

克里姆希尔德　您说到了箭！我怕的
　　　　就是箭啊。因为只消
　　　　有我大拇指么大的一块地方没被护住，
　　　　那箭头就能一下子穿透身体，让人丢掉性命。

1990　哈根　尤其是如果那箭头上还有毒的话，就更危险。
　　　　我们自己在打仗的时候，
　　　　把那道保卫我们家园的堤坝视作不可侵犯的圣地，
　　　　但是那些禽兽却能将它打穿，
　　　　那么他们也多半能做得出给箭头下毒的事情。

克里姆希尔德　您看看！

1995　哈根　　　　　　　　这和你的西格夫里特又有什么关系呢？

西格夫里特之死 103

  他可是很安全的。就算有那么一支箭
  射得比太阳光还准，
  他也会像我们抖掉身上的雪一样把那支箭从身上抖下去。
  这一点他自己也知道，而且在战斗中
  一刻也不会忘记。我们这些人虽不是   2000
  在杨树①底下出生的，可是也有些事情
  会让我们几乎都要发抖；但是他却敢做这样的事情。
  当他意识到此事，一定会放声大笑，而我们其他人也会
  发自内心地和他一起笑起来。好铁放进火焰，
  用不着害怕；因为等它出来，就成了精钢。   2005
克里姆希尔德 我害怕呀！
哈根   孩子啊，要不是因为你新婚燕尔，
  我本来还想拿你这一惊一乍的样子开开心的。②
克里姆希尔德 您难道忘了，还是说您不知道，
  他身上有一处能被伤到的地方吗？
  可这是歌里唱到过的呀。   2010
哈根 这我倒是真的全忘了。
  我只记得他自己跟我们说过一回，
  好像提到了一片什么叶子。
  不过我已经想不起来，这到底是怎么一回事了。
克里姆希尔德 是一片椴树的叶子。
哈根   啊，没错！可你倒是说说：   2015

---

① "杨树"原文为 Espen，又称 Zitterpappel，与"颤抖"（zittern）有相同词根。

② 意指克里姆希尔德嫁给了刀枪不入的西格夫里特，本不应该被对战斗的描述惊吓。

一片椴树叶子又怎么能对他造成伤害呢？

这可是个独一无二的难题呀。

克里姆希尔德　当他往自己身上涂抹龙血的时候，

一阵疾风把那片叶子吹到了他的身上，

而被叶子盖住的地方就成了他的弱点。

哈根

那么，就因为他没意识到，那片叶子就落在他背上了！——

这又有什么关系！你看，连你最亲近的亲戚，

就说你的兄弟们吧，都不知道会致他死命的位置在哪里，

而且哪怕只要有一丝危险的阴影从他身上掠过，

他们都会去保护他。

你又有什么好怕呢？你呀，就是毫无理由地折磨自己而已。

克里姆希尔德　我怕的是那些瓦尔基里！人们说，

她们总会选择那些最优秀的英雄，并且瞄准他们，

因此哪怕是闭着眼睛射出的箭也会击中他们！

哈根　那么他就需要一个忠实的侍从，

好保护他的后背。你说是不是这样？

克里姆希尔德

那样的话，我晚上都会睡得更好了。

哈根　　　　　　　　　　听我说，克里姆希尔德！

如果他从摇晃的船上

掉进了深深的莱茵河里——

你知道，他之前差点儿就真出了这样的事——而他的盔甲

过于沉重，拖着他往贪婪的鱼群那里沉去，

那么我哪怕拼着性命不要，

也会把他救上来。

克里姆希尔德　　　您竟有这样高尚的想法吗，舅父？

哈根　我就是这么想的！没错！——如果那火红的公鸡①

　　　在黑沉沉的夜里登上了他的城堡，

　　　而他在醒过来之前就几乎要窒息了，

　　　找不到通往外面的路的话，

　　　那么我就用我自己的胳膊把他扛出来。

　　　要是我做不到的话，就和他一起化为灰烬。

克里姆希尔德（试图拥抱哈根）

　　　我可得对您——

哈根　（将她推开）

　　　　　　　好了，好了。不过我发誓，我会这么做。

　　　只是再加一句：我也是最近才这样想的！

克里姆希尔德　他最近才成了您的血亲呀！

　　　我没听错您的话吧？您愿意

　　　自己这么做？

哈根　　　　　是的！我就是这个意思！他战斗也是为了我，

　　　而他在战场上一旦出手，就能带来一千个奇迹；

　　　只要他愿意将这些功绩中最微不足道的一项让给我，

　　　我就会去保护他！

克里姆希尔德　　　我之前从未期待过

　　　您会这样！

哈根　　　现在呢，你只需要把那个位置

　　　告诉我，我就能做到这一点了。

克里姆希尔德　　　　　　好，您说得是！

　　　就是这儿！在两个肩膀的中间！

哈根　是在肩胛骨的高度！

---

① 指火焰。

克里姆希尔德　　　　　　舅父，您不会
为我犯的错而去向他复仇吧？
哈根　你在胡思乱想些什么呀。
克里姆希尔德　　　　　　我是被嫉妒
蒙蔽了双眼，否则也不会听了她那些自夸的话
就被激怒成那样了。
哈根　　　　　　嫉妒！
克里姆希尔德　我真的很惭愧！可是就算那天夜里
他们只是打了一架——我也愿意相信是这样——
我也不想让她得到被他打的权利！
哈根　好了，好了，她会忘了这件事的。
克里姆希尔德　　　　　　　　她真的
不吃不喝了吗？
哈根　　　　　她每年这个时候
都要斋戒。在冰岛，这个星期是祭祀诺恩女神的，
还被人们视作神圣的节日。
克里姆希尔德　可这都三天了！
哈根　　　　　　　　这和我们有什么关系呢？
别说了，有人来了。
克里姆希尔德　那又怎样？——
哈根　　　　　　　你觉得，
在他的衣服上绣一个小小的十字，是不是个好主意？
当然了，这一切肯定都是白费功夫，
你要是向他讲了，他还会狠狠地笑话你；
可是，我只要有一次机会能保护他，
都不希望出什么岔子。
克里姆希尔德　　　　我会的！

（迎着乌特与神甫走去。）

第七场

哈根　（朝着她的背影）
　　现在你的英雄在我眼中也不过是一头野兽而已了！　　　　　　2075
　　不错，如果他当时能控制住自己的言行，自然会平安无事，
　　可是我知道，这样的事情不可能发生。
　　一只虫子若吃了什么，身体就会显现出同样的红色或绿色；
　　而有的人就和这虫子一样，一眼就能看透。
　　这样的人哪，就得小心对待秘密了，　　　　　　　　　　　　2080
　　因为他们自己的肚肠就会把一切都抖落出来！（下。）

第八场

（乌特与神甫上。）

神甫　人世间的图像是无法将他①描绘出来的！
　　您试图理解他，试图以比喻来描述他，
　　但是他既不能被言语形容，也不能被测量。
　　在上帝面前，您只能跪下来祈祷，　　　　　　　　　　　　　2085
　　而当您全身心投入对罪过的忏悔和对上帝的谦卑顺从中，
　　将自我彻底放弃之后，或许您
　　就能够在闪电停留于地面的
　　那短短一瞬间，被擢升到天堂中去。
乌特　这真的能实现吗？

---

① 指上帝。

2090	神甫	当愤怒的犹太暴民

    向圣司提反投掷石块的时候，
    司提反看到了天堂的大门
    在自己的面前打开，于是开始欢呼和歌唱。
    人们击倒了他那受苦的躯体，
2095   但是对司提反来说，那些在盲目的愤怒中
    认为自己打中了他的凶手
    只不过是在被他抛弃了的衣服上扯出了几个洞眼而已。
  乌特（对走到她身旁的克里姆希尔德）
    好好听着，克里姆希尔德！
  克里姆希尔德   我会的。
  神甫   这就是
    信仰的力量啊！而现在，您也要了解，怀疑
2100   将带来怎样的厄运。为教会执掌宝剑、
    管理钥匙的圣彼得曾经有一位门徒，
    是他在教导过的所有弟子之中
    最为钟爱的。这位门徒有一次
    站在一座悬崖上，悬崖之下就是海浪呼啸、
2105   惊涛拍岸。这时，他想起，
    自己的导师怀有如此坚定的信念，
    只消我们的救世主使一个眼色，
    就从船上下来，稳步走到湖面上，
    全然不顾这样做几乎一定会有生命危险。
2110   一想到这一番试炼，那位门徒
    就感到头晕眼花；他不相信
    那样的奇迹真的会发生，于是紧紧地
    抱住悬崖的一个角，以使自己不要掉下去，

一面嘴里喊着:"什么都行,什么都行,可是千万别这样!"
　　　而上帝吹了口气,此人脚下的石头 　　　　　　　　　2115
　　　就一下子融化了。他往下掉啊,掉啊,
　　　眼看着就要摔死,吓得慌不择路,
　　　只好纵身跳进了悬崖下的波涛之中。
　　　可是上帝所吹出的这一口气,
　　　却又使海浪变得平静,而且凝固起来, 　　　　　　　2120
　　　将他托住,就好像大地托着你我一样。
　　　于是他怀着悔恨的心情说道:"主啊,这国度是你的!"
乌特　　永远如此!
克里姆希尔德　　那就请您祈祷吧,虔诚的神甫啊,
　　　既然上帝有这样的大能让石头和水互相转化,
　　　那么愿他也能保佑我亲爱的西格夫里特吧。上帝每赐我一年 2125
　　　在西格夫里特身边度过的时光,
　　　我就愿为一位圣人建造祭坛。(下。)
神甫　　既然这件奇迹使您惊叹,那么我还要告诉您,
　　　我自己是如何穿上这身僧侣的袍服的。
　　　我是一个盎格鲁人,生在 　　　　　　　　　　　　2130
　　　异教徒中间,自己原本也是异教徒。
　　　我在蛮荒之中成长起来,十五岁那年
　　　就在腰上佩了剑。就在那时候,
　　　上帝的使者头一次来到了我们的族人中间。
　　　人们嘲笑他,讥讽他,最后 　　　　　　　　　　　2135
　　　还将他杀死了。王后啊,我当时就在那里,
　　　而且,在其他人的怂恿之下,
　　　就用这只手给了他最后的致命一击。
　　　您之前以为我的这只手是残废了,但其实不然,

2140 　　　　我只是不再使用它了。我听见了他的祈祷。
　　　　　他是在为我祈祷,并且在念出一声"阿门"之后
　　　　　就把灵魂交付给了上帝。这让我的心性
　　　　　发生了转变;我把自己的剑
　　　　　扔到了地上,穿上那位传教士的衣袍,
2145 　　　　就从那儿出发,去传播对十字架的信仰。
　　乌特　我的儿子来了!哎,但愿
　　　　　您能够将和平带回来吧,它已经彻底
　　　　　从这儿消失了!

(两人同下。)

第九场

(恭特、哈根与众武士上。)

　　恭特　　　　　　就像我对你们说过的那样:
　　　　　她①等着这件事发生,就好像我们到了秋天
2150 　　　等着苹果成熟一样。那个老妇人②
　　　　　为了试探她,在她的房间里
　　　　　悄悄地扔了一百粒麦子:
　　　　　这些麦子一粒都没有被碰过。
　　吉赛海尔　　　　　她怎么就能做出
　　　　　这种以命赌命的事情呢?
　　哈根　这我自己也想知道。
2155 恭特　　　　　　而且,

---

① 指布伦希尔德。
② 指弗丽嘉。

      本来对于这种和时间、地点以及人的意愿
      都有关系的事情，她要是催促或者逼迫一下，
      也是很自然的；可是她却没有这么做。她什么都不问，
      连神情都没有变化，只是保持着那惊讶的神色——
      惊讶于我虽然开口和她说话，却并没有告诉她   2160
      "事情已经办完了"。
哈根   这样看来，我有一句话得对您说：
      她是中了他①的咒了，而这种憎恨的根源
      在于爱情！
恭特   你也这么觉得？
哈根 但是这并不是那种将男人和女人
      联结在一起的爱情。
恭特   那这是什么？
哈根   这是一种魔力。   2165
      她的族裔借此寻求存续，
      最后的女性巨人将因为它的力量而被最后的男性巨人吸引，
      这无关欢愉，也别无选择。
恭特 有什么能改变得了它呢？
哈根   只有死亡才能解开这个魔咒！
      当他的血液凝固，她的血液也会结冰；   2170
      而他注定的命运，就是斩杀那条龙，
      然后走上与它相同的路。
（喧哗声传来。）
恭特 这又是怎么回事？
哈根   旦克瓦特把那些假使者赶出去了。

---

① 指西格夫里特。

他这事儿办得不错，不是吗？

2175　而那个正在亲吻妻子的人，现在也一定听到这动静了！

第十场

（西格夫里特上。哈根注意到了他。）

哈根　看在地狱和魔鬼的份上：不行！绝对不行！
这会让我们蒙羞，而西格夫里特的想法
也一定和我一样！——正好，他也来了。
说吧，您来决定！①
（旦克瓦特上。）
　　　　　　当然，您之前

2180　已经给过我们答案，现在也肯定不会变卦。
（对旦克瓦特）你可没把鞭子省着用吧？
（对西格夫里特）
不过，还是要请您来为此事盖上您的戳记！

西格夫里特　出什么事了？

哈根　　　　　　那两条狗又重新
乞求和平了，不过我还没等

2185　那些卑鄙的使者把话说完，就让人
把他们从宫殿里赶了出去。

西格夫里特　　　　　做得好！

哈根　可国王陛下却责备我了，他说，我们
并不知道发生了什么——

西格夫里特　　　　你们不知道？哈！——

---

①　此话是对西格夫里特说的。

>   可我知道！我！一头狼要是从后头叫人抓住，
>   就不敢冲前头叫唤了！

哈根 　　　　　　　　确实会这样！

西格夫里特　要不然还能怎样？他们的背后
>   可全是野蛮的部族。这些人从来不耕种，
>   却还惦记着收获。①

哈根　　　　　　　你们现在看到了吧？②

西格夫里特　现在你们可千万不能因为那匹狼没有时间自卫，
>   就轻易放过了它——

哈根　自然不会。

西格夫里特　我们要和那些狐狸站在一边，
>   把恶狼驱赶进最后的陷阱；
>   我是说，把它赶到狐狸的肚子里头去！

哈根　　　　　　　　　　　　我们会这样做的。
>   不过，看现在的样子，我们也不必过于急躁；
>   所以我的建议是，今天不妨先去打猎。

吉赛海尔　　　　　　　　　我不和你们一起去。

盖尔诺特　我也真的去不了。

西格夫里特　　　　你们这么年轻，这么有活力，
>   可竟然不想去打猎，宁可待在家里？
>   要是换了我，起码得用绳子把我捆起来，而且就算这样，
>   我也会咬断绳子，好出门打猎去。这就是猎人的好兴致呀！
>   真的，我要是能唱歌就好啦！

---

① 西格夫里特认为丹麦人和萨克森人是因为遭到蛮族从后方的攻击才求和的。

② 此话是对恭特等人说的。

2205 哈根　　　　　　　　　　　这安排合您的意思吗？

西格夫里特　合我的意思？朋友啊，我现在满心激愤，

　　　不管和谁都能吵上一架，

　　　非得要看见点儿鲜血不可。

哈根　　　　　　　　　　您渴求鲜血？很好，我也同样如此。

第十一场

（克里姆希尔德上。）

克里姆希尔德　你们要去打猎？

西格夫里特　　　　　　　没错！你想要什么烤肉，

　　　都给你带来！

2210 克里姆希尔德　忠实的西格夫里特啊，留在家里吧。

西格夫里特　我的小姑娘，有一件事你知道得越早越好。

　　　你不能这样请求一个男人："留在家里吧！"

　　　你得说："带我一起去吧！"

克里姆希尔德　　　　　　那就带我一起去吧！

哈根　这可不行。

西格夫里特　她要是有胆量的话，为什么不行？

2215 　　　这又不是破天荒第一回的事！

　　　把猎鹰带过来！让她用猎鹰去捕猎飞禽，

　　　而我们去追捕那些走兽，这不是最有意思的事情吗？

哈根　让一位夫人怀着羞耻枯坐在屋里，

　　　而另一位去森林里游乐吗？

　　　这未免像在存心嘲弄王后了！

2220 西格夫里特　　　　　　　这一点我可没想到。

　　　没错，确实不能这样。

克里姆希尔德　　　　　那你至少
　　换一身衣服！
西格夫里特　　又要换？① 要是你的每一个愿望
　　我都得满足的话，可就没有烤肉吃了。
克里姆希尔德　　　　　　　　　你可真不体贴。
西格夫里特　　让我走吧！我只想着要去打猎，别的都顾不上。
　　明天晚上我再来求你原谅！　　　　　　　　　　　　　　2225
哈根　那么，来吧！
西格夫里特　　　这就来。还有一个告别的吻。
　　（拥抱克里姆希尔德）
　　怎么，你竟然一动不动？你也不像我一样说"明天晚上见"？
　　这可真是"高尚"呀。②
克里姆希尔德　　　　　一定要回来！
西格夫里特　　这可真是个奇怪的愿望！你在想什么呢？
　　我是和这些真正的好朋友一起出门，　　　　　　　　　　2230
　　除非是山塌下来把我们压在底下，
　　否则我们一定会平安无事！
克里姆希尔德　　不好了！我刚才梦见的就是这样的事。
西格夫里特
　　我的小姑娘，山是不会塌下来的。
克里姆希尔德（再次拥抱西格夫里特）
　　　　　　　　　　　我只求你能回来！

（众武士下。）

---

① 先前克里姆希尔德受骗后已使西格夫里特换上绣有暗记的衣服。
② 西格夫里特误以为克里姆希尔德是在生他的气。

第十二场

克里姆希尔德　西格夫里特!
西格夫里特(重新出现)
　　　　　　　　怎么了?
2235　克里姆希尔德　　　　　要是你不生气的话——
哈根(紧随西格夫里特身后)
　　　怎么,你居然已经拿起纺锤了吗?①
西格夫里特(对克里姆希尔德)　你听,
　　　那些猎犬都已经待不住了,
　　　我又能怎么样呢?
哈根　　　　　不过,你还得等着亚麻送来呢!
　　　你得在月亮升起来之后,和女妖们②一起纺线哪。
2240　克里姆希尔德　走吧!走吧!我只是想再看看你!
(哈根与西格夫里特下。)

第十三场

克里姆希尔德　我就算再把他叫回来十遍,
　　　也没法鼓起勇气把那件事告诉他。
　　　我怎么能做出这样一桩让自己马上就后悔的事情呢!

---

① 此为哈根揶揄西格夫里特作小儿女态的话。
② 原文为 Drude,传说中夜间坐于人身上,使人呼吸困难或噩梦缠身的女妖。

第十四场

(盖尔诺特与吉赛海尔上。)

克里姆希尔德　你们两个还没走?这真是上帝赐给我的恩典!
　　亲爱的兄弟们,我诚心诚意地请求你们, 2245
　　满足我的这个愿望吧,尽管它听起来
　　可能有些疯狂。请你们陪伴我的丈夫,
　　寸步不离他左右,尤其要一直注意他的背后。

盖尔诺特　我们不去打猎,没什么兴致。

克里姆希尔德　你们没有兴致?

吉赛海尔　你在说什么呢?我们是没有时间。 2250
　　军队要出征,有好多事都得预先安排。

克里姆希尔德　你们年纪轻轻,就被交付了这样的任务?
　　如果我还是你们忠实的姐妹,如果你们
　　还没有忘记,我们是被同一个母亲的乳汁哺育的同胞手足,
　　就赶快追上他们吧!

吉赛海尔　　　　　他们早就已经到森林里了。 2255

盖尔诺特　而且你的一个兄弟也在其中。

克里姆希尔德　我求你们了!

吉赛海尔　　　你看,
　　我们还得去检查武器呢。(欲下。)

克里姆希尔德　　　　那么,告诉我一件事:
　　哈根是西格夫里特的朋友吗?

盖尔诺特　　　　　怎么不是了?

克里姆希尔德　他称赞过西格夫里特吗?

吉赛海尔　　　　　　　舅父要是不指责一个人, 2260

　　　　　就已经算是在称赞他了。而我还从没有听见过
　　　　　他指责西格夫里特呢。
（盖尔诺特与吉赛海尔下。）
　　克里姆希尔德　　　　这一点比其他任何事情
　　　　　都更让我害怕——他们两个居然不去！

第十五场

（弗丽嘉上。）
　　克里姆希尔德　您怎么来了，老太太？您找我？
　　弗丽嘉　　　　　　　　　　　　　我谁也不找。
2265　克里姆希尔德　那您是要给王后带什么东西去吗？
　　弗丽嘉　也不是。她什么都不需要。
　　克里姆希尔德　　　　　　　她一直什么都不需要！
　　　　　她就不能原谅吗？
　　弗丽嘉　　　我不知道！
　　　　　她没必要对谁表现出谅解来；
　　　　　又没有人侮辱过她。——我听见号角的声音了，
　　　　　今天有人要打猎吗？
2270　克里姆希尔德　　　这是您的安排？
　　弗丽嘉　我？——不是！（下。）

第十六场

　　克里姆希尔德　　　唉，我要是告诉他就好了！
　　　　　我现在才明白，我亲爱的夫君哪，
　　　　　你根本就不了解女人！要不然，你就不该

把这样大的一个秘密告诉我,而我这个怯弱的人,
已经出于自己的恐惧,把它给说出去了! 2275
当我赞叹着巨龙的神奇的时候,
你用玩笑似的语气在我耳边低语,
那些话现在还在我耳边回响呢!那时我让你发誓,
别把这秘密再告诉其他人,
可现在——你们这些在我身边盘旋的小鸟呀, 2280
你们这些和我做伴的小白鸽呀,
可怜可怜我吧!赶快追上他,向他发出警告吧!(下。)

第五幕

奥登森林

第一场

(哈根,恭特,伏尔凯,旦克瓦特与众仆从上。)

哈根　就是这儿了。诸位且听,
　　在那丛灌木的后面,有泉水在流淌。
　　不管是谁,只要在那堆石头旁边弯下身子来喝水, 2285
　　我都能站在这里刺中他。
恭特　　　　　　　我还没有下命令。
哈根　您如果仔细考虑了,就会下这道命令。
　　因为除此之外,没有别的办法,而且
　　除了今天之外,也没有更好的时机。所以,请您下令吧;
　　或者,若是您更愿意,就保持沉默吧!
　　(对仆从们)　　　　　　喂! 2290

在这里准备休息！

（仆从们开始安排餐食。）

恭特　　　　　　　　你一直对他①怀有怨恨。

哈根　我不想否认，如果有人非要

　　　挤到我和他之间，阻止我们的争斗，

　　　那么我将会毫不犹豫地出手

2295　　与此人先打上一架；但是尽管如此，

　　　我还是认为这件事是正当的。

恭特　可我的弟弟们都反对此事，

　　　而且不愿与我们合谋。

哈根　　　　　　　　那么他们难道

　　　就有胆量去警告他，阻止这一切吗？

2300　　他们其实已经意识到了，我们这样做是正确的，

　　　只不过是因为年纪尚轻，不敢面对

　　　那并非在正面战斗中所流出的鲜血而已。

恭特　此言有理！

哈根　　　　　　他是自取灭亡，

　　　而谋杀也因此变得高贵了。

　　　（对仆从们）　　　　吹号角，

2305　　让大家聚集起来，我们首先

　　　必须进餐。

　　　（号角声响起。）

　　　　　　　　　您就接受现在的局面吧，

　　　由我来行动。如果您不觉得

　　　自己受到了侮辱，愿意原谅已经发生的一切，

――――――――――

① 指西格夫里特。

那么就请您自便；只是不要阻止您的臣子

为您那位有英雄气概的夫人复仇，拯救她的性命！　　　　2310

她是不会违背自己所发下的誓言的，

而她虽然一言不发，却相信我们会完成她誓言中所说之事。

如果她发现自己被这种信心欺骗，

那么原本还有可能在她年轻的血脉中

重新涌流起来的对生活的全部激情，　　　　　　　　　　2315

将会在死亡的阴影降临到她头上的那一刻

化为一道诅咒——

对您的最后一道诅咒！①

恭特　　　　　　　　　还有时间！

第二场

（西格夫里特、鲁摩尔特与众仆从上。）

西格夫里特　　　　　　　我来了！那么，各位猎手，

你们打来的猎物在哪儿呢？我打来的那些　　　　　　　　2320

都装在车上，原本要跟着我送过来的，可那辆车

却给压塌了！

哈根　　　我今天只追猎一头狮子；

只不过我现在没有打中它。

西格夫里特　　　　　　这句话我相信，

因为那头狮子正是我打倒的！——这儿开始摆上吃的了；

向安排这顿饭的人致敬！　　　　　　　　　　　　　　　2325

现在我可觉察出来，人是得吃饭的了。这些讨厌的乌鸦，

---

① 此话是对恭特说的。

怎么又飞到这儿来了？赶快叫人吹号，吹到号角都裂开吧！
我已经用所有小个头的猎物
去砸那群鸟了，最后连狐狸都用上了，
2330 可它们就是不退走。在这青翠的野地里，
可再没有什么比那一片让人想起魔鬼的黑云
更让我觉得恶心了。
为什么鸽子就从来没有这样绕着我飞呢？
我们还要在这里过夜吧？

  恭特   我们打算——
2335 西格夫里特 哎呀，这个地方选得可真不错。那儿有一棵树
中间空了，还裂开了个洞！我就挑那儿了！
因为我从小就习惯在这样的地方过夜。
对我来说，这样一个夜晚是再好不过的：
把脑袋钻进腐朽的树木里头，
2340 在半梦半醒之间消磨一整夜的时光，
一面听着鸟儿们渐渐地
一只接着一只欢快地唱起歌来，
就这么数着钟点——嘀，嘀，嘀！
这就是两点钟了。嘟，嘟！该伸伸懒腰了。
2345 唧哩，唧哩！太阳已经在眨眼睛了，
一会儿它就该把眼睛睁开了。唧哩唧哩！
要是不想打喷嚏，就赶紧起身吧！①

  伏尔凯   不错！
那些鸟儿就好像是被时间本身所唤醒的一样。
在黑暗之中，时间也仍然守着节律，

---

① 西方民间认为太阳晒在鼻子上会使人打喷嚏。

让鸟鸣的节奏紧紧跟随着自己的脚步。
正如沙漏里的沙子向下流淌,
或是日晷的影子慢慢伸长一样,
那些松鸡、乌鸫和画眉在入夜之后
都遵循着严格的时序依次鸣叫,
而且与白天不同,它们谁也没有机会
去搅扰别的鸟儿,诱使它与自己一同歌唱。
我对这一点也并不陌生。

西格夫里特　　　　　不正是这样吗?——内兄,
你不太开心哪。

恭特　　　　并没有,我心情挺不错的!

西格夫里特　　　　　　　　哦,才不是呢!
我见过参加婚礼的人,也见过
跟在棺材后面送葬的人,能分辨得出
他们神情中的不同。你要像我这样做,
假装我们彼此并不认识,
只是各自带着不同的东西,
在树林里第一次见面。
然后,我们就把各自的东西堆到一起,
快快活活地分给大家,以作招待之用。
好啦,我带来了各种各样的肉食,
有一头野牛,五头野猪,三四十头鹿,
野鸡要多少有多少,
不消说还有狮子和熊;
为这所有的野味,
我只要一杯清凉的酒就够了。

旦克瓦特　　哎呀,糟了!

西格夫里特　　　　　　怎么了？

哈根　　　　　　　　　　我们忘记带饮料了。

西格夫里特　这我相信。① 要是一个猎人

2375　　嘴里长着的不是舌头而是火炭，

那他在庆祝收获的晚上还真有可能遇上这样的事儿。

可惜我没有猎犬的鼻子，但尽管如此，

我还是要像猎犬一样，自己来寻找美酒——

我可是因为不愿意扫你们的兴才这么做的。（四处寻找）

2380　　这儿没有！那儿也没有！说吧，酒桶到底藏在哪儿？

乐师，② 救救我吧，要不然，我就要

从你们当中嗓门最大的一个，变成最沉默的一个了！③

哈根　那也没有办法，因为——这儿确实没有酒。

西格夫里特　要是我这个猎人都得不到招待，

2385　　那就让你们的游猎见鬼去吧！

管理饮料的到底是谁？

哈根　是我！——但那是因为我不知道该把饮料送到何处，

就让人把它们送到了施佩萨尔特，④ 不过那儿恐怕现在

并没有几张嘴需要喝水了。

西格夫里特　　　　　　　不管是谁，都"谢谢"你了！

2390　　这儿难道连水都没有吗？咱们

得去舔叶子上的水珠，用夜里的露水

滋润喉咙不成？

---

① 由下文看，此为反语。
② 指伏尔凯。
③ 意指自己会因为干渴而死掉。
④ 位于奥登森林以北。

哈根　　　　　　　您要是闭口不言，

　　那么您的耳朵就会带给您安慰。

西格夫里特（聆听）没错，有流水的声音！

　　欢迎你，喷涌的泉水！如果你不是从岩缝中

　　一流出来就直接进入了我的口中， 2395

　　而是沿着葡萄藤绕上一条弯弯曲曲的远路，

　　那我还会喜欢你更多哩。

　　因为若是那样，你经过这一番旅途，口味就会变得丰富，

　　能够让我们的头脑装满快活的蠢事。

　　不过，现在我还是要赞美你！（准备朝泉水走去）

　　　　　　　　　　　不，不行， 2400

　　首先我得弥补我之前的罪过，诸位也都要见证，

　　我是这么做的。在所有人之中

　　我口渴得最厉害，但是我却要最后一个去喝水，

　　因为我之前对克里姆希尔德的态度有些粗暴。

哈根　那么我就先去喝了。（走向泉水。）

西格夫里特（对恭特）　把神情放轻松些吧， 2405

　　我有一个与布伦希尔德和解的办法。

　　你过不了多久就能与她分享第一个吻了，

　　而在此之前，我也将和你一样，节制自己的爱情。

哈根（返回，卸下身上武装）

　　喝水的时候得弯腰，这样①可不行。（重下。）

西格夫里特　在我们出发之前， 2410

　　克里姆希尔德会在你的全部民众面前

　　请求她的原谅，并带着脸上的羞红离开此地。

---

① 指全副武装。

她已经自己答应要这样做了。

哈根（重上） 像冰一样凉爽。

西格夫里特 接下来谁去？

伏尔凯 我们先吃饭。

西格夫里特 很好！

（朝泉水走去，中途又转回来） 对了，得这样！

（卸下身上武装，下。）

哈根（指着西格夫里特的武器）

拿走。

（旦克瓦特将武器搬走。哈根重新拿起自己的武器，其间一直背对着恭特，之后助跑几步，投出长矛。）

西格夫里特（惊叫一声）

朋友们！

哈根（高声） 还有动静？

（对其他人）不管他说什么，都不要理他！

西格夫里特（爬着上前）

谋杀！谋杀！——是你们？在我喝水的时候？恭特，恭特啊，你怎能这样对待我？在你遭遇磨难，生命垂危的时候，我可是和你站在一起的呀！

哈根 从树上砍些枝条下来，

我们需要一副担架。不过要用粗壮的树枝，一个死人可是很重的。快去！

西格夫里特 我快要死了，

但是还没死！

（一跃而起）

我的剑到哪里去了？

被他们拿走了。你还是个男人吗，哈根？

竟把一个垂死之人的剑拿走？我现在
就要同你决斗！

哈根　　　　　　他还在寻找自己的敌人呢； 2425
这敌人就在他自己的口中。

西格夫里特　　　　　　我的生命
就像燃烧着的蜡烛一样流逝，
而这个凶手却不肯将武器还给我！
他若是那么做了，还能重新显得高贵一些。
可耻，可耻啊，这个懦夫！我现在力气只剩拇指那么点儿， 2430
而他连我的拇指都惧怕！
（被盾牌绊了一下）　我的盾牌！
我忠实的盾牌啊，我就用你来打这条狗！
（弯下腰，抓住盾牌，但已无力举起，只能踉跄着再度站起身来。）
它就好像钉在地上了一样！我已经
来不及报仇了！

哈根　　　　　哈！这个夸夸其谈的家伙
要是用牙齿把他那轻浮的舌头咬碎， 2435
才算是给自己报了仇呢！那条舌头已经在牙齿的中间
犯了那么久的罪，却一直没有受到惩罚，
直到现在还在喋喋不休，就是它
让他落到现在这个境地的。

西格夫里特　　　　　　你在说谎！是你的嫉妒心
害了我！

哈根　　闭嘴！闭嘴！

西格夫里特　　　　　　你竟然威胁一个快要死去的人？ 2440
我的话是不是戳中了你的痛处，让你觉得我还很有活力？

你要做什么就做吧，我很快就会自己倒下，到那时
你就可以像对着一堆尘土一样，对着我吐唾沫，
我现在已经站不住了——（倒在地上）
　　　　　　　　你们摆脱了西格夫里特！
2445　但是你们要知道，你们杀了我，也就是杀了你们自己，
以后谁还会信任你们？人们会追杀你们，
就像我想要追杀那些丹麦人一样——

哈根　　　　　　　　　这个蠢货
还被我们蒙在鼓里呢！

西格夫里特　　　这么说，那不是真的？
多么可怕！多么恶劣！人竟能说出这样的谎言！——
2450　好啊！你们现在就是孤家寡人了！以后
人们只要骂人，就要把你们连带着一起咒骂进去，
他们会说："癞蛤蟆、毒蛇和勃艮第人！"
不，你们要排在前面："勃艮第人，毒蛇和癞蛤蟆！"
因为你们的荣耀、你们的名声、
2455　你们高贵的身份，都将随着我一起消亡！
罪恶既没有法度，也没有目标，
它甚至只用手臂就能刺穿心脏，
但是这也必定是它所做的最后一件事情！
我的妻子！我可怜的、什么都不知道的妻子，
2460　你要怎么接受这样的事情！如果恭特国王的内心里
还有一点爱和忠诚的话，
愿他把这些都交付给你吧！——但你最好还是
到我父亲那里去！——克里姆希尔德，你听得见吗？
（他死去。）

哈根　现在他安静了。不过这算不得他的本事！①

旦克瓦特　我们该怎么说？

哈根　　　　　　　　用最拙劣的借口！就说有盗贼

　　在杉树林里杀死了他。没有人

　　会相信这种说辞，但是我认为，也没有人

　　会指责我们说谎。我们回去之后，

　　不会有人要求我们对此做出解释，

　　而我们要像烈焰与江河一样镇定自若。除非

　　莱茵河需要为它的漫溢编造出原因，

　　大火需要为它的燃烧捏造出理由，

　　否则我们不必折磨自己。而您，我的国王陛下，

　　什么命令都没有下，请您记住这一点，

　　一切都由我来负责。现在把他抬走！

（众人抬尸体下。）

第三场

（克里姆希尔德的房间。深夜。）

克里姆希尔德　现在的时间还太早，我原本以为

　　自己清楚地听见了鸡叫的声音，可是让我醒来的

　　却不是公鸡，而是我自己的热血。

　　（走到窗前，打开一扇窗）

　　　　　　　　　　星星还没有黯淡下去，

　　肯定还有一个小时才到做弥撒的时间呢！

---

① 哈根一直厌恶西格夫里特的口无遮拦，此处则认为西格夫里特虽然不再说话，但并不是学会了谨言慎行，而是因死亡而被迫沉默。

2480　　　　　我今天迫不及待地想要去教堂里祈祷了。

第四场

（乌特轻声上。）

乌特　你已经起床了，克里姆希尔德？

克里姆希尔德　您也着实让我吃了一惊。
　　　　平时您总是要到早上才入睡，
　　　　而且您作为母亲，也有权力等着您的女儿
　　　　来叫您起床，就好像我曾经信赖着您，
　　　　等您叫我起床一样。

2485　乌特　　　　　　　　今天我睡不着了，
　　　　外面的声音太响。

克里姆希尔德　　　您也听见了？

乌特　是啊，听起来像是男人们在悄悄地做什么事情。

克里姆希尔德　那看来我没有听错。

乌特　　　　　　　　　　有人屏住了呼吸，
　　　　但却因此把佩剑掉在了地上！有人踮着脚尖走路，
2490　　却撞翻了炉子！有人想让狗别叫唤，
　　　　却踩到了它的脚上！

克里姆希尔德　　　也许是
　　　　他们回来了。

乌特　　　　那些打猎的人？

克里姆希尔德　　　　　　我刚才觉得，
　　　　好像有人轻手轻脚地走到了我的门口。
　　　　我以为是西格夫里特呢。

乌特　　　　　　　　　你让他知道

你还醒着了吗?

克里姆希尔德　　　没有。

乌特　　　　　　那也许 2495
就是他回来了呢！只不过
那好像也太快了一点。

克里姆希尔德　　　我也是这样想的！
而且他也没有敲门。

乌特　　　　　　我所知道的是，
那些人出发去打猎，并不是为了供应厨房的餐食，
而是为了让我们的那些佃农能安心； 2500
因为他们每每播下了种子，收成却被野猪夺走，
他们气得都要把犁给烧掉了。

克里姆希尔德　　是吗?

乌特　　　　　　孩子呀，你的衣服都已经全穿好了，
身边却没有一个侍女跟着?

克里姆希尔德　　　　我想
看看谁起得最早， 2505
也好让自己有点事做。

乌特　　　　　　我借着蜡烛的光
把她们挨个儿都端详过一遍。
人呀，每过一年，睡觉的状态都不一样！十五、十六岁的人
还能像五六岁的孩童一样沉沉地睡。到十七岁，
就该做梦了；十八岁就会胡思乱想； 2510
到十九岁的时候，已经有了愿望——

第五场

司库大臣（走到门前）　　　　　　天哪！

乌特　怎么了？出什么事了？

司库大臣（入内）　　我差点就被绊倒了。

乌特　所以您就惊叫起来？

司库大臣　　　　　　有个死人呀！

乌特　什么？怎么会？

司库大臣　　　　门口躺着一个死人。

乌特　一个死人？

克里姆希尔德（倒下）

　　　　　　我的夫君死了！

乌特（抱住她）

　　这不可能！（对司库大臣）掌灯！

（司库大臣掌灯，然后点了点头。）

乌特　　　　　　　　西格夫里特？——被谋杀了，死了！

　　所有睡觉的人，都起来！都起来！

司库大臣　　　　　　快来帮忙啊！

（侍女们急上。）

乌特　　　　　　　　　　可怜的姑娘啊！

克里姆希尔德（撑起身子）

　　这是布伦希尔德的主意，而哈根就是凶手！——

　　给我一盏灯！

乌特　　我的孩子！他——

克里姆希尔德（抓过一支蜡烛）

　　　　　　　　　就是他！我知道，我知道！

我只能让人别踩到他的身上。您刚才也听见了，

司库大臣被他绊了一下。司库大臣！

要是在平时，所有的国王见了他都会退让的！

乌特　　　　　　　　　　　　　　那么给我吧。①

克里姆希尔德　我要自己把它放到他身边去。

（推开门，随即倒在地上）

　　　　　　　　　　　　　　啊，母亲，母亲，

您为什么要生我！——忠诚的夫君啊，

我亲吻你的头颅，但却并不先找寻你的双唇，

而是要将每一处都吻遍。你不能抗拒，

要不然的话，你也许会那么做的，因为你的嘴唇——

这真是太痛苦了。

司库大臣　　　　　她死了。

乌特　　　　　　我倒是希望

真的如此！

第六场

（恭特与旦克瓦特、鲁摩尔特、吉赛海尔、盖尔诺特上。）

乌特（迎向恭特）

　　　　我的孩子，发生什么事了？

恭特　我自己也忍不住要哭泣。可你们

怎么已经知道了？这本该是由神圣的教士之口

通报给你们的，

我刚连夜将此事委托给他。

---

① 此处乌特试图取走克里姆希尔德手中的蜡烛。

乌特（伸手一指）　　　　你看看，
　　那可怜的死者自己向我们报信来了！
恭特（低声对旦克瓦特）
　　怎么会这样？
旦克瓦特　　是我的兄长把他放在这儿的！
恭特　真是丢脸的事！
旦克瓦特　　　不管怎么劝都劝不住他，
　　而当他回来之后，还大笑着说：
　　"这就是我对他那临别祝愿的感谢。"

第七场

（神甫上。）
恭特（迎上前去）
　　太晚了！
神甫　　这样的一个人，竟在杉树林里遭到杀害！
旦克瓦特　命运的安排使得盗贼手中的长矛
　　刺中了那个位置。即使是巨人，
　　也有可能就这样被孩童杀死。
乌特（仍在与侍女们一起照料克里姆希尔德）
　　　　　　　　　　　醒醒呀，克里姆希尔德！
克里姆希尔德　还要让我与他分开吗？绝不！我就要这样抱着他，
　　你们要不就把我和他一起埋葬，要不
　　就把他留给我。我还没有好好地
　　拥抱过活着的他，现在却只能拥抱他的尸首。
　　啊，若是这一切能逆转过来该多好！我还
　　从没有亲吻过他的眼睛呢！还有那么多没有做的事！

我们还以为，自己拥有足够的时间。

乌特　　　　　　　　　　　　来吧，我的孩子！

不能让他就这样躺在尘土之中啊。

克里姆希尔德　哦，的确如此！所有珍贵华美的东西，

现在都不值一文了。

（站起身来）　　钥匙在这儿！

（将钥匙掷于地上）

再也没有庆典了！把绸缎、

细纱还有那些金丝绣的礼服

全都拿来！也别忘了那些花儿，

他曾经那么喜欢它们！全部，全部都要采下来，

连刚抽出来的花苞也别落下！

它们还能为谁开放呢？把所有的这些东西

都放到他的棺木里去，最上面放上我的结婚礼服，

轻轻地让他躺在那上面，然后我就——

（张开双臂）

用我自己的身子盖在他身上！

恭特（对其随从们）　　　　　你们要发誓，

再也不让任何人痛苦了！

克里姆希尔德（转过身来）凶手在那里？

快滚！不能让他的伤口再重新流血了！

不对，不对！过来！

（揪住旦克瓦特）他要为自己作证！

（在裙子上擦手）

呸，我再也不能用这只右手

　　　　　　触碰他了！那可怜的伤口又流血了吗？①
　　　　　　母亲啊，您去看看吧！我做不到！没有吗？在这里的
　　　　　　只有同谋共犯，而下毒手的人却不在场。
　　　　　　特罗尼的哈根要是在这里，就叫他上前来，
2570　　　　我要向他伸出手，说出赦免的话。
　　乌特　我的孩子啊——
　　克里姆希尔德　　您去看看布伦希尔德吧，
　　　　　　她现在一定能吃、能喝、能笑了。
　　乌特　　　　　　　　　　　　那是盗贼干的——
　　克里姆希尔德　我知道那些盗贼是谁。
　　（抓住吉赛海尔和盖尔诺特的手）
　　　　　　　　　　　　你没有跟他们一起！——
　　　　　　你也没有！
　　乌特　　　　你就听听吧！
　　鲁摩尔特　　　　　　我们在树林里
2575　　　　分头行动。这是他自己的意愿，
　　　　　　也符合平时的惯例，而当我们会合的时候，
　　　　　　却发现他已经奄奄一息了。
　　克里姆希尔德　　　　　发现？
　　　　　　他说什么了？一句话！他说的最后一句话！
　　　　　　如果你告诉我这句话，而且那不是一句诅咒的话，
2580　　　　我就相信你！但是小心，
　　　　　　因为要想出一句自己没有听过的话来，
　　　　　　可是比让嘴里开出一朵玫瑰花还难！

---

① 中世纪时迷信，人们认为若凶手站在死者身边，死者的伤口就会重新开始流血。此时乌特代替克里姆希尔德查看了西格夫里特的伤口。

（鲁摩尔特说不出话来。）

你说谎！

神甫　　这样的事是有可能发生的！甚至鹊鸟
　　都有可能让刀子掉落下来，杀死那些
　　常人的手无法触及的生灵，　　　　　　　　　　　　　2585
　　而这只不过是因为那个飞贼
　　觉得偷来的那把明晃晃的刀子太重了而已。
　　鸟儿能击中的，盗贼也同样能击中。

克里姆希尔德　　　　　　　　虔诚的神甫啊，
　　您不知道！

旦克瓦特　　夫人，您的痛苦是神圣的，
　　但与此同时也是盲目而不公正的。最受人尊敬的勇士们　　2590
　　都能向您作证——

（房门此时已被关闭，将西格夫里特遗体挡住。）

克里姆希尔德（察觉此事）
　　　　　　　等等！谁敢——

（冲到门边。）

乌特　站住！站住！人们只是要把他轻轻抬起来，
　　你自己也是这样希望的——

克里姆希尔德　　　　　　把他带到我身边来！
　　要不然人们就要把他从我这里偷走、埋葬，
　　我就再也找不到他了。

神甫　　　　　　　到教堂去！　　　　　　　　　　　　2595
　　我也要跟着一起去，因为现在他属于上帝了。（下。）

第八场

克里姆希尔德　好吧！到教堂去！
　　（对恭特）　　　　　　　那么，是盗贼干的？
　　既然如此，你和全族的人都要一起
　　去接受死者的考验。

恭特　　　　　　　如你所愿。
2600 克里姆希尔德　我是说，所有的族人。现在他们
　　还没有在这里聚齐。把不在这里的人也叫去！
（众男女自两边门分下。）

第九场

（教堂。人们手持火把。神甫与众教士立于铁门前一侧。近六十名哈根的族人在门前聚集起来。最后哈根、恭特与其余人皆上。敲门声响起。）

神甫　何人叩门？
门外的声音　　尼德兰的国王，
　　他有多少手指，就有多少王冠。
神甫　我不认识这个人。
（敲门声再响。）
神甫　　　　　　　何人叩门？
门外的声音　　　　　大地上的英雄，
2605 他有多少牙齿，就有多少战功。
神甫　我不认识这个人。
（敲门声再响。）

神甫　　　　　　　何人叩门？

门外的声音　　　　　　　您的弟兄西格夫里特，
　　他有多少头发，就有多少罪孽。

神甫　开门吧！①

（大门打开，西格夫里特的遗体被放置于担架上抬入。克里姆希尔德、乌特与侍女们跟随其后。）

神甫（对西格夫里特的棺床）
　　　　欢迎你，死去的弟兄，
　　在这里你将得到安宁！

（棺床被放下，此时神甫走到棺床与妇人们中间，将她们与棺床分隔开。）
　　　　　　　　若你们也如他一样寻求安宁，
那么也欢迎你们。

（将十字架举到克里姆希尔德面前）
你在这神圣的标志之前转过头去？

克里姆希尔德　我在这里要寻求的是真相和正义。

神甫　你寻求的是复仇，但复仇的权力
　　只能留在上帝手中。只有他
　　能看到隐藏的真相，只有他能给人降下报应！

克里姆希尔德　我只是一个几乎被人踩在脚下的可怜妇人，
　　连用自己的头发勒死一个武士
　　都做不到。我还能怎样复仇呢？

神甫　你若是不想向你的仇敌进行报复，
　　那么又为什么要想办法查出他的身份呢？
　　他的审判者知道他是谁，这不就够了吗？

---

① 这一场景是对近代奥地利皇帝葬礼的模仿。

克里姆希尔德　我不希望诅咒无辜的人。
　　神甫　那就不要诅咒任何人，而你并不是这样做的！——
　　　　　可悲的肉体凡胎啊，你不过是尘土
2625　　　塑成的，一阵风就能将你吹散。
　　　　　诚然，你身担重负，想要对天呼喊，
　　　　　但你应当看到，那一位①身上的负担远比你身上的沉重！
　　　　　他以仆从的形象降临人世，
　　　　　将整个世界的罪孽都背负在自己的身上，
2630　　　为赎世人的罪，历尽了所有苦楚。
　　　　　从世界存在的第一日到最后一日，
　　　　　折磨堕落众生的一切痛苦，他都承受了，
　　　　　其中也包括你的痛苦，而且体会得比你自己还要深！
　　　　　天国的威能就在他的唇舌之上，
2635　　　所有的天使都振翼环绕于他的周围，
　　　　　但是他却一直保持着谦卑顺从的态度，
　　　　　直到在十字架上结束尘世的生命。
　　　　　他出于大爱，出于深不可测的慈悲，
　　　　　为你作出了这样大的牺牲，
2640　　　而你现在竟不肯向他献上你的虔敬？
　　　　　快悔改吧！快说："将死者埋葬吧！"
　　克里姆希尔德
　　　　　您已经做了您应做的事，现在让我做我要做的事情！
　　　　　（走到棺床前，站在头的一边）
　　　　　你们照我这样，上前来，在我的面前证明自己的清白！
　　（神甫亦走到棺床前，站在脚的一边。号角声响三次。）

---

　　① 指耶稣。

哈根（对恭特）发生了什么事？

恭特 　　　　　　　有一个人被杀死了。

哈根 　那为何我要站在这里？

恭特 　　　　　　　因为你受到了怀疑。

哈根 　我的族人将会为我作证，

我要向他们询问这一点。——诸位是否愿意发誓，

我不是刺客，不是凶手？

众族人（除了吉赛海尔） 我们愿意。

哈根 　　　　　　　我亲爱的吉赛海尔，你不说话？

你愿不愿意为你的舅父作证，

发誓说他不是刺客，不是凶手？

吉赛海尔（举起手）我愿意。

哈根 　　　　　　　我免除诸位为我发的这个誓。

（走进教堂，对克里姆希尔德）

看吧，只要我想，我就能洗清一切嫌疑，

不需要到棺前来接受考验；

但是我还是要这样做，并且要第一个上前来！

（缓步走向棺床。）

乌特　别看，克里姆希尔德！

克里姆希尔德 　　　　让我看，让我看！他或许还活着！

我的西格夫里特呀！啊，你若还有一点力气，就出点声音，

或是看我一眼吧！①

乌特 　　　　　　　不幸的孩子！这只是

冥冥中的天意再一次发挥了作用。

但这也足够令人恐惧了！

---

① 此时西格夫里特的伤口再次流血，证明哈根是杀死他的人。

2660　　　神甫　　　　　　　　　上帝的手指
　　　　　　悄然浸入了这神圣的泉水①之中，
　　　　　　因为它需要画出一个该隐的印记。②
　　　　哈根（在棺床前俯身）
　　　　　　这是鲜红的血！若不是现在亲眼看见，
　　　　　　我几乎无法相信此事。
　　　　克里姆希尔德　你竟没有当场死去？
2665　　　　　（冲到哈根面前）　　　　　　　现在快滚吧，你这魔鬼。
　　　　　　你这个杀人凶手站在他身边，使他的伤口再度裂开；
　　　　　　谁知道他是否还会因为重新流出的每一滴血而感到痛苦！
　　　　哈根　看看吧，克里姆希尔德。不错，死者的血还在沸腾，
　　　　　　而你又要从我这个活人这里得到什么呢？
2670　　　克里姆希尔德　滚！我真想亲手抓住你；
　　　　　　但如果那样的话，必须要有一个人
　　　　　　在那之后将我的双手砍下来，因为只有那样
　　　　　　才能让我洁净，就算我在你的鲜血里洗手，
　　　　　　也无法将它们清洗干净。快滚！快滚！
2675　　　　　你在杀害他的时候是不是也这样站着？
　　　　　　你那恶狼一般的眼睛紧紧地盯着他，
　　　　　　心头的邪念已经从魔鬼似的狞笑里
　　　　　　显露出来！你从后面
　　　　　　悄悄挨近他，躲开他的视线，
2680　　　　　就好像野兽躲开人的视线一样，
　　　　　　寻找着那块暗记，那是我——你这条狗，

---

① 指流血的伤口。
② 《圣经》中该隐谋杀兄弟，因此被上帝诅咒、驱逐。

你当时对我发了什么誓?

哈根　　　　　　　　　保护他

免受水火之灾。

克里姆希尔德　还有在敌人面前呢?

哈根　　　　　　　　　　　　不错。

我也是会那样做的。

克里姆希尔德　　是为了自己

亲手杀害他吧?

哈根　　　　是为了惩罚他!

克里姆希尔德　　　　无耻!　　　　　　　　　　2685

自天地诞生以来,何曾有人

以谋杀作为惩罚的手段?

哈根　　　　　　你可以相信我的话,我本来是

要向那个勇士提出决斗的挑战的。

但是我无法将他与龙分开,

而龙是注定要被杀死的。为什么　　　　　　2690

这样一个骄傲的英雄也要借龙的力量保护自己呢!

克里姆希尔德　龙的保护!他得先杀死那条龙,

杀死了龙,他也就征服了整个世界!

整片森林和其中的魑魅魍魉,

还有所有因为恐惧而没能杀死那条可怕巨龙的武士,　　2695

连你自己在内,都不是他的对手!

你像虫子一样啮咬他,全是白费功夫!是你的邪恶本性

递出了可怖的凶器,是你的嫉妒害死了他!

只要这大地上还有人活着,

他们就会讲述他的故事,赞美他的高贵,　　　　2700

并且也要传扬你的耻辱。

哈根　就算如此！（从西格夫里特的遗体上取走巴尔蒙宝剑）
　　　　这风波绝不会就此平息！
　　（将宝剑佩在自己腰上，缓步回到族人们中间。）
克里姆希尔德　不仅谋杀，还要抢劫！
　　（对恭特）　　　　　　　　我请求对此进行审判。
神甫　想一想在十字架上仍然选择宽恕的那一位。
克里姆希尔德　审判！审判！如果国王拒绝的话，
　　　　那么他自己的手也会染上鲜血。
乌特　停下吧！你会毁了你的整个家族——
克里姆希尔德　那就这样吧！因为我所失去的已经比这更多了！
　　（转向西格夫里特的遗体，倒在棺床旁边。）

克里姆希尔德的复仇

五幕悲剧

人 物

恭特国王

特罗尼的哈根

伏尔凯

旦克瓦特

鲁摩尔特

吉赛海尔

盖尔诺特

神甫

艾柴尔国王

伯尔尼①的迪特里希

希尔德勃兰特,其武器总管

吕狄格方伯

伊林,北方国王

图林,北方国王

维尔伯,艾柴尔的琴师

斯韦美尔,艾柴尔的琴师

乌特

---

① 此处伯尔尼为维罗纳在德语中的古称,非今日瑞士伯尔尼。

克里姆希尔德

高苔琳德，吕狄格之妻

古德伦，吕狄格之女①

一名朝圣者

一名匈人

欧尔特尼特，一名幼童②

艾克瓦特，以上三者为哑角

第一幕

沃尔姆斯的迎宾大厅。

第一场

（恭特国王坐于王座上。哈根、旦克瓦特、盖尔诺特、吉赛海尔、乌特及众勃艮第人，并吕狄格与匈人使团同在场。）

恭特　尊敬的吕狄格阁下，现在勃艮第人

2710　　　已经在我身边聚集起来了，您如果愿意的话，

就请将您此行的目的告知我们吧。

吕狄格　我是为我所侍奉的君主

来向陛下的妹妹克里姆希尔德求婚的。

我的君主惯于发号施令，

2715　　　唯独在您的面前愿意屈尊请求，

---

① 史诗原文中方伯小姐的名字是小高苔琳德，而古德伦实为北欧传说中与克里姆希尔德相似的角色。

② 史诗原文中艾柴尔与克里姆希尔德所生之子的名字是欧尔特利浦。

因为只有令妹有资格继承荷尔契的王后之位。
　　　我的君主因失去妻子而悲痛万分，国中的人民
　　　也纷纷哀悼，仿佛她是他们每一个人的亲人一般。
　　　除了克里姆希尔德之外，没有人
　　　能填补荷尔契留下的空缺，　　　　　　　　　　2720
　　　以新王后的姿仪平息众人的哀痛。您若是
　　　拒绝这桩婚事，那么我的君主就只能继续承受鳏居之苦了。
恭特　您既然告诉我们，
　　　您侍奉的国王很少请求他人，
　　　那我也要告诉您，我们同样是很少感谢他人的。　2725
　　　但艾柴尔统治匈人的漆黑宝座
　　　是如此高高在上，他不羁的威名
　　　被那么多臣服于他的部族所敬畏，
　　　因此我愿意站起身来，这样对您说：
　　　"我们感谢艾柴尔的美意，并且感到十分荣幸。"　2730
吕狄格　您还有什么答复要我带给他的吗？
恭特　请您千万不要认为，我们现在没有命人吹响庆祝的号角，
　　　没有在广袤的群山上
　　　提前点起庆祝施洗约翰节①的篝火，
　　　是为了维护自己身为诸侯的骄傲　　　　　　　　2735
　　　而刻意压抑心中迸发的喜悦，
　　　也不要认为，我们期望得到的比您向我们许诺的更多。
　　　您大概已经知道，克里姆希尔德是一位寡妇。
吕狄格　不错，正如艾柴尔也是鳏夫一样！但正是这一点
　　　才能保证他们的结合得到福佑，　　　　　　　　2740

---

① 宗教节庆，在6月23至24日。

并且能使这段婚姻庄重、高贵而持久。
未经考验的年轻人会在一见钟情的迷醉中
寻求无限的欢愉,然而像他们这样的人则不然,
他们所寻求的不过是慰藉。当克里姆希尔德
2745 含着眼泪亲吻她的新丈夫,
当艾柴尔在她的拥抱中感到震颤,
那时他们便都会默默地想:"我丧失伴侣的痛苦得到了补偿!"
并且因此而给予对方双倍的珍重。

恭特　但愿如此吧!在那个不幸的日子里,
2750 我的妹妹失去了丈夫,我也失去了一位兄弟。
尽管现在已经过去了很久,
她在洛尔施的修道院里待的时间
却还是比在我们中间待的时间要多,
那里是她的西格夫里特的安息之所。她小心翼翼地
2755 避免一切乐事,仿佛那是罪恶一般,
就算是看一眼天边的晚霞,
或者玫瑰开放时的花坛都不愿意。
她还怎么缔结新的婚约呢?

吕狄格　您如果觉得合适的话,可否
2760 恩准我自己去将我君主的愿望
呈到她的足前?

恭特　　　　　我们乐于见到她
获得新的幸福,也愿意为自己取得新的荣耀,
至于其他的一切事宜,我们将会
在进行商议之后再告诉您。
2765 现在我们再一次衷心感谢您的到访。

(吕狄格下。)

第二场

哈根　哪怕他们许诺给您整个世界,那也不行!
恭特　　　　　　　　　　要是她自己愿意,有什么不行呢?
哈根　要是她不愿意,您倒是可以强迫她就范,
　　　因为尽管她已经守寡,您也有权安排她的婚姻。
　　　但是在我看来,与其让她嫁到匈人那里,
　　　还不如用链子把她给锁起来。
恭特　　　　　　　　　这又是为什么? 2770
哈根　这又是为什么!单单是这个问题
　　　就能把我气疯了。您莫非失忆了吗?
　　　我需要提醒您一下那时候发生了什么吗?
恭特(指着乌特)别忘了——
哈根　　　　　　　您的母亲?您别装样子了!
　　　她早就知道了!哎,自从我们那一次打猎之后, 2775
　　　她就再也没有同我握过手,
　　　想必也没有再亲吻过您了吧。
恭特　确实如此。既然你出于顽固,
　　　竟然胆敢吹散这层
　　　掩盖着我们家族秘密的薄雾; 2780
　　　踩碎覆在这血腥坟墓上的稀疏绿草,
　　　将其中的骸骨扔到我的眼前;
　　　放弃最后一点羞耻之心,
　　　带着嘲讽的神色将你播种后
　　　生长出来的毒草指给众人观看, 2785
　　　那么,我也要把憋在心里的话

　　　　　　吐露出来。我诅咒你，诅咒你的那些建议，
　　　　　　并且要向你发誓：若不是因为
　　　　　　我那时太过年轻，你绝不可能
2790　　　　如此卑鄙地将我诱骗，但现在——如果是现在的我，
　　　　　　就一定会怀着厌恶禁止你的那种行径。而过去
　　　　　　我任由那件事情发生，并不是因为
　　　　　　我心中有怨恨，而是因为我过于软弱。
　　　哈根　我相信您的话，因为布伦希尔德早就成为您的妻子了。
2795　　恭特　我的妻子！不错！她作为我的妻子，
　　　　　　所做的唯一一件事就是禁止我另娶他人，
　　　　　　除此以外——
　　　哈根　　　　这里有我不知道的事情吗？
　　　恭特　也许吧！在那件事发生之后，
　　　　　　我第一次将一杯酒端到她的面前，
2800　　　　那时她是怎么接待我们的，你自己也知道：
　　　　　　自从她在比武中落败之后，她的怒火
　　　　　　就从未燃烧得像那天一样猛烈，而她对我们的诅咒，
　　　　　　甚至比克里姆希尔德的更为可怖。
　　　哈根　　　　　　　　她需要时间
　　　　　　来使自己适应发生的事情。
2805　　恭特　　　　　然后
　　　　　　我提醒她，是她自己要求我们这样做的，
　　　　　　但她却把杯子里的酒泼到了我的脸上，放声大笑起来；
　　　　　　我从未听见过任何一个人有那样的笑声。
　　　　　　当时情况是不是这样？我要是说假话天打雷劈！
　　　哈根　　　　　　　　　　　　　确实如此，
　　　　　　但接下来她就昏倒在地，那暴戾的性格

也从此彻底消失了。

恭特　　　　　　　　没错！消失得彻彻底底， 2810
　　就仿佛她在短短的一瞬间，
　　通过那道灼热的诅咒，
　　提前将永恒的光阴消耗殆尽了一样，
　　因为当她重新站起身来的时候，已经是一个死人了！

哈根　死人？

恭特　　是啊，虽然她饮食如常， 2815
　　还能盯着那些如尼符文看。你说得对，
　　西格夫里特是唯一的障碍。

哈根　　　　　　　　我那时以为——不！

恭特　就连最温存的劝慰也无法让她的脸上露出一丝笑容，
　　即使我能在某一个良辰吉时
　　突然得到像伏尔凯那样悦耳的歌喉也同样无济于事； 2820
　　同样，最严苛的责备也不会让她掉一滴眼泪。
　　她已经既不知道痛苦，也不知道快乐了。

乌特　原来如此！那个老乳母只是在掩饰真相！

恭特　她的目光迟钝麻木，仿佛她的血，
　　像那些传说故事里讲的一样， 2825
　　是在毒龙冰冷的脏腑里流动和灼烧的。现在
　　那条毒龙比它的所有同类都要强大，而她则
　　失去了自我，而且这状态还会一直维持下去，
　　除非上百年，甚至上千年之后，
　　命运的盲目安排能让她将毒龙踩在脚下！① —— 2830

---

① 意指布伦希尔德作为人的一面已被非人的一面所盖过，除非发生奇迹，否则她将无法恢复正常的人性。

盖尔诺特啊，或许你该感到高兴，因为
勃艮第的王冠注定是属于你的，
布伦希尔德不会为我生育嗣子了。
哈根　　　　　　　　　　竟然是这样！
恭特　你现在才知道这一切，于是感到很震惊吗？
2835　　　我一直默默地忍受着这些事，但是这一回
是你自己把事情挑到明面上来的：
现在你就睁大眼睛，把周围看个清楚吧！
这个家族在内只剩下了怨恨和纷争，而在外只剩下了耻辱，
你要是还能从哪个角落里看到些别的，
就指给我看看！
2840　哈根　　　　　　这要下次再谈。
恭特　但是这桩婚事能够洗清
我们身上的耻辱，而就好比一只天鹅
看到清水，便要潜入水中，
洗去自己羽毛上沾染的尘土一样，
2845　　　我也要极力促成此事——在这个世界上，
还没有哪一件事能让我如此乐见其成。
哈根　国王陛下，这二者之间必有其一为真：
要么就是，在世上没有哪个女子
像克里姆希尔德一样爱着自己的丈夫——
2850　恭特　我是最不可能反对你这句话的人了；
这一点我自己看得出来！
哈根　　　　　　　那么，她一定对我们
恨之入骨，没有哪个女子的恨意会比她更强——
恭特　恨我们？我看她恨的是你吧。
哈根　　　　　　　　　　她也是有判断力的！

而既然她如此恨着我们,那么她将这种憎恨
　　　表露出来的意愿也会像火焰一样猛烈。因为即使是爱情　　　2855
　　　对亲吻和拥抱的渴求,
　　　也不如极度的憎恨对杀戮、鲜血和死亡的渴求强大。
　　　当爱情由于长久得不到满足而减损的时候,
　　　憎恨却会变得愈发饥渴。
恭特　你倒是知道。
哈根　　　　　　是的,我知道这一点,　　　2860
　　　所以我才要警告您!
恭特　　　　　　　我们之间已经和解了。
哈根　和解!无名的众神在上啊!
　　　若我不是您的臣子——您最忠诚的臣子;
　　　若不是因为我身上的每一滴血
　　　都为您而涌动,甚至抵得上　　　2865
　　　他人的一整颗心;若不是我永远都能
　　　比您更早地察觉到将要发生在您身上的事,
　　　并且还往往比您自己体会得更为深刻,
　　　我现在就会一言不发,甚至连笑都不会笑!
　　　因为我的警告,尽管它刚才还遭到您的嘲讽,　　　2870
　　　不应该被这样的一句话轻率地对待!和解!
　　　没错,没错,她终于让您亲吻她的脸颊了,
　　　那是因为（指向吉赛海尔和乌特）
　　　他每天都在恳求,而她每天都在哭泣,
　　　此外——您与她同饮了和解的酒吗?我想没有吧。
　　　这笔账并不会因为她亲吻了您就彻底勾销,　　　2875
　　　不,这所谓的和解只不过是在上面又添上了
　　　新的一行,而且这债务还因此而变得更重了。

乌特　你把我的女儿当成和你自己一样的人了吗？

　　　你要是让人亲吻你的脸颊，

　　　　就会觉得那人口中应该暗藏着毒牙，

　　　　可是她却绝不会亵渎这个神圣的动作。

　　　　自从世界存在以来，它就标志着

　　　　一切人与人之间纷争的终结。

哈根　那两个尼伯龙人①为了黄金

　　　弑杀了自己的父亲，而西格夫里特

　　　带到莱茵河边来的正是那些黄金。在他们

　　　真正犯下弑亲的罪行之前，谁会想得到这种事呢？

　　　但是它确实已经发生，而且以后这样的事还会发生得更多。

盖尔诺特　在其他所有事情上我都愿意听从你的建议，

　　　　　但是只有这件事不行。你是把自己对西格夫里特的憎恨

　　　　　转嫁到克里姆希尔德身上了。

哈根　　　　　　　　　　那您可是真的不了解我！

　　　您要是能指给我一个国家，从那儿

　　　没有返回我们国中的道路，我愿意为她去征服那片国土，

　　　并且为她建起王座，不管多高都行；

　　　只是我必须提出这个忠告，不要给她武器，

　　　以免她用这武器反过来伤害你们自己。

　　　你们莫不是认为，我从她那里夺走财宝，

　　　是为了让她更伤心吧？哎，不是的！

　　　我尊重她的痛苦，而且也不会为了她对我的诅咒

　　　而生她的气。谁不希望拥有

---

①　指尼伯龙财宝的原主人，被西格夫里特杀死。此事在《肤如龙鳞的西格夫里特》中已提及。

像她那样的一位妻子呢？谁不喜欢这样的一位妇人呢？
只要丈夫活着，她就什么都不在乎，
而等丈夫死了之后，她甚至会
因为他的坟墓里昏暗无光而怨恨大地的无情。
我做了这件事，只是因为那是必要的。

乌特　　　　　　　　　　　这事情原本就 2905
不应该发生。

哈根　　　确凿无疑的是，
因为这件事，先前的和解被打上了不祥的印记。（对恭特）
我不知道她是否会由于您在事情发生之前不久
离开了此地而原谅您；在我看来，
这一点是值得怀疑的，因为在您回来之后， 2910
也并没有惩罚从她那里夺走财宝的人。
但此乃不得不为之事，否则
她就可能用那财宝为自己招募一支军队。

乌特　　　　　　　　　　　　招募一支军队？
她是不会那么想的。

哈根　　　　　我知道，现在还没有。
但是她用西格夫里特的黄金 2915
填满了周围人们张开的双手，并且毫不在意
那些人是第一次还是第十次来到她的面前。
这是一种为自己赢得朋友，
并把他们留在自己身边的手段啊。

乌特　　　　　　　　　　她这样做只是为了
纪念西格夫里特。像这样的一幅景象， 2920
人们在世上是不会看见第二回的：
她穿着一身黑色的丧服，

美丽的、安静的眼中永远含着泪水，
将那些经常被她的眼泪
2925 洗濯过的宝石与赤金
分赠给有求于她的人们。
她被命运选中承受最高的痛苦，
但却向此处的众人恩赐了最高的幸福。

哈根　我正是这个意思。是啊，甚至连顽石
2930 都会被这样的场景所打动！
她的这种善举会给人们带来压力，
而每一个接受她恩赐的人，为了减轻自己心头的负担，
都会希望能找到一种向她表达感谢的方式。
在那逐渐聚集到她身边的几千人当中，
2935 最后也许就会有一人开口询问："您为何哭泣？"
而她只要稍稍使个眼色，他就会拔出剑来，
去为那斩杀了巨龙、将丰富的财宝
带到这个国家之中的人报仇。

乌特　你莫不是认为，克里姆希尔德会向人
2940 使这样的眼色吧？她难道不是一个妇人？
我难道不是她的母亲？国王难道
不是她的兄长？盖尔诺特和吉赛海尔
难道不是至今都为她所爱？

哈根　我几乎觉得，自己又听到西格夫里特在说话了！
2945 那些乌鸦都围着他盘旋，向他发出警告，
他想的却是"我和自己的内兄在一起"，
于是把狐狸朝它们投去，将它们赶走了！

恭特　哎，好啦！——现在的问题是，谁第一个
向她开口提起此事，才最能让她接受。（对乌特）

我想，您的话她是会听的。所以请您和她谈谈吧。 2950
（众下。）

第三场

（克里姆希尔德的房间。）
克里姆希尔德（给她的鸟和松鼠喂食）
　　过去我总觉得奇怪，
　　为什么老人们总是和鸟兽待在一起；
　　现在我自己也变成这样了。

第四场

（乌特上。）
乌特　　　　　　　又拿起
　　你的麦粒篮子了？
克里姆希尔德　　　您知道，我还养得起
　　这些小家伙，也乐意养着它们。 2955
　　它们对我很满意，因为我把笼子和窗户
　　都打开了，如果它们想离开，
　　就随时可以离开；但是它们全都留在我身边，
　　甚至连小松鼠也是。这个小家伙是造物主
　　在辛勤工作之后，直到礼拜日才创作出的作品； 2960
　　因为只有在休息一晚之后，他才能想到
　　最美好的点子，这样的一个生灵是再讨人喜欢不过的了，

> 而它在我身边就仿佛我的孩子一样。①
> 我怎能不喜欢它们呢?

乌特 不管怎么说,
> 你这样实在让人难受。和它们相比,我们
> 与你本该更加亲近,可你却将不愿给予我们的一切
> 都浪费在了它们身上。

克里姆希尔德 谁知道呢?在高贵的西格夫里特死后,
> 有一个人随他而去了吗?
> 甚至连我都没有做到这一点,但他忠诚的爱犬却做到了。

乌特 孩子啊!

克里姆希尔德
> 它钻到了西格夫里特的棺木底下,
> 当我拿了食物要喂它的时候,它却冲着我叫唤,
> 仿佛我要教唆它做坏事似的。
> 我虽然先前又是诅咒,又是发誓,可是后来也并没有绝食。
> 原谅我吧,母亲,可是在人们中间
> 我实在太难受了,不得不试着
> 去看看,野外的森林里
> 是不是生活着更好的生灵。

乌特 别再这样了,
> 我有事情要和你说!

克里姆希尔德(并未将乌特的话听进去)
> 而且我也相信如此。
> 愤怒的狮子会放过熟睡中的猎物,

---

① 黑贝尔自己曾饲养松鼠作为宠物,此处他将自己对小动物的好感借克里姆希尔德之口表达出来。

　　　　因为它的天性高贵， 2980
　　　　不会扼死无法自卫的敌手。
　　　　尽管它会将清醒的猎物撕碎，但那也只是
　　　　出于饥饿，这种饥饿和引发
　　　　人与人之间争斗的那种需求有别。
　　　　它并不因为嫉妒他人的容貌、 2985
　　　　不愿让对方自由而骄傲地行走于世间而进行杀戮，
　　　　但这种嫉妒在我们之中却能将英雄变成杀人凶手。
乌特　可是蛇在咬人之前并不会花时间去问清楚，
　　　　要从前面还是后面发起攻击。
克里姆希尔德　　　　　　　那是因为人们踩了它。
　　　　而且，它们的舌头是用来 2990
　　　　杀死敌人的，不能让它们用来发誓，
　　　　说自己要亲吻敌人。这些鸟兽对我们宣战，
　　　　是因为我们破坏了上帝定下的
　　　　神圣的和平，而任何人只要愿意
　　　　同它们和解，它们都不会拒绝。 2995
　　　　我本该抱着我的儿子
　　　　逃到它们中间去的，因为它们
　　　　会念及那始自创世之初的古老手足之情，
　　　　保护那些被驱逐、被离弃、
　　　　被自己的宗族欺骗和背叛的 3000
　　　　无依无靠的人。
　　　　我本该用你们的语言告诉他，
　　　　人们对我做了什么，而让它们
　　　　用自己的语言告诉他，应当如何复仇。
　　　　等他长大成人之后， 3005

>   将会手持粗大的橡木棍棒
>   走出幽暗的森林，
>   而上至狮子、下至最怯弱的小虫，
>   都将如同军队保卫国王一样，
> 3010   紧紧地聚集在他的周围，与他同行。
> 乌特　在莱茵河边人们也会教给他诅咒，
>   因为西格夫里特的父亲有权这样做，
>   而西格夫里特的母亲也不能阻止他。
>   但你要是把他留在自己身边
>   岂不更好？
> 克里姆希尔德
> 3015   别说了，如果您不想
>   让我连您都不再相信的话，就别再说了。
>   哈！把西格夫里特的儿子留在尼伯龙人的宫廷里！
>   他们不会让他活到
>   能长出第三颗牙齿的年纪。
> 乌特　　　　　　　你把自然
> 3020   赐予你的慰藉从身边推开了，
>   就要付出很高的代价。
> 克里姆希尔德　　　在听见孩子的第一声啼哭之后，
>   就让他远离杀人凶手，
>   这对我来说已经足够了。
>   而且，我永远不会忘记忠诚的吉赛海尔
> 3025   在这件事情上给我的帮助。
> 乌特　你现在不得不与它们做伴，
>   是在为此受惩罚啊。（指着那些鸟。）
> 克里姆希尔德　　　您为什么要折磨我呢？

您明明知道这是怎么一回事。您尽可以
把一个婴孩放在他死去的母亲心口上,让她给他喂奶,
就算自然能让她僵硬的胸中 3030
重新涌出神圣的甘泉①,
我的灵魂也不能再从这场冬眠中醒来,
从没有哪个活物像我一样,被睡意
侵袭得如此彻底,直到心灵深处。
我已经沉眠得如此之深,分不清自己是醒着 3035
还是在做梦,连快活的公鸡
在早晨的啼叫都无法把我唤醒:我难道
还做得了母亲吗?我也并不想从孩子那里得到什么,
他的出生不是为了给我带来慰藉的。
他应当杀死谋杀他父亲的凶手, 3040
而当他做到了这件事之后,我要与他彼此亲吻,
然后就从此分别,永不相见。

第五场

(吉赛海尔与盖尔诺特上。)

盖尔诺特　怎样了,母亲,怎样了?

乌特　　　　　　　　　　我还没有说起那件事呢。

吉赛海尔　那就让我们来说。

克里姆希尔德　　　　　今天到底是什么日子,
　　让我的所有族人都聚起来了? 3045
　　你们要驱逐死亡吗?

---

① 指母乳。

盖尔诺特　　　　　　　那节庆早已过去，①
　　　　　现在人们正在为施洗约翰节的篝火积攒柴薪，
　　　　　接下来就该在房梁上悬挂韭葱了。②
　　　　　你已经彻底忘记日期了吗？
克里姆希尔德　我这些年来食不甘味，
　　　　　什么节庆都想不起来了。你们倒是
　　　　　越来越为这些节庆快活了。
盖尔诺特　　　　　　　　只要你还穿着一身黑衣，
　　　　　我们就快活不起来。
　　　　　我们这次也是来让你脱下这身丧服的，
　　　　　因为——
　　　　　（对乌特）
　　　　　　　　不行，母亲，这还是您来说更好！
克里姆希尔德　到底出什么事了，让他的态度变得这么快？
乌特　我的孩子呀，要是你还愿意像从前一样，
　　　　　把头埋在我的胸前，哪怕就一次——
克里姆希尔德　愿上帝保佑，不要让您和我再经历那痛苦的日子，
　　　　　让此事再次发生！③
　　　　　您难道忘了吗？
盖尔诺特　　　　哎，今天别说这个！
乌特　我想着的是你小的时候。

---

①　克里姆希尔德与盖尔诺特所说的不是同一件事。盖尔诺特将克里姆希尔德所说的"驱逐死亡"理解为复活节前后所举行的庆祝冬季结束并象征性驱逐死亡的庆典，故而在之后提起时序节庆诸事。
②　旧俗，在房梁上悬挂香料、药草等，用以祛病。
③　在西格夫里特遇刺后，克里姆希尔德曾倒在母亲怀中。见《西格夫里特之死》。

吉赛海尔　　　　　　　像你们这样的话，
　　该说的事情永远也说不了。那么，我一直以来
　　都在帮你们的忙，这次就再帮你们一回，不管你们
　　要责备我还是夸奖我。
　　（对克里姆希尔德）你难道没有听见　　　　　　　3065
　　号角声在回荡，还有兵器、马匹
　　发出嘈杂的声音吗？这是因为
　　有一位高贵的国王在向你求婚呢。
乌特　确实如此。
克里姆希尔德　而我的母亲竟然认为有必要
　　把这件事告诉我？我本以为　　　　　　　　　　　3070
　　连咱们马厩里最粗笨的女佣
　　都有资格作为女人代替我回答一个"不"字。
　　您怎么能问我这个呢？
乌特　大家都在请求你。
克里姆希尔德　　　　是在嘲弄我。
乌特　　　　　　　　　可我并不是
　　来传达他们对你的嘲弄的！
克里姆希尔德　　　　您现在　　　　　　　　　　　3075
　　也让我无法理解了。
　　（对她的兄弟们）你们还太年轻，
　　不知道自己在做什么。但就算你们的命数已经注定，
　　我还是要对你们提出警告。
　　（对乌特）可是您——我难道要在我那高贵的西格夫里特
　　死后背弃他吗？他最后的一握　　　　　　　　　　3080
　　已经使这只手变得神圣，
　　我难道该把它放到另一个人手里吗？自从他离去之后，

这副嘴唇只亲吻过他安息的棺椁,
我难道要让它受到玷污吗?我不能
3085 为他赎罪,这难道还不够,
还要我损害他的权利,
让那些关于他的记忆蒙尘吗?因为人们
会按照生者的痛苦来对死者进行评判,
而当一个寡妇再次结婚的时候,世人就会想:
3090 要么她是天下最坏的妇人,
要么她的前夫是最坏的男子。
您怎么能相信这种事呢!

乌特　　　　　　　　　不管你是拒绝这桩联姻,
还是要接受它,它都向你说明了一点:
如果你还能找到伴侣的话,
3095 你的兄弟们都会真心成全此事。

吉赛海尔　是的,姐姐,确实如此。而且王兄对此的态度
也和我们一样。当特罗尼的领主
反对此事的时候,王兄斥责了他,并且毫不理会
他提出的意见,只做自己想做的决定。
3100 你要是听见了王兄说的那些话,
一定会从心底里原谅他的,
就如同你很久之前以一吻的形式原谅他一样。

克里姆希尔德　那么,那个特罗尼人反对此事?

吉赛海尔　　　　　　　　　　　　他确实反对此事。

克里姆希尔德　他在害怕。

乌特　　　　　　　他当真害怕了,孩子。

3105 盖尔诺特　他觉得,你会唆使艾柴尔
带着他麾下所有的匈人与勃艮第人为敌,因为再没有别人

像艾柴尔一样强大了。

乌特　　　　　　　　你想想看！

克里姆希尔德　他知道自己会遭什么报应。

盖尔诺特　　　　　　　　　　但他不知道的是，
只要在我们中间，
他就会和我们其他人一样安然无恙！

克里姆希尔德　　　　　　他肯定　　　　　　3110
也还记得，另一个身在你们中间的人遭遇的事情；
而且那还是一个更好的人。

乌特　　　　　　天哪，
我那时怎么想得到会发生什么事情！

盖尔诺特　　　　　　　如果不是因为
那时我们都太年轻的话！

克里姆希尔德　　　没错，那时你们太年轻，
保护不了我，可是却又已经足够年长，　　　　3115
可以在天地同时提出控诉的时候，
去包庇那个杀人凶手！

乌特　　　　　　别这么说！
你也曾经和他们一样，全心全意地尊敬、
喜爱过特罗尼的领主！在你小的时候，要是
梦见自己被野生的独角兽追赶，或是　　　　3120
被狮鹫怪鸟惊吓，在梦里
为你击败那些怪兽的可并不是你的父亲，
而到了第二天早上，你头一个亲吻的就是你的舅父——
你蹦蹦跳跳地跑过去抱住他的颈子，感谢他所做的一切，
尽管他自己并不知道他在你的梦里做了什么。

吉赛海尔　　　　　　　　　　　是啊，是啊！　　3125

　　　　　　那时候我们在马厩里听年老的仆役们
　　　　　　给我们讲雷神托尔的故事，觉得他几乎
　　　　　　就要随着闪电那昏黄的光亮
　　　　　　从地面上的裂缝里出现；在我们的想象中，
3130　　　　雷神的模样就和投掷长矛时的哈根一样呀。
　　　　盖尔诺特　我求求你，那已经过去的事情，
　　　　　　你就终究把它忘了吧。
　　　　　　就算你在最初的痛苦中曾经发过誓，
　　　　　　为他的每一种高贵品质，
3135　　　　你都要献上一整年的泪水，
　　　　　　现在你也为你的英雄哀悼得足够久了，
　　　　　　可以完成你的誓言，结束你的悲哀。
　　　　　　如今，你就把眼泪擦干，
　　　　　　将双眼重新用于观看，而不是哭泣，
3140　　　　艾柴尔国王是配得上让你看一眼的：
　　　　　　没有人能将逝者重新归还给你，
　　　　　　但他却是生者中的第一豪杰。
　　　　克里姆希尔德　你们是知道的，在这世上我要的只有一件事，
　　　　　　而直到我咽下最后一口气之前，
3145　　　　都绝不会放弃对此事的要求。

第六场

（恭特上。）

恭特（对弟弟们）怎么样？

克里姆希尔德（在他面前跪下）

　　　　　　　　我的主上，我的兄长，我的国王：

我谦卑地请求您,垂听我的愿望。
恭特　你这是什么意思?
克里姆希尔德　　　您如果今天真的
　　　像他们告诉我的那样,第一次证明了
　　　自己是我的君主的话——
恭特　　　　　　　　第一次?! 3150
克里姆希尔德　如果您戴王冠、穿紫袍不再
　　　仅仅是为了排场,如果您手中的宝剑和权杖不再
　　　仅仅是个笑话——
恭特　　　　　　你这话说得可太重了。
克里姆希尔德　　　　　　　我本不愿这样说!
　　　但是如果这一切确实如此,如果您在加冕之后
　　　终于能登上王位——① 3155
恭特　随你怎么想吧。
克里姆希尔德　　　那么今天
　　　对于那些蒙受沉重冤屈的人们来说,
　　　就该是正义得以伸张的重要日子,
　　　而作为全国境内不幸者中的女王,
　　　我头一个来到您的面前, 3160
　　　对特罗尼的哈根提出控告。
恭特(跺脚)又来了!
克里姆希尔德(缓缓站起身)
　　　　　　在森林里
　　　环绕着那件事所发生的荒地翻飞的乌鸦
　　　绝不会停止盘旋与悲鸣,

---

① 克里姆希尔德讽刺恭特一直依赖哈根,自己不做决策。

3165 　　　直到沉睡的复仇者被唤醒。
　　　它已经看见过无辜者的鲜血涌流，
　　　在杀人凶手的血也流下来之前，
　　　就再也不能重新获得平静。
　　　兽类不知道自己因何而叫唤，
3170 　　　却宁可挨饿也不背叛自己的职分；①
　　　我难道连它都不如吗？我的主上，我的国王，
　　　我要对特罗尼的哈根提出控告，
　　　而且到死都要一直控告下去！

恭特　你这些话都是白说！

克里姆希尔德　　　　别这么快就决定！
3175 　　　如果您迅速地忘了
　　　自己可怜的妹妹和她的悲泣，
　　　尽管在过去的好时日里，她曾经灵巧地
　　　包扎过你被愤怒的雄鹿刺伤的手；
　　　如果您冷漠无情地拒绝给予这份痛苦哪怕是最小的一点慰藉，
3180 　　　反而横眉立目，试图将它从面前吓退——
　　　尽管它能够平静地告诉您：
　　　只要这世界上还有同我一样的痛苦存在，
　　　我就将大笑着嘲讽我自己，
　　　并且要祝福那些我本应该诅咒的人！
3185 　　　好好想一想，收回您说出的话吧。
　　　我不是孤身一人在此控诉，
　　　这片土地上所有的人——婴孩
　　　以他们最初的呼吸，

---

① 指西格夫里特的爱犬在主人死后绝食而死一事。

老者以他们最末的残喘,新婚夫妇

以他们最珍贵的气息——都在和我一同控诉这桩罪行: 3190

您若愿意将他们请到您的王座前,就会惊恐地发现,

不管什么年纪、什么地位的人,都和我站在一起。

因为这桩血债如同暴风雨前沉重的乌云一样

悬在所有人的头顶,

每分每秒都让人更加难以呼吸。 3195

怀孕的母亲们在分娩时瑟瑟发抖,

因为她们不知道自己的怀腹中

是否孕育了邪祟之物;

而尽管日月星辰仍然照耀着众生,

却已有人将其视为自然赐予的奇迹。 3200

既然您不肯承担作为君主的职责,

那么人们就只能像世间出现国王之前一样,

依靠自己的力量。

当所有的人都在狂怒中聚集起来的时候,

他们就会比您曾经惧怕过的 3205

那个特罗尼人更加令人畏惧!

恭特 就让他们这样做好了。

克里姆希尔德 您这样说,就好像我只不过是

把一件沾染了干涸血迹的衣袍拿到了您的面前一样。

那衣袍上的血曾经在一位英雄的血管中流淌,

而您却仿佛不认识那位英雄,不曾听过他的声音, 3210

更不曾握过他温暖的双手。

难道当真如此吗?那么,大地啊,

我愿你每一寸都染上深红的颜色,

正如当年发生在勃艮第人中间的

3215 　　　　那桩可怕的谋杀将你浸染时一样！脱去
　　　　　　那象征希望与欢乐的绿色衣袍吧！让所有
　　　　　　活着的人都记住这无名的恶行，
　　　　　　既然他们不肯向我赎罪，
　　　　　　那么就叫全人类都看看他们犯下的罪孽吧！
3220 　恭特　够了！你本应该感谢
　　　　　　我今天的来意的。
　　　　　　（对乌特）　　您和她说了吗？
　　　　　　（乌特对此表示肯定。）
　　　　　　很好！很好！——我不会要求你给我答复，
　　　　　　而是要让使臣亲耳来听你的回答，
　　　　　　这样他就会知道，你是自己自愿做决定的。
3225 　　　　那位使臣是年老的吕狄格方伯，
　　　　　　我希望你能接见他，
　　　　　　因为这符合礼仪，而且他也提出了请求。
　　　　　　克里姆希尔德　我欢迎吕狄格方伯。
　　　　　　恭特　那么我就让他来。（对乌特和弟弟们）
　　　　　　　　　　　　就让他们单独见面吧！
（众下。）

第七场

3230 　克里姆希尔德　他在害怕！他害怕特罗尼的哈根，
　　　　　　而我听说特罗尼的哈根害怕的是我！——
　　　　　　你就执迷不悟吧！就算世人
　　　　　　最初都侮辱我，等到一切都结束之后，
　　　　　　他们一定会重新来赞美我的！

第八场

（吕狄格与众随从上。）

克里姆希尔德　欢迎您，吕狄格方伯！—— 3235
　　请您告诉我，您是否真如他们所告诉我的那样，
　　作为使臣前来？
吕狄格　　　　　正是！不过我只是
　　作为艾柴尔的使臣来到此地。① 没有一个国王
　　手中的权杖不曾被他折断，
　　除了尼伯龙人的之外。②
克里姆希尔德　　　　　这对我来说都一样， 3240
　　我的惊异并不因此减少半分！
　　我已久闻您的大名。我们在这里
　　时常听闻您吕狄格
　　代替别人进行冒险的事迹，
　　而若是有人能差遣您作求婚的使者， 3245
　　那么他就应该好好地等待，
　　直到决定追求这世上最高贵的女子时再让您出马。
吕狄格　我的主上正是这样做的。
克里姆希尔德　是吗？吕狄格阁下，您为他追求一个寡妇，
　　而且还要在藏着杀人凶手的魔窟里寻找这个女子？ 3250
吕狄格　王后啊，您说什么？
克里姆希尔德　　　　　那些燕子

---

① 吕狄格德高望重，不轻易为国王服务，艾柴尔这样的雄主才能得其为臣。
② 勃艮第人获得了尼伯龙财宝，于是在此后也被称作尼伯龙人。

　　　　　　已经从这里飞走了,而虔诚的鹳鸟也不再
　　　　　　回到它们世代生活已有百年之久的巢。
　　　　　　艾柴尔国王反倒要向我求婚。
3255　吕狄格　您所说的这些话实在是可怕。
　　　克里姆希尔德　我见证过的事情更可怕!——
　　　　　　您不用装了!您只要听过
　　　　　　现在莱茵河一带乳母们吓唬小孩子时唱的歌谣,
　　　　　　就该知道西格夫里特是如何死去的!
　　　吕狄格　如果我知道又怎样?
3260　克里姆希尔德　　　　　艾柴尔陛下信奉的还是异教,
　　　　　　没错吧?
　　　吕狄格　　您若是希望的话,他可以成为基督徒!
　　　克里姆希尔德　我愿他现在怎样,将来也依旧怎样!——我不想
　　　　　　欺骗您,吕狄格,那个让我的心为之跳动的人死后,
　　　　　　我的心也已经死了,但是我的手
　　　　　　是有价码的。①
3265　吕狄格　　　　我可以献给您
　　　　　　　一个有着无边疆土的王国。
　　　克里姆希尔德　一个王国的价值是高是低,
　　　　　　要看你们那里如何分配王国中的一切。
　　　　　　宝剑、王冠和权杖属于男人,
3270　　　　　而女人只能得到闪闪发光的首饰和绣了花的裙子,是不是?
　　　　　　不行,不行,我需要的更多。
　　　吕狄格　　　　　　　　甚至在您开口索求之前,
　　　　　　您的愿望就能得到满足,不管它是什么。

---

① 意指虽然不会再动情,但愿意在一定的条件下接受联姻。

克里姆希尔德　艾柴尔陛下不会拒绝我的任何要求？
吕狄格　我可以向您保证！
克里姆希尔德　　　那么您呢？
吕狄格　　　　　　只要我一息尚存，
　　我所拥有的一切就都属于您。 3275
克里姆希尔德　方伯阁下，请您向我发誓！
吕狄格　　　　　　　　我向您发誓！
克里姆希尔德（自言自语）
　　他们知道我开出的价码是什么，我清楚这一点！
　　（对仆人们）请国王们来吧！
吕狄格　　　　　　那么，您是同意了吗？
克里姆希尔德　艾柴尔陛下的声名在勃艮第也广为人知，
　　不管是谁，只要听到他的名字，总是先想起 3280
　　鲜血和火焰，然后才想起一个有血有肉的人来！——
　　是的，我同意了！——人们说，哪怕
　　头上的王冠熔化，沿着面孔流淌下来，
　　手中的利剑因为灼热而一滴滴落下，
　　他也不会停止冲锋！他正是 3285
　　为此事所生的人，这会为他带来狂喜！

第九场

（乌特与国王们上。）

克里姆希尔德　我已经考虑周全，愿意服从您的安排！
　　吕狄格方伯阁下，请您把手伸给我。
　　我握住您的手，就好比握住了艾柴尔的手一样，
　　而从现在开始，我就是匈人的王后了。 3290

吕狄格　我在此向您献上我的忠诚!

（与随从们一同拔出佩剑。）

乌特　　　　　　　　　　而我，我要为你祝福。

克里姆希尔德（避开她）

算了吧！算了吧！您的祝福是没有力量的！（对国王们）

不过，你们是否愿意亲自送我到夫家去呢？

作为旦克拉特国王的女儿，我有权提出这样的要求，

3295　　而此世的王者①也会期待如此。

恭特（沉默不语。）

吕狄格　怎么！您不愿意？

克里姆希尔德　　　　你们拒绝我行使作为贵族的权利？

（对吕狄格）方伯阁下，请您问问恭特国王，

为什么剥夺我的权利？

恭特　　　　　　　我并没有拒绝任何事情，

但是眼下我有理由留守莱茵。

3300　　方伯阁下，我请求您，以我的名义

将舍妹托付给她所选择的夫君，

并代我向他赔罪。

我之后将会前去拜访，看他是否善待于她。

克里姆希尔德　您以国王的名义发誓吗？

恭特　我已经这样做了。

3305　吕狄格　　　　　　那么她就由我照顾了！

克里姆希尔德　我还要最后再去一次西格夫里特的坟墓。

在这段时间里，诸位可以商讨余下的事宜。

（艾克瓦特上。）

---

① 指艾柴尔。

我忠实的艾克瓦特①曾摇过我的摇篮,
而就算其他所有的人都离我而去,
他也一定会跟着我的棺木,为我送葬。　　　　　　　　　　3310

第二幕

多瑙河的岸边。

第一场

（恭特、伏尔凯、旦克瓦特、鲁摩尔特②与大批随从在场。维尔伯与斯韦美尔立于国王面前。之后载着哈根与神甫等人的船逐渐出现。）

维尔伯　高贵的国王,您现在总该放我们离开了。
　　　我国宫廷还需要我们的服务,因为在那里,
　　　人们大多使用不了琴弓,
　　　至多能分辨出它们与长矛的不同。
　　　而我们虽然现在作为笨嘴拙舌的使臣同您告别,　　　3315
　　　但是当您到达我国宫廷时,在隆重的欢迎仪式上,
　　　我们将会作为灵巧的琴师重新与您相见。
恭特　你们还有时间。我打算在贝希拉恩,
　　　年老的吕狄格那里休整一番,
　　　而在那之前我们都可以同路而行。　　　　　　　　3320
维尔伯　我们知道一条近路,

---

① 艾克瓦特是克里姆希尔德的管家。
② 史诗中鲁摩尔特并未与其他勃艮第人一同前往艾柴尔的宫廷,而是留守在沃尔姆斯。

而且得赶快动身。

恭特　　　　　　　那么，你们走吧。

维尔伯　　　　　　　　　　感谢您的恩典。

（与斯韦美尔欲下。）

鲁摩尔特　你们忘了送给你们的礼物了吗？请稍微等一会儿，很快就会运来。

维尔伯（与斯韦美尔复转回）

　　　　　确实忘了！

鲁摩尔特　船已经靠近了。

3325　伏尔凯　　　　　　这真叫我惊奇。

他们先是拒绝了那丰厚的礼物，

现在又差点放着礼物不管！①

（快步走向维尔伯）　克里姆希尔德

还一直悲哀不已吗？

维尔伯　　　　我们不是已经告诉你们了吗？

她看起来十分愉快，就仿佛

从不知道痛苦为何物一样。

3330　伏尔凯　　　　　　你们确实是这样说的。

维尔伯　那不就得了？

伏尔凯　　　艾柴尔统治的国土

一定是个充满奇迹的地方。我想，在那儿栽种下白玫瑰的人，

采撷的一定是红玫瑰，反之亦然。

维尔伯　为什么？

---

①　史诗中，艾柴尔的使臣不愿收受勃艮第宫廷的礼物，是因为他们身为使臣，接受他国君主的赠礼会有损于本国君主的威望。此处黑贝尔则将其动机改为了因邀请有诈而感到心虚。

伏尔凯　　　　因为她竟然变了那么多。
　　我们自己都不曾见过她快活的样子。　　　　　　　　　3335
　　她甚至从童年时起，就在高兴的时候也只是安安静静的，
　　笑意也只停留在眼睛里而已。
鲁摩尔特　　　　　　　　哈根把最后一船人
　　渡过来了。
伏尔凯　　　那么，她的欢愉
　　表现在何处？
维尔伯　　　你们已经看到了：
　　她喜欢节日，并且邀请诸位去参加最盛大的庆典。　　　3340
　　您给我们提的这问题可实在是奇怪呀！
　　你们之前许诺过要到访匈人的王国，
　　但却没有自己前来，那么她派使者向你们发出邀请，
　　不是很自然的事情吗？无论是权势还是美貌，
　　她都远远胜过我们那里的任何一位贵妇，　　　　　　　3345
　　但她越是出众，人们就越是有充分的理由感到疑惑，
　　为何她的族人对她如此漠不关心，
　　仿佛她是他们的耻辱，而不是他们的骄傲一样。
　　如果这种状况不发生改变的话，那些嫉妒她的人
　　甚至会怀疑她是否真的出自王族血脉，　　　　　　　　3350
　　因此她不得不提醒你们，要遵守昔日的誓言。
伏尔凯　哎，现在我们可正是要去参加夏至日的庆典呀。
　　而且您看看，(指着众人)
　　　　　　全国的人都来了！
维尔伯　是啊，带着一整支军队呢。艾柴尔陛下
　　可不知道有这么多客人要来，所以我们必须　　　　　　3355
　　提早动身！

(维尔伯与斯韦美尔走向停泊在岸边的船,两人迅速离开。)

伏尔凯　　毫无疑问,他们在说谎!
但是克里姆希尔德希望在那里①与我们相见,
这也是确凿无疑的。

鲁摩尔特　　　　　傻瓜才会相信
她能说服自己的第二位丈夫,
3360　　为了前任的缘故赌上性命和王冠:
这种事情根本说不通,甚至让人觉得可笑,
至于她暗地里要搞什么勾当,就随她去吧!

伏尔凯　我们自己的眼睛派不上用场,
因为不管有什么值得我们担心的事情,
3365　　那位特罗尼人都会预先发现,仿佛他有一千只
就算在午夜的黑暗中也都足够锐利的眼睛一样。

哈根(在船靠岸时一跃上岸,监督人们从船上卸下行李)
所有人都下来了吗?

旦克瓦特　　　　　除了那教士之外!
(指着神甫)
他还在整理做弥撒用的器具。

哈根(重新跳上船,冲向神甫)
你可站稳了!
(将神甫推下船去)
　　　　　他像一条小狗一样倒在那儿,
3370　　而我作为男子汉的全部勇气又回到了我的心中!

伏尔凯(追上哈根)
作孽啊,哈根,真是作孽,这可不是你该干出来的事情。

---

① 指艾柴尔的宫廷。

哈根(低声)

　　我遇见了几个水妖，她们长着芦苇般的绿色头发

　　和蓝色的眼睛，对我预言道——（突然停住）

　　怎么？你虽然手臂不灵便，但是居然还能游泳？

　　把船桨给我！

伏尔凯（抓起船桨并紧紧握在自己手中。）

哈根　　　　　把船桨给我！　　　　　　　　　　　　3375

　　否则我就穿着这身铠甲跳下水去！

　　（抢过船桨，向水中击打）

　　太晚了！这家伙简直是条鱼！——所以那不只是恶毒的咒骂，

　　而是真的！

神甫（从河对岸呼喊）

　　　　　　国王陛下，祝您一路平安，

　　我要回去了！

哈根　　　　　而我——

　　（拔出佩剑，砍碎了渡船。）

恭特　　　　　你疯了吗，

　　竟然把渡船砍碎？

哈根　　　　　在您的臣仆们　　　　　　　　　　　　3380

　　怀着愉快的心情跟随您出发，

　　前往艾柴尔那里赴约的时候，乌特夫人做了一个噩梦。

　　但是现在他们中不会有一个人动摇对您的忠诚了。

恭特　要是真有人会被一个梦给吓着，我还留得住他吗？

伏尔凯　事情不会是这样的。你到底想干什么？

哈根　　　　　　　　　　　　　　到边上来，　　　　3385

　　这样别人听不见我们说话。因为这件事

　　我只告诉你一个人。

(低声)　　　　　　　我先前去寻找渡船的时候，
遇到了几个水妖。
她们在一处古老的泉眼上空盘旋，
如同在雾中飞舞的鸟儿一般，
时而现出身形，时而隐匿于蓝色的烟云之中。
我悄悄地接近了她们，而她们受了惊，立刻就飞走了，
我只扯下了她们身上的羽衣。
于是这些水妖用头发遮住自己的身体，
躲进了椴树的枝叶之间，用谄媚的语气
对我喊道："把你夺走的东西还给我们，
我们就会向你预言！我们知道
等待着你们的命运，将会如实地告诉你一切！"
我点了点头，将手中的羽衣高高举起，
让它们在风中飘扬，水妖们就开始歌唱。
她们歌唱幸福，歌唱胜利，歌唱人们希望拥有的一切，
我之前从未听到过那么优美的歌曲。

伏尔凯　这个征兆可比你想的要好！
这些水妖拥有预知命运的能力，
正如昆虫能预知晴雨一样，
但她们并不愿意将预言说出口，因为她们每透露
一个字的未来，都要付出一年的生命为代价。
尽管她们已经如同天空中的
太阳和月亮一样古老，但却并非永生不死。

哈根　正因为如此，她们的预言才更让人愤怒！我心满意足地
将羽衣抛回给她们，匆匆转身离开。
但是这时我身后却突然传来一阵笑声；
它是如此不可思议地难听，如此令人作呕，

仿佛是从一个盘踞着一千只青蛙
和蟾蜍的沼泽里发出来的。我大吃一惊,回头看去—— 3415
我看见了什么呀?仍然是那些女水妖,但这时
她们的形态已经变得阴森可怖。她们对我
作出古怪的表情,以一种奇异的、哑嘴似的语调嘲笑着我;
她们的声音已经不再像飞鸟,而是更像鱼类,
而她们瘦长的身体也变得越来越像鱼了。 3420
那些水妖说道:"我们欺骗了你!
如果你们前往匈人的王国,
就将全都再也看不到莱茵河的碧波,
只有一人除外。你最看不起的那个人
将会返回莱茵河畔。"

伏尔凯　　　　　　该不是那个神甫吧? 3425

哈根　你已经看到了。虽然我还是对她们大声反唇相讥,
说"那一定是因为异国的土地太过吸引我们,
让我们忘记了返回故乡",
然后大笑起来,吹了一声口哨,问她们在哪里可以找到渡船。
但那个预言还是一记重击般落在我的心上,而且相信我吧, 3430
这一切的结局不会好的。
(高声)　　　　　　人们会发现,
当特罗尼的哈根提出警告的时候,
就应当听从他的劝诫。

恭特　　　　　　那么
特罗尼的哈根为什么不听从他自己的警告,
留在沃尔姆斯呢?我们其他人也有足够的勇气, 3435
可以不需他的陪伴就踏上
这趟惊心动魄的冒险之旅,而它的终点,

如果不是我们内兄弟的亲吻的话，

也将是我们亲姐妹的怀抱。

3440 哈根　嘀，嘀，我的年纪还不老，远不到死的时候呢！

我提出警告是为了您，不是为了我自己。

旦克瓦特（对哈根）这血是怎么回事？

哈根　　　　　　　　　　我身上有血？哪儿？

旦克瓦特（以手指沾了血，给哈根看）

哎，这么多血从你的额头上流下来，

你自己却没有感觉吗？

哈根　　　　　　　那是因为我的头盔没有戴紧。

恭特　不对。告诉我，到底出什么事了？

3445 哈根　　　　　　　　　　我已经不声不响地

替您付清了渡过多瑙河的过路钱。不会有人

催您付钱了，那负责收钱的人已得到应得的报酬。不过

（摘下头盔）

我自己都不知道，我竟然给了那么多。

恭特　原来你把船夫给——

哈根　　　　　　当然了！

3450 我现在看出来了，这事儿是瞒不住的：

他用那粗大的船桨冲我招呼过来，

而我则拔出锋利的佩剑回敬于他。

恭特　那可是巨人盖尔夫拉特！①

哈根　　　　　　　　　没错，巴伐利亚人的骄傲！

但他现在和他的船一样，被砍成碎片，随河水漂流而去了！

---

① 史诗中未写出船夫的名字，而盖尔夫拉特是巴伐利亚的领主，在之后的战斗中被旦克瓦特杀死。

克里姆希尔德的复仇

不过不用担心，如果诸位还能回到此地， 3455
需要再次使用渡船的话，我会把你们
都背过河去的。

恭特　　　　　现在我们只能往前走了，
而你那乌鸦般的先见就会成真——

哈根　就算你们拉起提琴，① 该发生的还是会发生。
无论如何，我们都已经身在死亡的罗网之中了—— 3460

伏尔凯　当然了！可是这难道是什么新鲜事吗？我们一直都如此。

哈根　说得好啊，亲爱的伏尔凯，谢谢你。
没错，我们一直处于死亡的阴影下，这并不是什么新鲜事，
而且与其他所有注定要死去的人们相比，
我们甚至还有一个优势： 3465
我们已预先知道自己的敌人是谁，看得见他们布下的陷阱——

恭特（突然生硬地打断哈根的话）
快走吧！快走吧！否则巴伐利亚的公爵就会前来收过路钱，
并且还会要我们为先前那收钱人的死付出代价，
那可就扫了艾柴尔国王的兴。

（与众随从下，只留哈根与伏尔凯在台上。）

哈根　我凭着无名的众神发誓： 3470
谁把我推进深渊，我就把他也一起拉下去。

伏尔凯　我会帮你的！不过我得告诉你：
直到这一刻之前，我的想法
都还和大伙儿一样。

哈根　　　　　我也是。但是我在听到那些女水妖的预言后，
才明白人就是如此， 3475

---

① 意指不做战斗的准备。

> 不论是我自己还是别人，都是一路货色！①

伏尔凯　甚至现在我还是有点怀疑——

哈根　　　　　　　　　　不，亲爱的伏尔凯，
　　　你那样想就错了。我已经试探过了。②

伏尔凯　但是乌特夫人说的话也完全没错：
　　　她③到底还是个妇人。为了给丈夫复仇，
　　　她必须杀掉自己的亲兄弟，
　　　而她的老母亲也会因此而死！

哈根　　　　　　　　　　此话怎讲？

伏尔凯　国王们会庇护你，而乌特
　　　又庇护着国王们。如果儿子们受到了伤害，做母亲的
　　　也会对此感同身受，难道不是这样吗？

哈根　　　　　　　　　　　没错。

伏尔凯　如果箭矢在擦伤你的皮肤之前，
　　　会先从所有人的心脏中穿过去，
　　　那么那个妇人还会射出这支箭吗？

哈根　该来的就让它来吧，我已经准备好了。

伏尔凯　我曾经在梦中看到，我们所有人都流着血，
　　　但每个人的伤口都在后背上。
　　　造成这种伤口的是杀人凶手，不是英雄好汉，
　　　所以，我的朋友啊，除了抓老鼠的陷阱之外，没什么好怕的！

（两人同下。）

---

①　意指原本同众人一样不相信克里姆希尔德会为复仇行血亲相残之事；但水妖的预言则证实了她（与哈根自己先前谋杀西格夫里特时一样）将会为达目的不择手段。
②　指先前将神甫推进水里以试探水妖们预言真实性的行为。
③　指克里姆希尔德。

第二场

(贝希拉恩的迎宾大厅内。高苔琳德与古德伦自一侧上,吕狄格、迪特里希与希尔德勃兰特自另一侧上。伊林、图林跟随其后。)

高苔琳德　高贵的迪特里希,伯尔尼的君主,

　　能在贝希拉恩见到您真让我高兴。　　　　　　　　　　　　3495

　　还有希尔德勃兰特阁下,我也同样乐于与您相见。

　　可惜我只有一副唇舌,不能同时

　　问候你们这两位无畏的勇士;

　　不过我的双手却都一样听从我心灵的支配,

　　而它因两位的到来而欢欣激动的程度　　　　　　　　　　　3500

　　并无分别,

　　(伸出双手)

　　　　　　这一点也就弥补了我言辞上的失礼。①

迪特里希(行礼)　对我这把老骨头来说,您的话真是太过温柔了。

希尔德勃兰特　我可不这么觉得。我要再次亲吻夫人,②

　　(也亲吻了古德伦)

　　因为竟有两个一模一样的夫人站在我的面前哩。

迪特里希　夫人和小姐的相貌是如此相似,　　　　　　　　　3505

　　分辨不出也是情有可原的事。

　　(同样亲吻古德伦。)

吕狄格　二位不必如此客气。

迪特里希　　　　　　今天我和我的武器总管

---

① 同时与迪特里希与希尔德勃兰特握手,以示对两人同等重视。
② 吻面礼。之后出现的亲吻亦属此种礼节。

在猜谜取乐：谁是天下最大的愚人？

当我们的头发还是褐色的时候，我们忙着战斗，

而等我们头发白了之后，倒开始亲吻贵妇了！

3510 高苔琳德（对伊林和图林） 你们二位，

丹麦和图林根的高贵领主啊，①

你们和我是经常见面的，所以请允许我

以朋友之礼接待你们。②

伊林（行礼） 即使不论这一层，

迪特里希阁下也理当享有优先权。不管在哪儿，只要他一出现，

其他所有人都会甘愿退避。

3515 迪特里希 我们亚美伦人

和你们这些来自遥远北方的人

如今在这里相聚，

每个人身上因浴血战斗而留下的伤痕

都比被猎人做了标记准备砍伐的橡树还多百倍，

3520 但从没有一人如树木一般倒下。

这样看来，我简直要相信，

我们已经获得了抵御死亡的灵药，

自己却还对此一无所知。

伊林 这的确是个奇迹。

图林 这还不算最不可思议的事情呢！

3525 我们曾经都坐在自己的王座之上，

---

① 史诗中图林根的领主名为伊恩夫里特。

② 指在问候了迪特里希之后再问候伊林与图林。盖对待宾客必须礼数周全，而对待朋友则无需如此。

但是如今却在这里，准备代表匈人的君主

迎接那些嗜血的尼伯龙人，

头上戴着的冠冕不过是个笑话。

在艾柴尔陛下壮观的宫廷中

为他效力的全是国王，而他应该 3530

为自己想一个新的名字，

叫人们一听见它就立刻联想到三十顶王冠；

至于我们呢，当初就该把权杖

换成乞丐的拐棍，这样一根

毫无尊荣可言的棍子和这迎来送往的卑贱任务才相配。 3535

迪特里希　我也是你们中的一员，但我是自愿前来的。①

图林　没错，可是没人知道您为何前来。请您相信我，

艾柴尔对此和我们一样吃惊。

如果您和我是同一类人的话，我就会认定，

您来到此地，是为了愚弄那头雄狮， 3540

等它将熊和狼都吞入腹中之后，

再自己将它吞噬；

但是我知道，这与您的秉性相距甚远。

而既然您完全出于自己的意愿，

做了这件我们半是出于自知之明、半是被逼无奈而做的事， 3545

那么您一定有特别的理由，

我们这些愚笨的头脑理解不了的。

迪特里希　我确实有我自己的理由，而且过不了几天

---

① 此剧中迪特里希来到艾柴尔宫廷中的理由与史诗中不同。史诗中迪特里希是因受到叔父迫害而流亡到艾柴尔宫廷中的，但剧中则改为他自愿为艾柴尔效力。

　　　　　　你们就会知道了。

　　伊林　　　　　　我真想知道
3550　　　您这样做到底是为了什么，这简直让我心焦。
　　　　您本来可以对人发号施令，如今却屈身事人，
　　　　尤其是以这样一种方式，实在是稀罕至极。
　　　　不瞒您说，我认为您的做法几乎是在折辱自己。
　　图林　　　　　　　　　　　　　　我也有同感！
　　吕狄格　请诸位不要忘了艾柴尔的雄才大略和高贵风范！
3555　　即使我像迪特里希阁下一样，
　　　　有自主选择的权利，也愿意臣服于他。
　　　　他和我们一样高贵，但我们的地位来得容易，
　　　　只是继承自从母亲那里得来的血脉，
　　　　但他却是凭借自己的胸襟赢得一切的！
3560　图林　我可不这么觉得。我跟随他，只是因为我不得不这样做，
　　　　但如果我像——
　　伊林　　　我从我们的众神那里
　　　　得到了慰藉。因为那场风暴
　　　　一方面夺走了我们头上的王冠，
　　　　一方面也将他们推下了神坛，
　　　　而每当我因为这个头环（以手触碰自己的冠冕）
3565　　　　　　　　　　不如以前闪亮而恼怒的时候，
　　　　我就立刻到奥丁的橡树林中去，
　　　　想一想那位神明，他所失去的比我更多！
　　迪特里希　您做得对！——世界的巨大轮盘
　　　　已经移位，甚至或许已被调换，
　　　　而无人知道，未来还会发生什么事情。
3570　吕狄格　　　　　　　　　此话怎讲？

迪特里希　有一天晚上，我坐在水妖栖居的泉边，
　　但是却并未意识到自己身在何处。我在那里
　　悄悄地听到了很多东西。

吕狄格　　　　　　　　您听到了什么？

迪特里希　　　　　　　　　　　　是谁向我们作出预言的呢？
　　我们听到一个字眼，却不能够理解；
　　我们看到一幅画面，却不懂其中的意思。　　　　　　　　3575
　　大概要直到事情发生的时候，我们才能想起来，
　　诺恩女神在许多年前就已经
　　用影子的舞蹈蒙蔽了我们的双眼！

（号角声传来。）

伊林　英雄们来了！

图林　　　　杀人凶手来了！

吕狄格　　　　　　　　别说了！

迪特里希　有一个谜语还萦绕在我的耳边，　　　　　　　　3580
　　那就是：巨人不应当害怕巨人，
　　只应当害怕矮人！您能解开它吗？
　　自从西格夫里特死后，我对此是再清楚不过了。

高苔琳德（走到窗前，此时号角声已十分接近）
　　他们到了。

古德伦　　母亲，我应当亲吻哪些贵客？

高苔琳德　国王们，还有特罗尼的领主。

吕狄格（对众武士）　　　　　　那么，来吧，来吧！　　3585

迪特里希　你们是去问候他们的，而我则是去警告他们的。

吕狄格　什么？

迪特里希　　没错！如果他们能注意到我的暗示，
　　就会在与您同饮之后打道回府！（边走边说）

　　　　朋友啊，我们必须把硫磺和火种分开，
3590　　　因为一旦烧起来，这火可就灭不了了。
　　（众下。）

第三场

　　高苔琳德　到我身边来，古德伦，你在犹豫什么呀？
　　　我们在这样高贵的客人面前
　　　可不能显得冷淡失礼。
　　古德伦（也走到窗前）
　　　　　　　　　　母亲啊，看那个人。
　　　他面色苍白，双眼深陷，仿佛死人的眼睛一般。
　　　一定是他干的。
3595　高苔琳德　　　他干什么了？
　　古德伦　可怜的王后！她在婚礼上
　　　一点都不快乐。
　　高苔琳德　　　你知道什么呀？
　　　在她高兴起来之前
　　　你就睡着了。
　　古德伦　　　我睡着了？
3600　　虽然那时候我的年纪还小，但是在维也纳①
　　　我一次都没有睡着过！——她坐在那儿，
　　　用手支着头，仿佛在想心事：什么都想，
　　　就是不想我们。而当艾柴尔陛下伸手
　　　触碰她的时候，她竟打了个颤，就好像

---

① 艾柴尔和克里姆希尔德在维也纳举行了婚礼。

　　　　我在看见有蛇朝我们爬过来的时候会打颤一样。
高苔琳德　　哎，古德伦，别这么说！
古德伦　　　　　　　　您尽可以相信我的话，
　　　你们只是都没有注意到这一点。您之前一直
　　　称赞我的眼神儿好——
高苔琳德　　　　　正好捡掉在地上的针。
古德伦　　父亲管我叫他的家用日历本——
高苔琳德　　以后可不能这样，你越来越没规矩了。
古德伦　　那么她快乐吗？
高苔琳德　　　　　她的仪态符合寡妇的身份。
　　　别再说这件事了！（从窗前走开。）
古德伦　　　　　我只是突然想到，
　　　当我——（惊叫）
　　　　他来了！

第四场

（吕狄格与众宾客并尼伯龙人上；吉赛海尔稍后跟上，停留在一旁。）

哈根　　　　我们吓着诸位了？
（众人彼此问候行礼。）
哈根（对古德伦）
　　　人们大概讲了不少关于我的坏话，
　　　造谣说我不知道如何亲吻。我在此证明这不是真的。
　　　（亲吻古德伦，随后转向高苔琳德）
　　　请原谅我，高贵的夫人！我很担心
　　　自己的名声受损，必须赶快证明

　　　　　我并不是一条恶龙。不过，就算我真的是一条恶龙，
　　　　　被这孩子玫瑰花一样的双唇亲吻过之后，
3620　　　也一定会像那最优美的童话里讲述的一样，
　　　　　变成一个牧童的。
　　　　　我该做什么呢？去寻找紫罗兰？去逮小羊羔？
　　　　　我凭着第二个吻与您打赌：
　　　　　那些花儿不会丢一片叶子，
3625　　　那些羊羔也不会丢一根绒毛。您说说，您同意我的话吗？
　　吕狄格　诸位，现在去就餐吧！外面的草地上已经摆好宴席了。
　　哈根　首先请让我们欣赏一下您这儿的武器！
　　　　（走到一面盾牌前）
　　　　　这可是一面好盾！我真希望认识一下
　　　　　制造它的那位大师。不过想必您自己
　　　　　也并不是这面盾牌的第一位主人吧。
3630　　吕狄格　　　　　　　　　您可以猜猜看，
　　　　　在我之前拥有它的是谁。
　　哈根（将盾牌从墙上取下）
　　　　　哎，这盾牌真不轻。很少有人
　　　　　能将它作为遗产代代相传，而不是被迫放弃。
　　高苔琳德　听见了吗，古德伦？
　　哈根　　　　　　　它就好像磨盘一样坚固，
3635　　　您想把它放在哪里，就把它放在哪里；
　　　　　它是绝不会损坏的。
　　高苔琳德　　　　　感谢您的这番话。
　　哈根　高贵的夫人，这是何意？
　　高苔琳德　　　　　　我万分感谢您对它的赞美，

因为先父努东①曾经使用过它。

伏尔凯　那么，他也一定曾让您发誓，

　　除了能使用得了他的兵器的勇士之外，

　　不接受任何人的求婚吧。他这样做很有道理，

　　因为一看到盾牌，人们很容易就会想到与它相配的宝剑。

哈根　这事我还从未听说过。你这琴师

　　倒是什么都知道！

吕狄格　　　　　确实如他所言。

哈根（准备将盾牌挂回墙上）

　　我从心底里为他的死亡哀悼。

　　请您原谅，但我曾希望将他击倒的人是我自己，

　　因为他必定是一个无畏的英雄。

高苔琳德　就把它放在那儿吧。

哈根　　　　　　没有仆人能替我把它挂回去。②

吕狄格　没关系。我们现在知道您的喜好了。

哈根　您觉得呢？这面盾牌一定会和巴尔蒙宝剑很相配。

　　这把宝剑是英勇的西格夫里特留给我的，

　　而不瞒您说，我一直在收集兵器。

吕狄格　不过您也从来不是那些兵器的第一个主人。

哈根　没错，我偏爱那些受过考验的物件！

（众下。）

---

① 努东与吕狄格一家的关系在不同传说中皆不相同，或言其为吕狄格与高苔琳德之子，或言其为高苔琳德之兄弟，但努东为高苔琳德之父的说法似为黑贝尔自创。

② 意指盾牌沉重坚固，仆人无法搬动。

第五场

3655 伏尔凯（拉住吉赛海尔）　亲爱的吉赛海尔,我有件事情要告诉你。

吉赛海尔　你有事告诉我?

伏尔凯　　　　　　而且我要询问你的意见。

吉赛海尔　我们这段时间几乎一直并辔而行,

可你现在突然这样?那就赶快说吧!

伏尔凯　你刚才看见那个姑娘了吗?哎,我还问什么呀。

3660 　她手里又没有拿着酒杯。

吉赛海尔　别说傻话,我当然看见她了。

伏尔凯　但是你却拒绝了

本该从她那里获得的亲吻——

吉赛海尔　　　　　　你在笑话我吗?

伏尔凯　我在相信你的话之前可得考考你,

3665 　因为关于酒杯的事可是你自己说的。①

你觉得她多大年纪?

吉赛海尔　　　　你就饶了我吧!

伏尔凯　你还有的是时间呢。她是个闺中少女,

这一点无可争议吧?

吉赛海尔　　　　这和你有什么关系?

伏尔凯　　　　　　　　　当然了:

我要向她提亲,而为此我必须预先确认,

---

① 敬酒与吻面都是接待贵客的礼仪。此处伏尔凯调侃吉赛海尔,说他不接受古德伦的吻面礼是因为她没有向他敬酒。

　　　　　当人们叫她去玩那蒙眼捉人的游戏时，① 　　　　3670
　　　　　她不会让新郎在一旁干站着。
吉赛海尔　　你要提亲？你？
伏尔凯　　　　　　　不是为我自己！
　　　　虽然我的头盔已经坑坑洼洼的了，但是它的光泽
　　　　还足以让我看清楚自己映在上头的面孔。
　　　　哦，不，我是要为盖尔诺特提亲。
吉赛海尔　　　　　　　　　为盖尔诺特？　　　　　　3675
伏尔凯　　我现在是认真问你：你觉得这对你们来说合适吗？
　　　　如果合适的话，我很愿意成全此事！我可是亲眼看见，
　　　　他在看到那个姑娘站在窗口的倩影之后，
　　　　立刻就像被闪电击中了一样。
吉赛海尔　　他？可他根本没有朝那儿看呀！　　　　　3680
　　　　那其实是我。
伏尔凯　　　　　原来那是你？
　　　　之后和我说话的也是你？
吉赛海尔　　　　　　　我觉得不是，
　　　　但是我现在要讲明这一点。你们之前
　　　　总是催我，该考虑婚事了，尤其是盖尔诺特
　　　　说得最勤——那么，我这就结婚！　　　　　　3685
伏尔凯　　这么突然？
吉赛海尔　　　　　如果她愿意的话。我拒绝了
　　　　那个作为礼节的吻——
伏尔凯　　　　　　　真的吗？

---

　① 原文为"Blindekuh"，为一种令参与者蒙住眼睛捉人的游戏。此处为对提亲的调侃，盖家族联姻之前新娘与新郎无直接接触的机会。

吉赛海尔　就说是错过了吧,如果你更喜欢这种说法,
　　　　好比我错过了大蛋糕里属于我的那一份一样,
　　　　但是这对我来说无所谓了。要么我再从她那里得到一个吻,
　　　　要么我就永不再亲吻!(急下。)

第六场

3690　伏尔凯　　　　　　　　哎,这爱情
　　　　来得就像高烧一样快!不过这时机倒是正合适,
　　　　所以我也要尽全力促成这桩好事。
　　　　因为如果我们能和吕狄格联姻的话,
　　　　艾柴尔麾下最可靠的封臣就是我们的朋友了!(下。)

第七场

(花园。吕狄格与众宾客在场。背景中已布置了宴席。)
3695　哈根　您没有背着别人对她发什么誓吧?
　　　吕狄格　我要是真那么做了的话,肯定也不能说出来呀。
　　　哈根　可我却觉得您一定是说了什么。她的态度转变得太快了!
　　　　　先前她还因为艾柴尔的求婚而感到受了深重的屈辱,
　　　　　但之后突然就认可这桩婚事了。
　　　吕狄格　　　　　　　　　　就算如此吧:
3700　　　可她能提出别人一定会回绝的要求吗?
　　　哈根　谁知道呢!不过这一切对我来说都一样!
　　　吕狄格　　　　　　　　　　　　　我是知道的!
　　　　　一位受到沉重伤害的妇人
　　　　　当然会想着复仇,想着要用血腥的计划

战胜我们所有人；但是当那一天真正到来，
　　　有人要举起手臂为她而战的时候，　　　　　　　　　　　3705
　　　她却会自己颤抖着让那人收手，
　　　并且喊道："还不到时候！"
哈根　　　　　　也许吧！——伏尔凯，你在哪里？

第八场

（伏尔凯上。）

伏尔凯　我得照顾病人！——您这儿的空气
　　　可不利于健康。有一种沉睡了二十年的热病①
　　　在这儿发作起来了，　　　　　　　　　　　　　　　　3710
　　　而且它的严重程度可是我从没有见过的。
吕狄格　那么，病人在哪儿？
伏尔凯　　　　　　他这就来了！

第九场

（吉赛海尔上。）

吕狄格　请诸位入座吧！我们可以在敲开核桃和杏仁的时候
　　　再来解开这个谜题。
吉赛海尔　高贵的方伯阁下，请您听我一言。　　　　　　　3715

---

① 指爱情。二十年前西格夫里特爱上克里姆希尔德、恭特爱上布伦希尔德，之后勃艮第王族中便再无人谈情说爱，直到现在吉赛海尔爱上古德伦。不过，在史诗中和剧中，时间的流逝都并不完全是实指。例如，吉赛海尔从头到尾都是少年人的形象，年龄定位并未随时间推移发生变化。

吕狄格　那得看咱们的司厨给您多少时间，
　　　别说太多，也别说太少。①
吉赛海尔　　　　　　我请求您
　　　把令爱嫁给我。
盖尔诺特　　　哎，吉赛海尔！
吉赛海尔
　　　你觉得这样不好吗？那你也说出来呀！而且我们要发誓：
3720　不管命运的安排如何，我们都不会为此恼怒！
　　　你在笑？你是已经说了，还得到了首肯？
　　　那么好吧，我也遵循我自己发的誓，
　　　永不娶妻了！②
盖尔诺特　　　你在想什么呀！
吕狄格（对妻子和女儿示意）
　　　过来，古德伦！
哈根（拍吉赛海尔的肩膀）
　　　　　　你可真是个优秀的铁匠！——
3725　这可是一枚好戒指！——我赞同这桩婚事！
恭特　我也一样。如果能将王冠
　　　戴在这个纯洁处女的额头上的话，
　　　我会感到万分喜悦。
吉赛海尔（对古德伦）那么您呢？
高苔琳德（见古德伦沉默不语）哎呀，真是糟糕！
　　　你们之前一直都没有听人说过吗？
　　　我的女儿是又聋又哑的。

---

① 指要在宴席开始之前说完。
② 吉赛海尔误以为盖尔诺特也爱上了古德伦。

吕狄格　　　　　　　您要是想收回先前的话，
　　我也不介意。
吉赛海尔　　我没有这个意思。
　　她要是不聋哑的话，我就配不上她了。
哈根　不错，继续好好锤打这枚戒指吧！因为我们的链条里
　　正需要这样的一环。
　　（对伏尔凯）　她要是还敢那么做，
　　那她手上沾的血就会比我还多十倍！①
吉赛海尔　古德伦——啊，我差点忘了！请你们赶快
　　把你们用来和她交流的那套手势教给我，
　　而这一次就由你们代我向她询问吧。②
古德伦　　　　　　　　您可别相信那些话。
　　我刚才只是不好意思。
伏尔凯　　　　　可爱的姑娘啊！
　　您的嘴唇上一定有神奇的魔力，
　　谁要是在从您那里得到第一个吻时许愿，它就一定能成真。
吉赛海尔　那么您说吧！
古德伦　　　　　　　我的父亲也还没发话呢。
哈根（对吕狄格）
　　那么决定权就全在于您了！盖下您的戳记吧！因为您的司厨
　　就快等不及了。
吕狄格（对恭特）这事还需要我来决定吗？
　　我难道要扮演个愚人的角色，

---

① 吕狄格已经成为勃艮第王族的姻亲，克里姆希尔德若要继续复仇就将与之为敌。

② 此话是对吕狄格夫妇说的。

　　　　　在王冠掉到自己头上的时候，
　　　　　还冲着天空大喊"我收下了"吗？
　　　　　就算是这样吧，我同意了！（对哈根）
　　　　　我发了怎样对你们不利的誓，
　　　　　您现在知道了吧。①
3750　哈根　那么，请你们②伸出手来！很好！这戒指
　　　　　铸成了！铁匠啊，不必再锤打了！等我们回来之后
　　　　　再举行婚礼！
　　　吉赛海尔　　　为什么？
　　　高苔琳德　　　　　哎，这才对！
　　　吕狄格　我当年可是等了七年呢。
　　　哈根　　　　　　　　就算
　　　　　你缺了胳膊少了腿，
3755　　　他们也不能退亲了——
　　　　　（对古德伦）我保证，他不会丢掉脑袋的！
　　　吕狄格　这个我们自然同意。我们不过是去参加一场庆典。
　　　迪特里希（突然上前）
　　　　　谁知道呢！克里姆希尔德夫人仍然昼夜不停地哭泣。
　　　哈根　而艾柴尔居然能忍耐得了？呸！——司厨在那边摇铃了。
3760　迪特里希　我来到这里，就是为了告诉你们这件事。
　　　　　现在我的话已经说了，你们怎样想，就随你们自己了。
　　　　　（与吕狄格同入席。）

---

① 吕狄格同意将女儿嫁给吉赛海尔，证明自己并未与克里姆希尔德密谋反对勃艮第王族。

② 指吉赛海尔与古德伦，以握手完成订婚仪式。

第十场

哈根　你们听见了吗?这可是伯尔尼的迪特里希阁下说的。

迪特里希（转回）

　　骄傲的尼伯龙人啊,你们要留神,

　　千万不要以为每一个现在为你们

　　摇唇鼓舌的人,将来都能用臂膀为你们战斗。

（重新跟上吕狄格。）

第十一场

伏尔凯　说这话的那位国王,可是这世上

　　最不热衷于挑拨离间的人了。

哈根　　　　　　　　他们①与他是相熟的。

伏尔凯　而那些睿智的水妖也是。她们

　　从魔泉中现身——

哈根　　　　你要把咱们的秘密说出去吗?

恭特　　　　　　　　　　好了,她们说了什么?

哈根　她们说,我们亟需良好的盔甲——

伏尔凯　但是那也无济于事。

恭特　　　　　　　那又如何?现成的帮助

　　就在眼前。

哈根　　　此话怎讲?

恭特　　　　　　你回去吧!

---

① 指艾柴尔与克里姆希尔德。

哈根　回去？

恭特　　　　没错！你把在这里发生的事情

告诉我的母亲，让她絮好床铺，

然后你就可以庆幸，救了我们所有人了。

因为你虽然一直警告我们注意危险，

但是这危险仅仅是为你，而不是为我们才存在的，

只要你自己愿意，我们的安全就有保障。

现在你有了任务，快回去吧！

哈根　您在给我下命令？

恭特　　　　　　　　我要是想下命令的话，

早在莱茵河边的沃尔姆斯就这样做了！

哈根　这次我必须抗旨，不能为您办这件差事。

恭特　你看？你这么做不只是为了我！

你不想让在别人趁着你不在场的时候嘲笑你，

说："他待在哪儿呢？他该不是害怕了吧？"

那么，驱使着你的那股力量，也一样在驱使着我！我不愿

等着匈人的国王把纺锤

塞到我的手里。① 没错，就算诺恩女神们

亲自举起手指来威胁我，

我也不会再退让半步！而如果

你向我们预言的一切都将在冥冥中成真，

那么你就是我们的死神。但是——

（拍了一下哈根的肩膀）　　来吧，死神！

（跟上其他人。）

---

① 意指不向艾柴尔示弱。见《西格夫里特之死》中哈根对西格夫里特的揶揄。

第三幕

匈人王国中,艾柴尔国王的城堡。迎宾大厅内。

第一场

(克里姆希尔德、维尔伯与斯韦美尔在场。)

克里姆希尔德　那么,他敢不请自来?特罗尼的哈根啊,
　　我就知道你会这样!

维尔伯　　　　　　他走在最前面,引领着众人。

克里姆希尔德　等他们一到,你们就拿起武器。　　　　　　3795
　　别忘了,要机变行事。

维尔伯　　　　　　我们自会注意。

克里姆希尔德
　　你们现在已经对他们有所了解了,还有胆量面对他们吗?

维尔伯　不少狮子都是死在蜂群的围攻之下的!——
　　艾柴尔对此有所知晓吗?

克里姆希尔德　　　　　　不!——但他也并非全然一无所知。

维尔伯　只是——

克里姆希尔德
　　　　只是什么?

维尔伯　　　　　　在沙漠里我们也是　　　　　　3800
　　要尊敬客人的。

克里姆希尔德　不请自来的也是客人吗?

维尔伯　对我们来说,甚至是敌人。

克里姆希尔德　　　　　　这一切也许

并没有必要。恭特国王在这里是自由的，
而如果在勃艮第有掌刑之人的话，
3805 我也用不着匈人来为我复仇了。
维尔伯 可是，王后陛下——
克里姆希尔德 就算如此，我也会遵守
自己对你们许的诺言。只要他死了，
尼伯龙财宝就是你们的。他死在谁的手里，
我不过问！
维尔伯 即使我们什么都不做？
3810 那么，我们愿意不顾艾柴尔的愤怒，至死都忠于您！
克里姆希尔德 你们见到勃艮第的王后了吗？
维尔伯 没人能见到她。
克里姆希尔德 也没有听说关于她的消息？
维尔伯 倒是有些特别稀奇的传言。
克里姆希尔德 什么传言？
维尔伯 是这样的，人们悄悄传说，
她幽居在一座坟墓里。
3815 克里姆希尔德 但是
却没有死？
维尔伯 在您离开那儿之后，她立刻就住了进去。
她在夜里潜入了墓室，几个星期后人们才找到她，
并且再也没法把她从墓室中带走了。
克里姆希尔德 她——布伦希尔德——
在西格夫里特那神圣的安息之所里？
维尔伯 正是如此。
克里姆希尔德 这个吸血鬼。
维尔伯 她蜷缩在棺椁的旁边。

克里姆希尔德　　　　　　　　　她心里想的
　　一定是魔鬼的妖术。
维尔伯　　　　　　也许吧。但是她的眼中含着泪水,
　　一会儿用指甲抓伤自己的脸,
　　一会儿又抠着棺椁的木头。
克里姆希尔德　　　　　　你们说得好像亲眼看见了一样!
维尔伯　国王下令砌上墓室,将她关在里面,
　　但她那个年老的乳母却赶来
　　挡在了门口。
克里姆希尔德　总有一天我会将你重新赶出去的!——
　　(沉默良久)
　　我的母亲让你们给我带来这一缕头发,
　　却对此一个字都没有说?
维尔伯　确实如此。
克里姆希尔德　　我想,她是要提醒我,
　　让我不要把兄弟们留得太久吧。
维尔伯　很有可能。
克里姆希尔德　　这头发像雪一样白。
维尔伯　如果不是因为一个梦境让她感到深深的恐惧,
　　她也不会想到要这样做。
　　她自己原是很积极地支持这趟旅行的。
克里姆希尔德　什么样的梦境?
维尔伯　　　　　　　在我们出发之前的那个夜里,
　　她梦见所有的飞鸟
　　都从天上落下来死去了。
克里姆希尔德　　　　　这真是个可怕的预兆!
维尔伯　　　　　　　　　　　　　　不是吗?

那些鸟被孩童们用脚踩碎，
仿佛秋天干枯的落叶一般——

3840 克里姆希尔德　　她的梦向来都是灵验的！——
这就是代价！

维尔伯　　　　　您在欢呼？她受了惊吓之后，
就从自己白发苍苍的头上剪下了这一缕头发，
在我们准备上马的时候，交到了我的手中，
仿佛是寄给您的一封书信一样。

克里姆希尔德　　现在，你们做好准备吧！

3845 维尔伯　　　　　　　　　　　　罗网已经布置好了。

（维尔伯与斯韦美尔下。）

第二场

克里姆希尔德（拿起那缕头发）
我当然明白您的意思！可是您什么都不用担心！
我要的只是那只雕，而您的那些猎鹰
绝不会伤损一根羽毛，
除非——不，不会的，他们彼此憎恨！

第三场

（艾柴尔与众随从上。）

3850 艾柴尔　　现在你总该对我满意了吧？
就算你仍旧不满意，在我从你这儿离开之前，
你也会改变想法的，告诉我吧，
我应该怎样问候你的族人。

克里姆希尔德　国王陛下——
艾柴尔　　　　　　　别这么支支吾吾的！你照着自己的心意
　　　安排一切就好。当我初次接见　　　　　　　　　　　3855
　　　伯尔尼的年迈君主迪特里希时，
　　　我亲自走到了城堡门口，并且在头上戴了冠冕。
　　　到目前为止，这是我最大的排场，但是今天
　　　我准备做得更多，这样，他们就会看到，
　　　我这个匈人也是知道珍惜你的。　　　　　　　　　　3860
　　　我已经预先派出那些更多地出于自愿
　　　而非受到强迫而为我服务的国王们，
　　　让他们去我的王国最远的边境上等候；
　　　而那在群山之间被相继点燃的
　　　庆典之火，将会向他们昭示，　　　　　　　　　　　3865
　　　他们将在艾柴尔的宫廷中受到欢迎，
　　　也会让我们知道，他们从哪条路上接近此地。
　　　现在，如果你觉得我应该戴上王冠将欢迎仪式排演一遍，
　　　并且将我的紫袍再拿出去晾一晾，
　　　尽管说出来就是。虽然对我来说一百斤的铁　　　　　3870
　　　也不如一盎司的金子压在身上觉得分量重，①
　　　但是你不必在意这一点。我会选择
　　　最轻巧的一顶王冠，而如果你要感谢我的话，
　　　不妨在上面系一条红色的丝带，
　　　为我标记出来这是夏至日庆典所使用的，　　　　　　3875
　　　这样我到时候就能立刻找到它了。
克里姆希尔德　我的夫君，我的主上，您过于大费周章了。

---

① 意指自己惯穿战时的铁甲，但很少戴礼仪用的王冠。

艾柴尔　对他们来说也许是大费周章，可对你来说不是！
因为你满足了我在这个世界上
最后的一个心愿，
为我的王国生下了一个储君，
而我也一定会信守自己在初为人父①的喜悦中
向你许下的诺言：在我的儿子出生之后，
不管你提出什么要求，我都不会拒绝。
而如果你不为自己要求任何东西的话，
就让我以大礼接待你的族人，
以此证明我所说的话是真心实意的。

克里姆希尔德　那么就请您允许我按照他们的功勋
和尊荣去迎接他们，为他们作出安排。
我最清楚怎样对待他们才得体，
而且请您相信，尽管我很少准备庆典、
为宾客安排席位，但这次每个人都会
得到各自应得的待遇。

艾柴尔
那就这样办吧！我也只是为满足你的愿望才邀请他们前来的，
因为这些亲戚整整七年不愿见我，
那么我想，我也可以不认他们，就像他们不认我一样，
所以，一切都按照你的想法来安排就好。
如果你想要挥霍掉我的半个王国，
这也是你的自由，因为你是这里的王后，
而如果你更愿意将待客的糕点省下来，

---

①　史诗中艾柴尔与前妻荷尔契生有两个儿子，但都在年轻时战死。黑贝尔删去了这段故事，将克里姆希尔德所生之子设置为艾柴尔的独子。

　　　　　我也完全同意，因为你是这个家庭的主妇！
克里姆希尔德　我的夫君，我的国王，一直以来
　　　　　您都是以高尚的方式对待我的，但在这一刻
　　　　　您的高尚尤胜往日。我为此感谢您。
艾柴尔　我只有一件事要请求你：请让我　　　　　　　　3905
　　　　　将伯尔尼的年迈君主迪特里希引荐给你。
　　　　　如果你能敬重他的话，我会为此感到十分欣慰。
克里姆希尔德　我会这样做的，而且从心底里愿意如此。
艾柴尔　我已经派了图林根和丹麦的领主
　　　　　去迎接客人们了，　　　　　　　　　　　　　3910
　　　　　但迪特里希自愿和他们一起去。
克里姆希尔德　他认识他们？
艾柴尔　　　　　　　不，他不认识他们。
克里姆希尔德　那就是尊敬他们，或是害怕他们？
艾柴尔　　　　　　　　　　　　不，也不是！
克里姆希尔德
　　　　　那这可是一件大事了！
艾柴尔　　　　　　这可是比你想得还要大的事情。
　　　　　你看：这世界上只有三个真正自由的人，　　　3915
　　　　　三个强者。人们说，大自然如果
　　　　　不预先将所有的人和动物变弱一些，
　　　　　让他们降低一个等级，
　　　　　就无法创造出这三个人来。
克里姆希尔德　　　　　三个人？
艾柴尔　　　　　　　　其中的第一个是——

3920 　　　　　原谅我！他已经不在世了。① 第二个就是我自己。
　　　　　而第三个，也是最强大的一个，就是他了。
　　克里姆希尔德　　伯尔尼的迪特里希！
　　艾柴尔　　　　　　　　　　他情愿
　　　　　将自己的勇武隐藏起来，直到不得已时才出手，
　　　　　正如大地的震动一般。我曾经亲眼见证过这样一件事情。
3925 　　　　　你知道，匈人虽然个个勇敢好战，
　　　　　却从头到脚充满了傲气，
　　　　　而我必须满足他们的这种骄傲！
　　　　　通晓战争这门手艺的人都明白，士兵只有
　　　　　在营房里能时不时被允许表现出一些执拗，
3930 　　　　　才能在战场上对统帅无条件地服从。
　　　　　因此，统帅愿意将这种微小的权利赐给士兵，
　　　　　让他们自己决定怎样佩戴羽饰和臂钏，
　　　　　以此来换取他们为他抛洒宝贵的鲜血。
　　　　　所以，尽管我希望能保护高贵的国王们，
3935 　　　　　让他们不受到任何不公正的对待，
　　　　　但是也无法做到这一点。就算是我最低贱的仆役
　　　　　也要分享艾柴尔的权威和荣光，
　　　　　因为他将这一切都视为众人共有的财富，
　　　　　并且毫不掩饰这种想法。当别人提出请求时，他会吹起口哨，
3940 　　　　　而当他看到别人彼此以礼相待时，还会啧啧地表露出不屑。
　　　　　就这样，有一个人甚至胆敢
　　　　　在迪特里希来到这里的那一天，就在他的背后
　　　　　说起放肆的话来。迪特里希只是一言不发地回头看了看，

---

① 指西格夫里特。

　　　　然后走向一棵橡树，将它从地上拔了出来，
　　　　放到了那个口无遮拦的人背上，　　　　　　　　　　3945
　　　　使他在树干的重压下倒伏在地。
　　　　所有的人见状都高呼道：伯尔尼的君主万岁！
克里姆希尔德　我竟不知道这事！
艾柴尔　　　　　　　　　　他否认人们对他的赞美，
　　　　就好像别人否认加在自己身上的耻辱一样，而他若是
　　　　能找到人接受自己的英雄壮举的话，也会将这些功绩　　3950
　　　　像战利品一般分送众人。但他确实就是这样英勇盖世！
克里姆希尔德　而尽管如此？——他比这世上所有人都强大，
　　　　但却是您的封臣？
艾柴尔　　　　　当他来到我的面前，
　　　　摘下王冠，垂下宝剑的时候，
　　　　我自己也大吃了一惊。我不知道　　　　　　　　　　3955
　　　　他这样做的原因，但他一直忠实地为我效力，
　　　　甚至比被我在战场上征服的许多人还要忠实，
　　　　而且已经整整七年了！我很愿意
　　　　将最富庶的封邑赠予他，
　　　　但是他除了一座农庄之外，什么都不要，　　　　　　3960
　　　　而且这农庄上出产的所有东西也都被他尽数送了出去，
　　　　只留下一个复活节的鸡蛋，供他自己食用。
克里姆希尔德　真是奇事！
艾柴尔　　　　　　　　你也猜不透他？他和你一样，
　　　　也是基督徒，而你们的习俗对我们来说
　　　　是陌生又难以理解的。你们中有一些人　　　　　　　3965
　　　　会钻进山洞，如果没有乌鸦送来吃的，
　　　　就在那里挨饿到死，或者是

>　　在炎热的沙漠里爬上陡峭的悬崖，
>
>　　在上面筑巢而居，直到被旋风
>
>　　吹落下来——

克里姆希尔德

3970　　　　　　那些是圣人和忏悔者，

>　　但是迪特里希是佩剑的武士。

艾柴尔　　　　　　　　这都一样，这都一样！——

>　　我想，我总归应该向他表达感谢，但是我却没有
>
>　　可以让他接受的礼物。你来为我做这件事吧！
>
>　　至今为止你还没有在我们面前笑过：
>
>　　将第一个微笑赠予他吧。

3975　克里姆希尔德　　　　您会对我满意的！

第四场

（维尔伯和斯韦美尔上。）

维尔伯　陛下，离我们最近的山上已经燃起了火焰！

>　　尼伯龙人快要到了！

艾柴尔（欲下。）

克里姆希尔德（拦住他）

>　　我到下面去，
>
>　　将他们领进大厅来。而您留在城堡里
>
>　　等着他们就好，哪怕这段台阶

3980　　对他们来说，将会比从莱茵河边

>　　来到匈人城堡的路还要长。

艾柴尔　　　　　　　　就这样吧。

>　　他们也有足够的时间。在这段时间里，

我要从窗口好好看一看这些英雄人物的尊容；
斯韦美尔，过来，你把他们每个人指给我看。
（下，斯韦美尔紧随其后。）

第五场

克里姆希尔德
  现在一切都在我的掌控之中——他们已经走得够远了！ 3985
  我不需要他的帮助，自己一个人
  就能办到这件事，只要他不妨碍我就行，
  而我现在已经知道，他是不会妨碍我的了！（下。）

第六场

（城堡内院。众尼伯龙人与迪特里希、吕狄格、伊林、图林上。）①
哈根 那么，我们到了！这座大厅看起来可真是气派啊！
  它是作什么用的？
吕狄格   这是为诸位准备的， 3990
  您在夜幕降临之前就会对此有所了解。
  它能容纳一千位客人还不止哩。
哈根 我们也相信，我们不需要坐在熊生活的山洞里，
  因为和古时候我们的祖先不同，
  我们可受不了烟熏火燎。 3995

---

① 在这一部分情节中，舞台应按照如下方式布局：舞台中部为城堡内院；艾柴尔的宫殿大门位于舞台一侧较高处，有台阶通到舞台中部；勃艮第人过夜的厅堂大门位于舞台另一侧，门前亦有台阶；另有通道供众匈人上下场。

但是这样的厅堂可真是前所未见!

（对国王们）你们若要邀请

这位亚细亚来的姻亲去做客，可要小心了：

他会把马带到你们华丽的房间里，

然后向你们询问，应该把它安置在什么地方。①

4000 吕狄格　艾柴尔陛下说过：人民会按照

对国王居所的印象来设想国王本人的形象！

所以，尽管他傲气凌人，不屑于在身上穿戴华丽的服饰，

但却将所有的奇珍异宝都用来装饰这座宫殿了。

哈根　那样的话，人们一定会觉得，这座宫殿有多少扇

4005 冲着他们闪闪发亮的窗户，国王就有多少只眼睛吧，

于是在大老远的地方就会开始瑟瑟发抖。不过他做得对！

吕狄格　王后来了！

第七场

（克里姆希尔德与大批随从上。）

哈根　　　　　还是穿着一身黑！

克里姆希尔德（对众尼伯龙人）

真的是你们吗？真的是我的兄弟们来了吗？

你们带着这样一支大军前来，

4010 我们还以为是有敌人入侵了呢。不过欢迎你们！

（行礼欢迎众人，但既不亲吻也不拥抱他们）

我亲爱的吉赛海尔，我作为匈人的王后

向勃艮第的君主们致以问候，

---

① 意指艾柴尔的宫廷建筑豪华，使勃艮第人的宫廷相形见绌。

但却要作为姐姐亲吻你忠实的双唇。

迪特里希阁下，我受国王的委托，

为您代他迎接客人的功劳 4015

向您致谢。我在此衷心地感谢您！

（将手伸给他。）

哈根　他们以不同的礼遇迎接君主和封臣，

这可是个不寻常的征兆，

一些令人不悦的梦境就会因此成真。

（紧了紧头盔的系带。①）

克里姆希尔德　你也来了？是谁请你来的？ 4020

哈根　不管是谁，只要邀请了我的君主，就也算邀请了我！

而如果我对谁来说不受欢迎，那么

他就不该请勃艮第王族前去做客，

因为我是属于他们的，正如他们的佩剑一样！

克里姆希尔德　谁愿意看见你，就让谁问候你吧。 4025

你既然期待我的欢迎，那么你又给我带来了什么？

当年我就不屑于向你告别，

现在你又怎能希望我会友好地迎接你呢！

哈根　除了我自己之外，我还有什么可以带给您的？

我从不往海里倒水，又为什么 4030

要将更多的财宝堆在您的面前？

您早就已经是这个世界上最富有的人了。

克里姆希尔德　除了原本就属于我的东西之外，我什么都不要。

它在哪儿？尼伯龙财宝在哪儿？

你们带了一整支军队来！要把这么多财宝运来， 4035

---

①　表示提高警惕。

　　　　　　倒确实需要这么多人。快把财宝交出来吧!
　　　哈根　您在想什么呢? 财宝已经得到了妥善的保管。
　　　　　　我们选了一个安全的地方,
　　　　　　唯一一个不会有盗贼入侵的藏宝之处:
4040　　　　财宝现在躺在莱茵河最深的河底。
　　　克里姆希尔德　你们直到现在,都从没有一次想过
　　　　　　要为你们过去的行为作出补偿吗?
　　　　　　照你的意思,他们觉得你对于这趟旅程来说是不可或缺的,
　　　　　　但尼伯龙财宝却不是? 这是什么新的忠诚形式吗?
4045　　哈根　我们是受邀来参加夏至日庆典的,
　　　　　　不是来接受末日审判的。
　　　　　　如果要我们与死神和魔鬼共舞,
　　　　　　那邀请我们的人可就选错了时机。
　　　克里姆希尔德　我不是为了自己追问这财宝的下落的,
4050　　　　对我来说有一个顶针就已经足够了;
　　　　　　但是如果王后得不到她的晨礼①的话,
　　　　　　就无法受到人们的尊重。
　　　哈根　我们披坚执锐,身上的负担已经够沉重了,
　　　　　　不能再背负您的那些黄金。
4055　　　　谁要是掂一掂我盾牌和盔甲的分量,就绝不会往上面
　　　　　　再添加哪怕一粒沙子,而是要把沙子吹走。
　　　克里姆希尔德　我在这里还欠着一份嫁妆,
　　　　　　但是追讨它是艾柴尔的责任,不是我的,
　　　　　　所以请诸位放下武器,跟我到大厅去吧,

---

　　① 中世纪时丈夫在婚后赠送给妻子、由她全权支配的一笔财产。尼伯龙财宝即西格夫里特赠给克里姆希尔德的晨礼。

　　　　他已经在那里等你们等得不耐烦了。 4060
哈根　不，王后，我的武器我要自己携带，
　　　管家的职责和您可不相配！
　　　（对维尔伯，后者在克里姆希尔德的示意下抓住了哈根的盾牌）
　　　而您也太客气了，亲爱的使臣阁下，
　　　雕是不会觉得自己的利爪过于沉重的。
克里姆希尔德　你们要带着武器去见国王？ 4065
　　　一定是有个叛徒警告过你们了。
　　　我如果知道他是谁的话，不管他出于狡诈威胁了你们什么，
　　　我都要叫他自己尝尝他说出来的那些手段！
迪特里希（走到她面前）
　　　那个人就是我！我，迪特里希，伯尔尼的君主！
克里姆希尔德　要不是您自己这么说，我真不敢相信此事！ 4070
　　　全世界都称您为高贵的迪特里希，
　　　人们仰望着您，仿佛您能够
　　　只手筑起堤坝阻挡烈火和洪水，
　　　甚至仿佛当太阳和月亮偏离轨道的时候，
　　　您都能让它们回到正确的路线上； 4075
　　　可您所做的这件事，
　　　是在本应和解的亲戚之间重新挑起矛盾，
　　　将您自己的唇舌贬低为一架风箱，
　　　朝着已经熄灭的煤炭上煽风点火，
　　　这难道是一种在您之前从未有人拥有过 4080
　　　因而也无人能说出其名称的美德吗？
迪特里希　我知道您谋划着要做什么事情，而我正是
　　　来阻止它发生的。
克里姆希尔德　　那又会是什么事呢？

　　　　　您要是知道我心底的愿望，
4085　　　并且作为一个男子汉、一个英雄可以对它表示唾弃的话，
　　　　　您就当着我的面把它指出来，我任凭您斥责。
　　　　　但是您若是因为不敢冒诬告我的风险，
　　　　　而不得不对此保持沉默的话，
　　　　　就请您让他放下武器吧。
4090　哈根　他只要开口，我就把武器交给他。
　　　迪特里希　我要在您这里为他们担保！
　　　克里姆希尔德　　　　　　　　　您是不是也要为艾柴尔担保，
　　　　　他受了这双重的侮辱，不会愤怒地报复呢？
　　　　　我的珍珠现在成了水妖的首饰，
　　　　　我的黄金被无智无识的游鱼玩弄，
4095　　　而他们这些人现在不仅没有把自己的手臂捆起来
　　　　　作为和解的凭证，反倒用宝剑的寒光作为对我们的问候！
　　　哈根　艾柴尔陛下从没有到过勃艮第，
　　　　　您要是不自己对他说的话，
　　　　　他就只会认为，这都是我们那里的习俗。
　　　克里姆希尔德
4100　　　对每个人来说，要以何种姿态示人都完全由他自己决定，
　　　　　而你们这种态度带来的则是流血的预兆。
　　　　　不过你们记住：谁要是以自己的自卫能力为傲，
　　　　　就将得不到他人的帮助，向来都是如此。①
　　　哈根　我们所指望的一直只有自己的力量，
4105　　　而对其他的一切，我们都不在意。

---

① 克里姆希尔德威胁勃艮第人，若不交出武器，就不能享有作为宾客受到东道主保护的权利。

迪特里希　我会亲自盯着宴席上的盐罐，
　　保证没有任何争执发生。①
克里姆希尔德　　　　　您不了解他们，
　　将来有您后悔的时候！
哈根（对吕狄格）　　　方伯阁下，请您告诉她，
　　您是我们情同手足的朋友。这样她就会明白，
　　我们是带着和平的目的前来的，　　　　　　　　　　4110
　　因为要举办婚礼的人绝不可能寻求纷争。
　　是的，王后啊，我们虽然穿着铁甲前来，
　　但是却成就了一桩亲事，
　　并且我们请求您，为这条连接起
　　吉赛海尔和古德伦的新纽带祝福，　　　　　　　　4115
　　使它的效力得以增强。
克里姆希尔德　这是真的吗，吕狄格阁下？这真能发生吗？
吉赛海尔　是的，姐姐，是真的！
克里姆希尔德　　　　　你们结婚了？
吉赛海尔　　　　　　　　　　　订婚了。
哈根　要等到您为他们祝福之后，才能举行婚礼！
　　（对恭特）
　　不过在我看来，现在我们总算　　　　　　　　　　4120
　　该进宫殿里去了！我们在这儿左看右看，
　　还要待到什么时候！
迪特里希　　　　　我陪同你们一起去！（与众尼伯龙人同下。）
克里姆希尔德（欲下，对吕狄格）
　　吕狄格阁下，您还记得您的承诺吗？

---

① 旧时迷信认为在餐桌上打翻盐罐会引起不和。

需要您兑现这个承诺的时刻马上就要到了。

(克里姆希尔德与吕狄格同下,匈人们逐渐在舞台上聚集。)

第八场

鲁摩尔特　　你对此怎么看?

4125 旦克瓦特　　　　　　我们得
把我们的人聚集起来,
然后静观其变。

鲁摩尔特　　　　艾柴尔国王没有
亲自来迎接我们,实在是件怪事。他本应当
是个礼数周全的人。

旦克瓦特　　　　　看看这些人,瞪大了眼睛,
4130 不怀好意地盯着我们,还互相用胳膊推推搡搡的,
不知道嘀咕些什么话。(对几个与他们靠得太近的匈人)
站住!这地方我占了!
还有这儿!这儿!我的大脚趾
能伸到离这儿二十步远的地方!你们
谁敢踩它!

鲁摩尔特(朝身后大喊)
我的驼背
4135 也需要那么大的地盘!而且它
可敏感得很,就像鸡蛋一样!

旦克瓦特　　　　　　　　这样管用!——
他们虽然还在嘟嘟囔囔地交头接耳,但是却后退了;
这些阴森森的恶棍,个子不大,倒满肚子的坏水。

鲁摩尔特　　我曾经有一次透过悬崖上的一道裂缝,

往漆黑的山洞里看去。山洞之中 4140
有不下三十只眼睛从每一个角落里冲着我闪闪发光,
有绿色,有蓝色,还有像火焰一样的黄色:
那些犄角旮旯里全都盘踞着活物,
有猫,有蛇,眨着眼睛,
兜着圈子。那真是一幅可怕的景象, 4145
在我看来,就仿佛是地狱的大门
在大地中央的深处打开了,露出了
一个布满星星的穹顶一样,因为
那点点微光全都在一片混乱中跳动,而我当时
并不知道山洞里的底细,于是就从洞口退开了。 4150
但是现在当我看见这些人鬼鬼祟祟地盯着我们的时候,
那幅景象又再次浮现在了我的眼前,
而且夜色越暗,这两个场景就越相似。

旦克瓦特　　　　　　　　　　猫和蛇
　是自然少不了的,不过他们之中
　会有狮子吗?
鲁摩尔特　　　那得试探过之后才会知道, 4155
但在我那去的山洞里是没有的。洞外的天色很明亮,
于是我在回过神来之后,就立刻
找到了山洞的入口,往里面射了好些箭。
通过里面传出来的悲鸣之声,我知道
有几箭射中了;但我既没有听到怒吼, 4160
也没有听到轰鸣,聚集在那个山洞里的
全是黑夜的子嗣,一群懦弱的生物,
它们会偷偷地抓你一把,或是刺你一下,而不是跳出来,
用爪子、用蹄子或是用角进行光明正大的公开战斗。

4165 在我看来，这些人就和山洞里的那些家伙一样。
只要小心别让他们溜到我们身边，
就不会有什么危险。
旦克瓦特　　　　　我不想
小看这些人，艾柴尔毕竟凭着他们
征服了世界。
鲁摩尔特　　　他试过征服我们了吗？
4170 之前他不过是在割草，但当他碰到德意志的橡树的时候，
就要垂下手臂了！

第九场

（维尔伯与斯韦美尔已在众匈人之间露面，艾克瓦特跟随在他们身后，但未被他们发觉。）

维尔伯　　　　那么，朋友们，
你们不想到夜间住宿的地方去吗？
旦克瓦特　　　　　　还没有人
告诉我们，我们要住在哪里。
维尔伯　　　　　　　一切
都早已准备好了。
（对其随从们）过来！你们要按照礼数，和客人们融洽相处！
4175 旦克瓦特　站住！我们勃艮第人更愿意单独待着。
维尔伯（鼓励随从们上前）
哎呀，您说什么呀！
旦克瓦特　　　　　我再说一遍！我们的习惯就是这样。
维尔伯　那是在打仗的时候！可不是在欢宴的时候！
旦克瓦特　　　　　　　　　　退后！

否则我就拔剑了!

维尔伯　　　　　　谁见过这样的客人呀!

鲁摩尔特　有怎样的主人,就有怎样的客人!

(击掌声传来。)

旦克瓦特　有人对我们拍手。是谁?

鲁摩尔特　　　　　　　　　你猜不出来? 4180

旦克瓦特　一个隐去身形的朋友。

鲁摩尔特　　　　　　我刚才看见

年老的艾克瓦特悄悄地走过去了,

他方才还陪着克里姆希尔德夫人从台阶上下来呢。

旦克瓦特　你觉得是他拍的手?

鲁摩尔特　　　　　　我是这么认为。

旦克瓦特　他曾经向王后发誓,要至死对她效忠, 4185

并且也一直恭顺地为她服务。

这对我们来说,或许是个有用的信号。

第十场

(哈根与伏尔凯重上。)

哈根　　　　　　　　这里发生了什么?

旦克瓦特　我们按照你的指令,在此待命。

鲁摩尔特　而克里姆希尔德的管家朝着我们击掌。

哈根　在我看来,艾柴尔倒可算得上是英豪。[①] 4190

[①] 按照史诗,哈根少年时期曾在艾柴尔的宫廷为质,与艾柴尔为旧识。但从本剧中哈根表现得对艾柴尔及其宫廷并不熟悉来看,黑贝尔删去了哈根的这段背景。

旦克瓦特　是吗？

鲁摩尔特　　　他没有包藏祸心？

哈根　　　　　　　　我是这样认为的。他将从自己亲手击倒的
　　　最强大的勇士那里得来的衣裳穿在身上，
　　　以此来扮演那位对手的角色。
　　　那件长袍对他的肩膀来说太窄了，
4195　　缝线常常绽开，他也并没有察觉，
　　　但他这样做的动机是好的。

旦克瓦特　　　　　　那么他为什么不来迎接我们？

伏尔凯　我觉得，他看起来是因为受到了什么约束，
　　　才没有亲自来对我们表示欢迎的。

哈根　也确实如此。他受到妻子的劝阻，
4200　　于是没有从台阶上下来，但之后还是以和善的态度
　　　很好地弥补了这种失礼。

伏尔凯　　　　　　他将手伸给我们时，
　　　那亲切得过了头的神情简直让我
　　　想起了我养的狗。它要是被绳子拴住，
　　　没法蹦蹦跳跳地跑到门前来迎接我的话，
　　　一定会以双倍的热情摇尾巴的。

4205　哈根　　　　　　　我想到的
　　　可不是你养的狗，而是想到了狮子。
　　　人们常说，狮子会扯断铁链，
　　　却不会伤害妇人的秀发。
　　　（对旦克瓦特和鲁摩尔特）
　　　　　　　　　　你们吃吧，喝吧！
　　　我们已经用过餐了，现在就由我们
　　　来站岗保卫你们！

旦克瓦特（对维尔伯和斯韦美尔）

　　　　　　　　　　那么，如果方便的话，给我们带路吧。 4210

维尔伯（对斯韦美尔）你来！

　　（低声）　　　　　我必须马上到王后那里去。

（众人各自散去。维尔伯走进王宫。艾克瓦特重新现身。）

第十一场

伏尔凯　你怎么看？

哈根　　　　　　　如果我们遭到背叛的话，

　　也一定不会是出于艾柴尔的意愿，

　　因为他是以自己正直的品格为傲的。

　　那么多年来他一直不能使自己的良心得到餍足， 4215

　　如今他终于得到了一个发誓的机会，自然为此感到高兴，

　　并且还会因此愈发尽力依着良心行事。

　　但是，这片土地也并不安全，我们走到哪里，

　　脚下的地面都会发出隆隆的声音，

　　而在地底下偷偷挖松泥土的鼹鼠就是那个琴师①。 4220

伏尔凯　啊，那家伙就像刚结起来的冰面一样不可靠！——而且

　　我们也必须提防，这里到处都是被驯化的豺狼，

　　一边舔着你的手，一边就会突然咬你一口，

　　只要不是躺在血泊里的，那就都靠不住。

　　可是你看！那怪模怪样地从人群中挤过去的 4225

　　白发老人是谁？

（艾克瓦特一面缓步走过，一面喃喃自语，看起来若有所思。其神

---

① 指维尔伯。

态动作与伏尔凯之后所描述的一致。）

哈根（高声）喂，艾克瓦特！

伏尔凯　他在自言自语，对着空气嘀咕些不知道什么话，
　　　　还装作没有看见我们一样。

　　　　我要跟上他，因为这一定是他所希望的。

4230　哈根　喂，伏尔凯，偷听是我们这样的人该做的事情吗？

　　　　你应该敲打盾牌，让佩剑铿锵作响！

　　　（摆弄自己的武器，发出声响。）

伏尔凯　现在他做了个手势。

哈根　　　　　　　那么，我们就背过身去。

（两人转身。）

哈根（高声）如果谁要报信，就该去

　　　还没有人知道此事的地方说。

伏尔凯　　　　　　　　这也——

哈根　　　　　　　　　　别说了，

4235　你难道希望让匈人的国王保全面子吗？

　　　他自己正看着呢。

（艾克瓦特摇头，离去。）

伏尔凯　　　　　我觉得，这也太让人摸不着头脑了！

哈根（抓住伏尔凯的手臂）

　　　我的朋友啊，我们现在身在你歌唱过的死亡之船上，
　　　从三十二个方向吹来的风全都

　　　对我们无所助益，周围是波涛汹涌的大海，
4240　头顶是赤红的暴风雨云。

　　　你是被鲨鱼吞噬，还是被闪电击中，

　　　又有什么关系呢？这一切都即将实现，

　　　没有一个先知能向你揭示更好的未来！

所以，你就像我一样，堵上自己的耳朵，

释放内心最深处的渴望吧； 4245

这是注定将死之人最后的权利。

第十二场

（勃艮第国王们与吕狄格上。）

恭特　你们出来透透新鲜空气？

哈根　　　　　　　　我想

再听一次云雀的歌声。

吉赛海尔　　　　　云雀

要到黎明的时候才会醒来呢。

哈根　　　　　　　　在那之前

我就靠狩猎猫头鹰和蝙蝠来打发时间。 4250

恭特　你们打算整晚都不睡了？

哈根　没错，如果吕狄格阁下不卸去我们的衣甲，我们就不睡。①

吕狄格　上帝保佑我吧！

吉赛海尔　　　　　那么，让我和你们一起守夜。

哈根　不用了！我们两人就已足够。

我们会保证诸位的安全，就连蚊子也不会从诸位身上 4255

吸走哪怕是一滴血。

盖尔诺特　　　　　所以你是认为——

哈根　　　　　　　　　没什么！

我只是希望，如果有人找我的话，

就立刻能找到。现在诸位已经痛饮了美酒，

---

①　意指吕狄格必须亲自担保夜间不会有袭击发生。

还是赶快上床睡觉的好。

恭特　　　　　　　　你们会叫醒我们？

哈根　　　　　　　　　　　　请您放心，
除了报晓的公鸡之外，谁都不会将你们叫醒。

恭特　那么，晚安！（与其他人一同走入大厅。）

第十三场

哈根（对恭特的背影）
您最好记住自己做的梦，
就像您的母亲在我们出发之前所做的那样！（对伏尔凯）
而我们要留心的，则是不要让那个梦在能被你讲出来之前，
就过早地变成现实！——他①现在
还什么都不知道呢。

伏尔凯　　　　　他其实知道！他只是太骄傲了，
不愿意承认而已。

哈根　　　　　　也是。在我们周围，人们的脸色
都已经变得黯淡，尤其是那些最出众的英雄。②
如果他连这都看不见的话，那和瞎了眼
也没什么两样了。

（大批匈人回到舞台上。）

伏尔凯　　　　你看！

哈根　　　　　　现在你知道

---

① 指恭特。
② 指先前迪特里希等人对危险的暗示。

那位老人①的秘密了！不过我早就料到会是如此！——
来，坐下！而且要背对着他们！

（两人背对众匈人坐下。）

要是你听见身后有人小步接近，只要咳嗽一声，
接下来就会听见他们落荒而逃，因为他们
来的时候是老鼠，去的时候也还是老鼠！

第十四场

（克里姆希尔德与维尔伯在台阶上现身。）

维尔伯　您看！他们就坐在那里！

克里姆希尔德　　　　　他们看起来
可不像是要去睡觉的样子！

维尔伯　　　　　　只要我发出信号，
我的整支军队就会一拥而上。

克里姆希尔德　　　　你手下
有多少人？

维尔伯　　大约一千。

克里姆希尔德（紧张地做了一个手势，示意众匈人后撤。）

维尔伯　　　　　您这是什么意思？

克里姆希尔德　快去，叫他们不要轻举妄动。

维尔伯　　　　　　　　难道您突然
又对您的族人起了恻隐之心吗？

克里姆希尔德　　　　你这个无知的蠢货，

---

① 指艾克瓦特。先前的情节中他举止怪异，是为了吸引勃艮第人的注意，向他们发出警告。

那个特罗尼人单枪匹马就能把你的那些手下击溃,
而那琴师只需要在一旁拉琴就够了。
你不了解那些尼伯龙人!快下去!
(两人离去。)

第十五场

伏尔凯(一跃而起)
不能再这样下去了!(演奏一段欢快的旋律。)
哈根(敲了敲伏尔凯的提琴)
不,还是拉那首关于死亡之船的曲子!
那最后的一首歌,讲述朋友们彼此刺杀而死的故事,
而后便是火焰——明天这一切就要发生了。

第四幕

深夜。

第一场

(伏尔凯站立,演奏提琴。哈根仍如先前一般坐着。两人周围有若干匈人,三五成群,惊异而专注地打量着他们。观众在幕启之前就可听到伏尔凯的琴声。幕启后立即有一匈人手中所持盾牌掉落在地。)
哈根　停下吧!你要是再继续这样拉琴、唱歌,
就要把他们吓死了。他们的武器都已经掉了。
最先掉下来的是盾牌,你再拉三次琴弓,
长矛也会跟着掉下来。除了讲述

我们在来到此地之前早已完成的那些功绩之外，
　　我们什么都不用做；不需要任何
　　新的壮举，就能将那些人镇住。
伏尔凯（沉浸在幻想之中，没有听哈根的话）
　　它①一开始是漆黑的！只有在夜里，它才会闪闪发亮，　　　　4295
　　而就像猫儿在黑暗中被人抚摸时才会眨眼一样，
　　它也只在被马蹄踏碎的时候才发出闪光。
　　两个孩童为一小块碎片争抢起来，
　　在愤怒中用那块碎片互相投掷，
　　其中一人被另一人击中，于是丢了性命。
哈根（冷淡地）
　　他倒是讲起新故事来了。接着讲吧，接着讲吧！　　　　　　4300
伏尔凯　现在，它变成了火焰般的黄色，熠熠生辉，
　　不管是谁，只要看它一眼，就会希望将它据为己有，
　　再也不肯放手。
哈根　　　　　这个故事我还从没有听过！——
　　他一定是在做梦！他讲的其他故事我都知道！
伏尔凯　接下来，野蛮的争斗和恶毒的嫉恨便随之出现，　　　　4305
　　人们手持各种各样的武器前来，甚至
　　从犁铧上拆下本应用于行善的钢铁，
　　以此来互相杀戮。
哈根（听得越来越认真）
　　　　　　　　他这是什么意思？
伏尔凯　鲜血如同河水一般涌流，而当它凝固的时候，
　　被血河所环绕的黄金颜色就变得更深，　　　　　　　　　　4310

---

① 指黄金。

　　　　　并且愈发光彩夺目。

哈根　　　　　　　嘀，嘀！是黄金！

伏尔凯　很快，它已变成赤红色，而且每一桩谋杀都使它的颜色
　　　　更为纯正。战斗吧，战斗吧，你们为何还要爱惜自己的生命？
　　　　只有当所有的人都已死去的时候，
4315　　这赤金才会获得真正完美的光彩，而为它洒下的最后一滴血，
　　　　和第一滴血同样重要。

哈根　　　　　　　啊，这我相信。

伏尔凯　这珍宝如今在何处？——大地已经将它吞没，
　　　　而还活在世上的人们分散四方，
　　　　渴望找到能探寻出宝藏的魔杖。疯狂的人啊！
4320　　那些贪婪的矮人已经将黄金攫取，
　　　　将它藏在矿洞的深处保护了起来。让它留在那里吧，
　　　　这样你们才能得到永恒的安宁！（坐下，将提琴放在一边。）

哈根　　　　　　　　你醒了？

伏尔凯（重新一跃而起，狂乱地）
　　　　没有用的！没有用的！它已经重现于世间了！
　　　　而且，除了原本就附在这黄金上的诅咒之外，
4325　　现在又多了一道新的诅咒：不管是谁，
　　　　只要拥有了它，就会在享受它带来的欢愉之前就一命呜呼。

哈根　他说的是财宝的事啊。现在我全明白了。

伏尔凯（越来越狂乱）
　　　　而当这大地上的人们彼此谋杀而死，
　　　　黄金终于成为无主之物的时候，将会有一道火光
4330　　从中喷薄而出，炽热猛烈，无法抑制，
　　　　哪怕是世上全部的海水也不能将其熄灭，
　　　　因为这火焰注定要点燃整个世界，

甚至在众神的黄昏之后，它也将依旧熊熊燃烧。（坐下。）

哈根　注定会如此？

伏尔凯　　　　　在矮人们

　　　失去了财宝之后，他们就在愤怒中

　　　为它施加了这样的诅咒。

哈根　此事又是如何发生的？

伏尔凯　　　　　　　是神将它夺走的！

　　　奥丁与洛基失手杀死了

　　　一个巨人的孩子，为了脱身

　　　必须交出赎金。①

哈根　　　　这两位神也受到了约束吗？

伏尔凯　他们以人形现世，被困于

　　　凡人的躯体之中，因而也只有凡人的力量。

第二场

（维尔伯在匈人之中现身，对他们低声说话。）

维尔伯　喂！你们难道是蜘蛛不成？听见音乐，

　　　就都着了迷，连魂儿都丢了！快上啊！是时候了！

第三场

（克里姆希尔德与众随从自台阶走下。人们手持火把。）

---

①　在北欧神话中，奥丁、洛基与海尼尔曾打死一只水獭，却不知其为巫师赫瑞德玛之子欧特（Otr，与"水獭"[Otter]一词同音）的化身。赫瑞德玛以法术困住奥丁与海尼尔，要求洛基交出赎金。于是洛基夺走矮人安德瓦利的财宝，而安德瓦利则对财宝施加了诅咒。

哈根　是谁过来了？

伏尔凯　　　　　　是王后本人。

4345　　　　她睡得这么晚？来，我们得站起来！

哈根　你在想什么呢？不，不，我们就坐着。

伏尔凯　这对我们的名誉可没什么好处，因为她
　　　　毕竟是一位贵妇、一位王后。

哈根　她会以为我们是出于恐惧

4350　　　　才起身的。巴尔蒙宝剑啊，你可不要害羞！

（将巴尔蒙宝剑放于膝上）

你的眼睛仿佛一颗彗星，在黑夜里
发出耀眼的光芒，慑人心魄。好一颗红宝石！
它是如此鲜红，仿佛因这钢铁而流的
全部鲜血，都被它饮下了一般。

克里姆希尔德　坐在那儿的就是杀人凶手！

4355　哈根　　　　　　　　　　　　杀了谁的凶手啊，夫人？

克里姆希尔德　杀了我丈夫的凶手。

哈根　　　　　　　　　　快把她叫醒。
她这是在梦游呢。您的丈夫活得好好的，
就在刚才那一晚我还和他一同饮酒，
而现在我带着这把好剑，就是要为您
保护他的安全。

4360　克里姆希尔德　　呸！他明明
很清楚地知道，我说的是谁，却装出一副
什么都不知道的样子！

哈根　　　　　　　您说您的丈夫，
那自然就是艾柴尔，我正是他的客人。
不过，没错，他是您的第二任丈夫了，

　　　　可您在他的怀中仍然想着自己的第一任丈夫吗？ 4365
　　　　当然了，那一位是被我杀死的。
克里姆希尔德　　　　　　　　你们听见了！
哈根　此事在这里还无人知晓吗？我可以把它讲述一遍，
　　　我们的乐师还可以拉提琴来伴奏！——
　　（做出要唱歌的样子）
　　　　在奥登森林有一眼清泉，奔流不止，生意盎然——
克里姆希尔德（对众匈人）
　　　　现在你们可以任意行事。我不再过问 4370
　　　　你们是否把事做到底。
哈根　　　　　　　去睡觉吧！去睡觉吧！
　　　　您现在还有其他的义务哩。①
克里姆希尔德　　　　　　我现在
　　　　就用你自己的黑血扑灭你这嘲讽的言辞：
　　　　上吧，艾柴尔的打手们，上吧，让他知道
　　　　我为何第二次登上婚床。 4375
哈根（站起身）
　　　　那么，这是当真要来突袭、搞谋杀了？
　　　　也好！
　　（敲了敲自己的铠甲）
　　　　　　这身铁甲已经被冻得太冷了，
　　　　而要除掉上面的霜，没什么比这更快的了！
　　（拔出巴尔蒙宝剑）
　　　　来吧！我看到的脑袋可比身子要多！
　　　　你们这些人在后面晃晃悠悠的干什么呢？ 4380

---

① 意指克里姆希尔德应当去陪伴自己现在的丈夫艾柴尔。

头盔上的闪光早就让你们暴露出来了。
（身体前倾，作势要出击）　　　　他们逃跑了！
艾柴尔国王还不在这儿呢！——去睡觉吧！

克里姆希尔德　　呸！你们还是男子汉吗？

哈根　　　　　　　　　　　不，他们是一堆沙子。
诚然，沙子能掩埋城池和原野，
但是只有被大风吹起来才行。

克里姆希尔德　　你们不是征服了世界吗？

哈根　　　　　　　　　　　他们靠的是人数！
一百万颗沙粒也可以组成大军，
但沙子永远只是沙子！

克里姆希尔德　　　你们听见了这样的话，
却还不为自己的名誉复仇？

哈根　　　　　　　　接着说吧！您不必吝惜嗓子，
我还会帮您煽风点火哩！
（对众匈人）　　　你们就照着平时打仗的路数，
用肚皮贴着地面爬过来，
抱住我们的腿脚吧。
我向你们发誓，要是我们被绊着了，
脚步踉跄，一个跟头摔死在地上，
也绝对不会呼救！①

克里姆希尔德　　　你们的人数要是少了的话，就不必
和过多的人分享赏赐了！

哈根　　　　　　　就算整个世界上的人
都来分一杯羹，那财宝也绰绰有余。

――――――――

① 哈根嘲讽匈人在作战时不似勃艮第人一般有英雄气概。

没错，它会自动增长，因为其中有一枚戒指，

可以不断生出新的黄金来， 4400

只要——不！还不到时候！

（对克里姆希尔德） 这一点大概

连您都不知道吧？你们诸位可以相信我的话，

我已经试过了，但我只把秘密

告诉杀死我的人！你们就缺一根

能把死人唤醒的魔杖了！ 4405

（对克里姆希尔德）

您看看，我们根本没办法把这一盘散沙捏在一起，

这对我们两人都没有好处。

所以我们还是放弃吧。（坐下。）

克里姆希尔德（对维尔伯）

　　　　　　这就是你们的勇气？

维尔伯　　　　　　　　　　　这会

发生改变的。

伏尔凯（伸手一指）

　　　　又来了一批人！

他们的盔甲在晨曦里闪光。 4410

带领着他们的又是一个琴师。

感谢您，克里姆希尔德夫人，这音乐已经让我们明白，

您邀请我们参加了一场怎样的舞会。

克里姆希尔德　你又能知道什么？我若是无法控制自己的愤怒，

那也是你们的罪过，因为你们嘲弄了我； 4415

而既然客人不去睡觉，那么主人

也应当保持清醒才算合适。

哈根（大笑）

　　　是艾柴尔派他们来的？

克里姆希尔德　不，你这条狗，是我自己要这么做的。

　　　记住，就算你能看见明天的太阳，

4420　　也绝对逃不出我的手掌心。

　　　我会与我亲爱的西格夫里特同穴而眠，

　　　但在此之前，我要染好自己的殓衣，

　　　而只有你的鲜血才能满足我的愿望！

哈根　说得不错！克里姆希尔德啊，我们还装什么呢？

4425　　我们是了解彼此的。不过你也要记住：

　　　在一头鹿使出绝技以甩掉

　　　追击它的猎人之后，紧接着就还有第二招，

　　　是为了与猎人同归于尽的。

　　　而我们必定能够让这两个招数中的一招奏效！

第四场

（恭特着睡衣上；吉赛海尔、盖尔诺特等人跟随其后。）

恭特　这儿出什么事了？

4430　克里姆希尔德　　　　仍然是我在控诉！

　　　我对特罗尼的哈根提出指控，

　　　现在最后一次要求开庭审判。

恭特　你全副武装地前来敲门，是来要求审判的？

克里姆希尔德　我要你们站成一个圆环，

4435　　发誓按照律法和责任进行宣判，

　　　并且在判决之后要言出必行。

恭特　我拒绝。

克里姆希尔德
　　　　　那就把人交出来！

恭特　我不会这样做。

克里姆希尔德　　那我只能诉诸暴力。——
　　不行，我要先问问其他人。我亲爱的吉赛海尔
　　和盖尔诺特啊，你们的手是干净的，　　　　　　　　　　4440
　　你们可以问心无愧地抓住那个杀人凶手，
　　他无法指责你们是他的同谋！
　　你们就自己从他身边走开吧，
　　把他交给我来处置！——谁要是再站在他那一边，
　　就是在拿自己的性命冒险。　　　　　　　　　　　　　4445

（盖尔诺特和吉赛海尔拔出佩剑，站到哈根身旁。）

克里姆希尔德　什么？你们并没有和其他人一起到森林里去，
　　而当那桩命案发生之后，你们也谴责了凶手的行径，
　　可现在你们却要袒护此事了？

恭特　　　　　　　　　他的命运
　　就是我们的命运！

克里姆希尔德　　不！

吉赛海尔　　　　姐姐啊，停手吧，
　　我们别无选择。

克里姆希尔德　难道我就有其他选择吗？　　　　　　　　　4450

吉赛海尔　有什么能妨碍你的决定呢？可我们如果
　　背弃了与我们共患难、同生死的人，
　　那么终生都将为此背负耻辱。

克里姆希尔德　你们早就已经这样做了！从没有一个英雄的家族
　　蒙受过像你们头上这样深重的耻辱。　　　　　　　　　4455
　　而我要将你们带到一眼泉水跟前，

　　　　　好让你们洗清自己的名誉。
　　　　　（以手指在哈根胸前一戳）
　　　　　　　　　　　　　泉眼就在这儿！
哈根（对恭特）如何？
恭特　　　　　　　　没错，你就应该留在家中的。
　　　　　不过现在这一切都无所谓了。
　　克里姆希尔德　　　　　　　对忠诚的恪守曾是最高贵的美德，
4460　　你们本不应当偏离它哪怕一指的距离，
　　　　　但那时你们却背信弃义；
　　　　　如今当愚忠已经成为耻辱的时候，你们却要抱着它不放？
　　　　　你们不顾与他①的姻亲关系，也不顾与我的亲近血缘；
　　　　　不顾曾与他结拜为兄弟的情谊，也不顾自己本应
4465　　为他曾拯救你们免于几乎在劫难逃的毁灭而对他心怀感激；
　　　　　什么都不能在你们胸中激起对他的同情，
　　　　　他就像一头野兽那样被残忍地杀害，
　　　　　而那些没成为帮凶的人，也没有警告他，没有反抗这种暴行，
　　　　　而是保持沉默，袖手旁观——
　　　　　（对吉赛海尔）　　　　甚至还有你！
4470　　难道与你们对那位英雄的同情相比，
　　　　　那原本分量还不如一颗沙粒的一切，
　　　　　在他的遗孀前来敲门，要求你们交出凶手的时候，
　　　　　竟突然变得和整个世界一样重了吗？
　　　　　（对恭特）那么，你第二次为恶行打上了自己的戳记，
4475　　而且再也不能以年轻作为借口逃脱哪怕是一半的罪责。

---

① 指西格夫里特。

（对吉赛海尔和盖尔诺特）

而你们也成了同谋，要负同样的责任。

哈根　你不要把自己该负的责任忘得一干二净！

你才是罪孽最深重的人。

克里姆希尔德　　　　　　我？

哈根　　　　　　　　你！没错，你！

毫无疑问，我对西格夫里特没有好感，
而如果我像他来到沃尔姆斯时那样 4480
出现在尼德兰的话，
他多半也并不会喜欢我。他只用一只手
就摘取了我们全部的荣誉，仿佛儿戏一般；
而他的眼神还仿佛在说："我不喜欢这些！"
如果你拥有一个花束，其中哪怕是最小的一片叶子 4485
都象征着一道致命的伤口，而你为了这个花束
所流的血，比你全身的血液
合在一起还要多。然而有人夺走了你的花束，
不，不仅是夺走，还要把它踩在脚下；
这时，你还要勉强自己，去亲吻那仇敌—— 4490
你要承受这样的一桩耻辱！尽管我的心底
怀着极为深重的怨恨，但我凭着我君主的生命向你发誓，
我原本是愿意将这种耻辱咽下去的。
可之后那场最激烈的舌战就爆发了，
你自己在愤怒中向我们承认， 4495
那一次他的确忘记了自己的誓言和责任。①

---

① 西格夫里特本应对自己代恭特制服布伦希尔德一事保密，但却将此事泄露给了克里姆希尔德。

　　　　　如果恭特陛下要原谅他的话，
　　　　　就将把自己高贵的妻子推向毁灭。
　　　　　我不否认，我在投出杀死他的长矛时，
4500　　　怀着的是欣喜的心情，甚至现在我仍然为此感到喜悦；
　　　　　但那长矛是由你递到我手中的，
　　　　　所以如果这里有人必须为此受罪的话，那也是你自己。
　　　克里姆希尔德　难道我没有受罪吗？你要遭逢什么样的灾难，
　　　　　才抵得上我所经受的一半痛苦？
4505　　　看着我这顶王冠，问问你自己吧！
　　　　　它让我想起那场婚礼，在这世上
　　　　　还从未有一场庆典能够与之相比；
　　　　　它让我想起那个可怕的夜晚，死者与生者
　　　　　交换着令人恐惧的亲吻；
4510　　　它让我想起一个孩子，我无法给予他任何爱意！
　　　　　但现在我终于感受到了新婚的喜悦，
　　　　　我曾受过怎样深重的苦难，现在就要沉浸于怎样醉人的欢欣，
　　　　　我不再宽恕任何人，一切代价都已经被偿付。
　　　　　就算我需要斩杀自己的一百个兄弟，
4515　　　才能铺平通向你项上人头的道路的话，
　　　　　我也会这样做的。这样，整个世界都会知道，
　　　　　我是为了忠诚才背弃了忠诚。（下。）

第五场

　　　哈根　诸位现在都去更衣吧。不过，
　　　　　你们的手中不要拿玫瑰，要拿武器。
4520　　吉赛海尔　不用担心！我会紧紧地守在您身边。

她连我的一根头发都不会损伤,这可不是

她会对我做得出来的事情。

哈根　　　　　　　　　我的孩子啊,她是下得了手的。

所以我劝你还是回到贝希拉恩去吧!

她会放你走,这一点我不怀疑,

但是不要期望她发更大的善心。快快离开吧,　　　　　　4525

她说得没错,我确实给她造成了巨大的伤痛。

吉赛海尔　您之前出过不少坏主意,

但这是最坏的一个了!

(与恭特、盖尔诺特同返回殿内。)

第六场

哈根　　　　　　　　你懂他的意思吗?

自从我们从奥登森林回来之后,

他就再没对我说过一句好话,　　　　　　　　　　　　4530

可现在——

伏尔凯　虽然他的前额一直笼罩着阴云,

但是我从来没怀疑过他。要知道:

他虽然会咒骂你,但是也会挺身而出来保护你;

他会用脚后跟踩你的脚趾,

同时也会挡住向你刺来的长矛!　　　　　　　　　　　4535

妇人的贞洁在于她们的身体,

而男子的贞洁在于他们的灵魂;

让一个少年向你袒露他的心迹,

比让一个少女向你袒露她的玉体还要难哩。

哈根　这少年人的一腔热血实在让我惋惜!——　　　　　4540

死神笔直笔直地站在我们身后,
而我是在他的阴影中笼罩得最深的一个,
只有那孩子的身上还有一线残阳的霞光。

(两人同下。)

第七场

(艾柴尔与迪特里希上。)

迪特里希　您现在已亲眼看到,克里姆希尔德邀请他们意欲何为。

艾柴尔　我看到了。

4545　迪特里希　　　我一直觉得,她就像一块火炭,
等待着清风吹散覆于其上的灰烬。

艾柴尔
我并没有这种感觉。

迪特里希　　　　您真的什么都不知道?

艾柴尔　　　　　　　　我知道,我知道!
不过我那时是按照吕狄格的眼光来看待此事的:
我想,妇人们只要把誓言说出来,
她们的复仇心就算是得到满足了。

4550　迪特里希　　　　　　可她的眼泪呢?
她的丧服呢?

艾柴尔　我可是从您那里听说,
你们讲究的是要爱自己的仇敌,
就算被人打了,也要以亲吻作为回报。
而且,我也相信了您的话。

迪特里希　　　　　原本确实应当如此,
4555　但并不是每个人都有这样做的毅力。

艾柴尔　而且，当她终于对向娘家派遣使者这件事情
　　　积极起来的时候，我还以为
　　　她是为了她的母亲。因为我知道，
　　　她在同母亲告别的时候表现得并不十分孝顺，
　　　并且为此感到很后悔。
迪特里希　　　　　　但她的母亲　　　　　　　　　　　　4560
　　　留在了家中，而且我怀疑，
　　　使者们根本就没有邀请她。而她的其他族人
　　　却在出发前的那个夜晚点起火炬，
　　　像是为了永别一般，将那笔他们冒了很大风险
　　　才得到的财宝沉入了莱茵河中。　　　　　　　　4565
艾柴尔　那么他们为什么不也留在家中呢？
　　　总不会是因为担心我在派出了那两个琴师之后，
　　　又带着锁链和刀剑去讨伐他们吧？
迪特里希　　　　　　　　陛下，他们
　　　向克里姆希尔德许下过诺言，就必须
　　　将其兑现，因为对无所顾忌的人来说，　　　　　4570
　　　诺言的约束效力尤其大，而且
　　　他们的性情也过于骄傲，不愿意听取建议、
　　　躲避危险。您也已经习惯了
　　　蔑视死亡，但您需要理由才会去冒生命危险，
　　　他们是不需要的！他们那些狂野的祖先　　　　　4575
　　　会在感到自己生命中最好的时光
　　　已经过去了的时候，就痛痛快快地享用一顿美餐，
　　　然后伴着歌声与音乐，在宾客们的环绕下
　　　一剑把自己捅个对穿；是的，那些人会凭着
　　　一腔狂热的勇气登上一条航船，发誓　　　　　　4580

不再返航，而是在遥远的海上
展开手足相残的大战，彼此搏杀至死，
将原本由自然所安排的最后一件痛苦之事，
反过来盖上自己的印记，
4585 变成他们最后的英雄壮举。
与那些祖先一样，他们也受到那支配着鲜血的魔鬼
强烈的影响，并且会在热血沸腾之时，
怀着喜悦听从魔鬼的号令。

艾柴尔　该怎样就怎样吧，我感谢您为我前去迎接他们，
4590 因为我并不想对克里姆希尔德有所亏欠，
而直到现在我才知道，这笔账究竟是怎么一回事。

迪特里希　您的意思是？

艾柴尔　　　　　我以为自己
在新婚之夜后立即克制了对她的渴望，
就已经很不容易了——

迪特里希　　　　　那确实不容易。

艾柴尔　　　　　　　　不，不，
4595 那根本算不得什么！不过，我确实那样做了，
而且更可以确定的是，只要她提出要求，
我就会为她做更多。我现在就当着您的面发这个誓！

迪特里希　您可以——

艾柴尔　　　并不是什么会被您诅咒的事情，
但是也一定比她希望从我这里得到的更多，
4600 否则她早就会尝试另外一种计划了。

（欲下）

是的，克里姆希尔德，是的，我对我那些姻亲的评价，
不会比你对自己兄弟的评价更高；

而如果他们对你来说只不过是一群杀人凶手的话,

我又如何能将他们看作更好的人呢!

(两人同下。)

第八场

(教堂。众多全副武装者立于广场上。克里姆希尔德与维尔伯上。)

克里姆希尔德 你把那些侍从①和他们的君主分开了吗? 4605

维尔伯 分得够远了,就算他们彼此呼喊也听不见。

克里姆希尔德 等侍从们在大厅里

一同坐下来吃饭的时候,你们就发动突袭,

把他们全部杀死。

维尔伯 是,就照您说的办。

克里姆希尔德(将自己的首饰扔给众匈人)

这是给你们的定金!——你们不必彼此推推搡搡, 4610

我的赏赐是足够的;如果你们想要的话,

入夜之前还会有这样的宝石像雨点一样落在你们头上。

(欢呼声。)

第九场

(吕狄格上。)

吕狄格 您已经把半个王国都分赠出去了?

克里姆希尔德 不过我给您可留了最好的奖赏。

(对众匈人)

你们要勇敢!尼伯龙人的财宝 4615

能让你们买下整个世界,而就算你们中有一千人

---

① 勃艮第人前往匈人王国时带了大批侍从军士,由旦克瓦特负责管理。

　　　　能幸存下来，也用不着争抢，
　　　　因为你们将成为一千名国王！
　（众匈人分散成为数个小群。）
　　克里姆希尔德（对吕狄格）
　　　　您有没有什么东西要回贝希拉恩取的？
　　吕狄格　就我所知，没有。
4620　克里姆希尔德　　　　或者有什么要送回去的？
　　吕狄格　更没有了，夫人。
　　克里姆希尔德　　　　那么，您就用您的剑
　　　　割一缕头发下来，这一缕就行，
　　　　它已经从头盔底下滑落到了您眼前——
　　吕狄格　为什么？
　　克里姆希尔德　这样您就有东西可以送回去了。
4625　吕狄格　怎么？我再也不能回家了吗？
　　克里姆希尔德　此话怎讲？
　　吕狄格　　　　　　因为您要求我做这样一件事。
　　　　在我们这里，那是亲友悼念死者的时候才做的；
　　　　之后木匠就要拿着锤子过来，
　　　　把他钉进那箱子里去了。
4630　克里姆希尔德　我并不能预知未来的事情。可您千万不要误解我！
　　　　您要让吉赛海尔做信使，
　　　　叫他每经过一个花园，就去
　　　　为他的新娘采一朵玫瑰，一处
　　　　都不要错过。等花束
4635　　　　做好了，就让他以我的名义，
　　　　将它别在新娘的胸前，然后在她的身旁好好休息，
　　　　直到她用您的那缕头发为我

> 编好一只戒指。之后您就会看到,我这样做
> 是值得您的感谢的。

吕狄格　　　　　　　王后啊,
> 他是不会去的。

克里姆希尔德　　　　那您就严肃地对他下命令。　　　　4640
> 您现在就好比他的父亲,他就是您的儿子,
> 如果他拒绝服从您的话,
> 您就惩罚他,将他关进塔楼里去。

吕狄格　我怎能做出这种事?

克里姆希尔德　　　　　如果您不愿强迫他的话,
> 就用诡计引诱他,把他关起来就行。这样一来,　　　4645
> 他就和在外旅行一样,而在他
> 能脱身之前,一切就都已经结束了,
> 毕竟最后的一天也是最短的一天!
> 什么都别说了!如果您
> 爱着您的女儿,就照我说的做,　　　　4650
> 我会给您一份配得上国王地位的谢礼,
> 因为——您自己也多半是能预见到的呀!
> 夜空中升起的已经不是纯净的星辰,
> 而是血红的彗星,
> 它们以阴沉的目光打量着这个世界。　　　　4655
> 我已经用尽了仁善的手段,接下来
> 便要痛下狠手,这就好比良药医不好的顽疾,
> 必须以毒攻毒一样。
> 直到西格夫里特的血仇得报,
> 这世上才会再有罪行可言,　　　　4660
> 在此之前,律法将被隐藏起来,

天理也将陷入沉睡。(下。)

第十场

吕狄格　　这还是我在眼泪汇成的海洋中
　　　　　找到的那个妇人吗？在她的面前，我甚至会感到恐惧，
4665　　　但是现在我终于知道了，束缚着她的是什么魔法。
　　　　　让我把吉赛海尔送走！我宁愿将那特罗尼人的盾牌
　　　　　投入火焰之中。

第十一场

(众尼伯龙人上。)
吕狄格　　　　　　早安，诸位勇士。
　　　　　你们这么早就来了？
哈根　　　　　　　现在是做弥撒的时辰了，
　　　　　而正如你们所知，我们是守规矩的基督徒。
伏尔凯(指着一个匈人)
4670　　　怎么？这里还有收拾得如此整洁的人？
　　　　　在我们那里，人们都说，匈人是不洗澡的；
　　　　　可这个人却打扮得像鸟儿的羽冠似的，还这样四处招摇？
　　　　　(对哈根)
　　　　　你先前问了我什么？
哈根　　　　　　　没错，死亡已经接近，
　　　　　不过我还是必须问你：你愿意和我一起死吗？
伏尔凯(再次对那个匈人)
4675　　　可那总还是一个人，而不是一只

受了惊吓,就会立刻展开翅膀飞走的鸟吧?

(投出长矛,将其刺穿)

没错!——这就是我的答案!我不是一直和你一起活着吗?

哈根 好啊,非常好!

维尔伯(对众匈人)现在呢?这还不够吗?

(众人混战。)

第十二场

(艾柴尔、克里姆希尔德与众国王①疾步上,艾柴尔拦在匈人与尼伯龙人之间。)

艾柴尔 这真令我愤怒!你们竟然拔出了武器!
　　　　谁敢袭击我的客人? 4680

维尔伯 陛下,是您的客人先发动袭击的。
　　　　您看看!

艾柴尔 伏尔凯阁下并不是有意这样做的!

维尔伯 请您原谅!吕狄格方伯就站在这里——

艾柴尔(转过去不理他)
　　　　我的兄弟们,欢迎你们的到来!但为什么
　　　　现在你们还身着甲胄?

哈根(一半对艾柴尔,一半对克里姆希尔德)
　　　　　　　这是我们 4685
　　　　参加庆典时的习俗。我们只跟着
　　　　刀剑的铿锵之声跳舞,甚至在聆听弥撒时
　　　　也要在手臂上挎着盾牌。

---

① 伊林、图林与迪特里希。

艾柴尔　这习俗真是不寻常。

克里姆希尔德　　　　　　还有更不寻常的习俗呢，
4690　　　那就是把最深重的羞辱悄悄地藏起来，
　　　　装作什么事都没有发生一样。
　　　　你若是希望我为此而感谢你的话，
　　　　那你的算盘可就打错了。①

迪特里希　　　　　　　今天由我来做教堂的总管。
　　　　要去聆听弥撒的诸位，请跟我来吧。
　　　　（走进教堂，众尼伯龙人跟随其后。）

第十三场

克里姆希尔德（抓住艾柴尔的手）
4695　　　陛下，您还是到边上来吧，离他们远点儿，再远点儿，
　　　　不然他们就会把您撞倒，而您要是一倒下，
　　　　可就没法保证还站得起来了。

艾柴尔　吕狄格阁下，今天我们不举行比武了。

克里姆希尔德　是否要让所有人都斋戒一日？

4700　艾柴尔　请您也同样转告丹麦
　　　　和图林根的那两位领主。年老的希尔德勃兰特
　　　　已经知道此事了。

克里姆希尔德　　　吕狄格阁下，还有一事：
　　　　在莱茵河边的沃尔姆斯，您向我承诺了什么？

吕狄格　我承诺过不会拒绝您提出的任何要求。

4705　克里姆希尔德　只是以您一个人的名义吗？

---

① 此话是对哈根说的。

艾柴尔　我也同样会信守吕狄格所许下的承诺。

克里姆希尔德

那么，当特罗尼的哈根投出长矛，犯下谋杀大罪的时候，

恭特国王背过身去，沉默不语。

而如果您今天也同样对发生的事情不闻不问的话，

那么我们之间的账就算两清了； 4710

但您阻止了我为自己主持公道，

所以我要求您，把那杀人凶手的首级带给我！

艾柴尔　我会这样做的，除非他先把我的首级

扔到你的脚下。

（对吕狄格）现在去吧！

克里姆希尔德　　　　您到底是怎样打算的？

在比武的时候总会发生冲突， 4715

而你们如果要完成这桩大事，

没有什么手段比这更容易了：

野火一旦燃起，一切就会陷入狂怒的混乱之中。

我来到此地，是因为相信自己在这里能够得到理解，

可您竟然直到今天都不明白我的心意？把您的手给我！① 4720

艾柴尔　不，克里姆希尔德，不行，我不是这个意思！

只要他还身在我的屋檐之下，

就不会有人损伤他哪怕一根头发。没错，即使我

仅仅通过意念就能将他杀死，他也还是会安然无恙：

因为除了宾客之外，还有什么是神圣的呢？ 4725

（对吕狄格示意，吕狄格下。）

---

① 克里姆希尔德向艾柴尔伸出手，要艾柴尔与她握手立誓。

第十四场

克里姆希尔德　您竟然这样说？可他们不会为此感激您的！
　　　　　　所有人都将您看作打破陈规、藐视习俗的人，
　　　　　　而不是循规蹈矩的卫道士，
　　　　　　而若是人们看见一个使者从您那里来，
4730　　　　和您说过话，却居然还没有缺胳膊少腿，
　　　　　　那可是一定会感到大为惊异的。

艾柴尔　人们对我的印象还停留在过去，却不了解现在的我！——
　　　　昔日我曾经骑着骏马飞奔，
　　　　马尾就是你今天所看到的
4735　　蜿蜒着划过天空的闪亮彗星。
　　　　我纵马卷起风暴，吹倒了
　　　　无数宝座，毁灭了众多王国，
　　　　君王们纷纷束手就擒，成为我的俘虏。
　　　　所有的人都跪拜于我的面前，
4740　　我的身上落满了整个世界的灰烬；
　　　　就这样，我来到了罗马，你们的大祭司所统治的那座城市。
　　　　我有意将他留作自己的最后一个对手，
　　　　为的是能够在他自己的圣殿里
　　　　将他和那一批被俘的国王一并屠杀，
4745　　用这一只手对世上所有民族的首领
　　　　执行我震怒的裁判，
　　　　以此来证明我才是众王之王。
　　　　我要从每个人身上取来一滴血，
　　　　以此来代替圣油涂在我的额前。

克里姆希尔德　一直以来我对艾柴尔的设想也正是如此，　　　　　　4750
　　否则我就不会答应吕狄格阁下的提亲了；
　　究竟是什么让这样一个人发生了改变？
艾柴尔　　　　　　　　　　　　　　是一张
　　样貌可怖的面孔，将我从罗马赶了出去！①
　　我本不应该将此事告诉任何人，但是
　　我当时受了极大的震动，甚至低头　　　　　　　　　　　　　　4755
　　向那个我原本发誓要杀死的老人②
　　乞求赐福，并且为自己
　　亲吻了圣人的脚而感到庆幸。
克里姆希尔德　那您又打算如何兑现自己的誓言呢？
艾柴尔（指向天空）
　　我的骏马还站在那里，马鞍尚未卸去；　　　　　　　　　　　　4760
　　你知道，它的一半身子已经探出马厩之外，
　　而若是它重又扭转身去，将自己的头
　　深深地埋入云层之中，那一定是因为
　　它对这世界还怀有同情与怜悯，
　　因为仅仅是它的尾巴就足以让世界充满恐惧。　　　　　　　　　4765
　　它的目光能够点燃城市，
　　它的鼻孔中喷出的是瘟疫与死亡，
　　而若是它的蹄子接触到地面，
　　大地都将为之颤抖，再也孕育不出生命。

---

①　公元452年阿提拉入侵罗马，但被时任教宗利奥一世说服退兵。后世传说圣彼得身披火焰在教宗身旁显现，使阿提拉不得进入罗马。此处借用了这一历史传说。

②　指教宗。

4770	只要我使个眼色，它就会再度降临人世，
	而我将欣然再次跨上马背，
	兴正义之师，为你发动战争。
	我会为了你所受的一切痛苦
	向你的族人复仇，而若是你能信任我的话，
4775	我原本早就可以这样做；但现在
	他们必须首先在完全的和平中离开此地。

克里姆希尔德　在那之前他们难道就能
为所欲为了吗？如果他们愿意的话，
是不是还能把您的胡须拔下来？

艾柴尔　　　　　　　　　谁对你这么说的？

4780	克里姆希尔德　他们把您的臣民刺死了，可您
	却说这是无心之过。

艾柴尔　　　　　他们认为
自己遭到了背叛，而我必须让他们看到，
事情并非如此。在之前的那个夜晚
发生了很多事情，我无法赞许那种行为，
而他们的态度也因此可以被原谅。否则你尽可以相信我这

4785	句话：
	正如我了解主人的义务一样，
	我也同样了解宾客的义务，而当我们
	走进厅堂的时候，每个人都受到了细如蛛丝的约束；
	谁要是胆敢放肆地扯断这细丝，
4790	那么在他反应过来之前，身上就会套上铁链。
	你不必担心，就安安静静地忍耐一阵子吧；
	为了他们在这里喝下的每一杯美酒，
	我都会为你带来一桶鲜血，

即使我现在必须打死那些叮咬他们的蚊虫。

但是，我绝不能容忍阴谋和背叛。（下。） 4795

第十五场

克里姆希尔德　战争！战争对我有什么意义？我早就可以
　　挑起一场战争！可这对他①来说会是奖赏，
　　而不是惩罚。他在黑暗的森林里进行屠杀，
　　却能得到正大光明的、英雄之间的战斗作为报偿！
　　甚至说不定还会取胜！他要是能得到这个机会， 4800
　　一定会欢呼雀跃，因为他从青年时起
　　就不曾知晓比这更好的事情！
　　不，艾柴尔，谋杀的血债只能用谋杀来偿还！那条恶龙
　　已经掉进了陷阱，但你若是不愿采取行动，
　　而是等着它像伤害了我那样来伤害你的话， 4805
　　它是会做出这种事的！——是的，没错，他做得出这种事！
（下。）

第十六场

（维尔伯与其随从们自舞台上穿过。）

维尔伯　他们在桌边坐下了！现在赶快！把守住每一扇门，
　　谁要是从窗口跳出去，就会摔断脖子。

（众匈人欢呼，用武器彼此敲击。）

---

① 指哈根。

第十七场

（大厅内布置了宴席。迪特里希与吕狄格上。）

迪特里希　　情况如何，吕狄格阁下？

吕狄格　　　　　　　　　　只能听天由命了，
　　　　但我还是怀有希望。

4810　迪特里希　　　　　　像那天夜里一样，
　　　　我再次坐在水妖栖居的泉边，
　　　　昏昏欲睡，仿佛身处梦境之中一般，
　　　　听着潺潺流水的声音和断断续续的低语声，
　　　　直到突然——这世界是多么难解的一个谜！
4815　　若不是一块布在错误的时候移动了一下，
　　　　我就可以知晓比世间任何一个人都多的秘密了！

吕狄格　　一块布？

迪特里希　　　是的，缠在我手臂上的一条绷带，
　　　　因为那时我刚受了伤，无法入睡。
　　　　那些水妖在底下自言自语，似乎是
4820　　在向世界的中心、地球的肚脐探听什么，
　　　　就好像我在聆听她们说话一样；
　　　　她们彼此小声交流着所知道的事情，时而也争执几句，
　　　　谁的理解对了，谁的不对，以流水般的呢喃谈论着
　　　　世间的一切。她们谈起那盛大的太阳年，
4825　　它将在经历了比所有人类的记忆
　　　　都要长的轮回之后回归。
　　　　她们谈起创世的泉水，
　　　　当轮回重新开始时，它将会沸腾、漫涌，

溢出上百万的泡沫。她们谈起一个最末的秋日，
　　　自然中一切形式的生命都将在那时毁灭； 4830
　　　她们谈起一个春天，它将带来更好的世界。
　　　她们谈起新旧两股力量的血腥搏斗，
　　　直到一方被彻底击溃。她们谈起人类，
　　　若他们不希望自己的智慧被狮子夺走，
　　　就必须为自己赢得狮子的力量。 4835
　　　她们甚至谈起星辰，它们的位置会移动，
　　　它们的轨道会改变，它们的亮度也会彼此交替。
　　　还有什么是她们不曾提及的呢！
吕狄格　　　　　　　　　　可那块布！那块布！
迪特里希　稍等！您马上就会知道的。接下来那些水妖
　　　谈起了空间与时间，而随着她们话题中的知识 4840
　　　越来越重要，她们窃窃私语的声音
　　　也越来越低，我的耳朵也越来越贪婪。
　　　这一年将在何时到来？我这样问着自己，
　　　朝着泉水俯下身去，侧耳静听。
　　　我已经听见了一个数字，屏住了呼吸。 4845
　　　但这时，那底下却突然响起了一声惊呼：
　　　一滴血落下来了，有人在偷听！
　　　快下去！快！快！于是一切便复归寂静。
吕狄格　　那这滴血是怎么回事？
迪特里希　　　　　　　　　是我的手臂上滴下来的。
　　　我靠在那里的时候，移动了手臂上的绷带， 4850
　　　于是就错过了最关键、最重要的那个秘密。
　　　但是现在，我恐怕也不需要它了！

第十八场

（伊林、图林引领众尼伯龙人与大量随从上。）

吕狄格　他们来了。

迪特里希　　　　像是要去打仗一样。

吕狄格　　　　　　　　只不过还什么都不知道。

哈根　迪特里希阁下，您在这里过得倒安稳。您是怎么
　　打发时间的？

4855　迪特里希　　　是靠打猎和比武。

哈根　果然！可是我今天却不曾看见有这样的活动。

迪特里希　我们今天要埋葬一位死者。

哈根　是伏尔凯不慎刺死的那一位吗？
　　葬礼在什么时候？我们可不能缺席，
　　必须去表达一下懊悔和哀痛之情。

4860　迪特里希　　　　　我们愿意
　　免去你们这番麻烦。

哈根　　　　不，不！我们必须得去！

迪特里希　　　　　　　　不必说了！国王来了！

第十九场

（艾柴尔与克里姆希尔德上。）

艾柴尔　你们在这里也全副武装？

哈根　　　　　　一直都是。

克里姆希尔德　　　　　是他们的良心
　　让他们不得不如此。

哈根　　　　　　　　谢谢，高贵的女主人，谢谢！①

艾柴尔（入座）

　　诸位可还满意？

克里姆希尔德　　请诸位不必拘礼，自行入座吧。

恭特　我的侍从们去哪儿了？

克里姆希尔德　　　　　　自有妥善安排。

哈根　我的弟弟对他们负责。

艾柴尔　　　　　　　而我也会

　　对我的司厨负责。

迪特里希　　　　这可是最要紧的！

哈根　他可真是劳苦功高。我经常听说，

　　匈人会直接砍下活公牛的一条腿，

　　把它放在马鞍底下，之后骑在马上，

　　直到牛肉变得松软——

艾柴尔　　　　　　这样的事情

　　只是在人们需要骑马赶路，没有时间

　　好好地生一堆火的时候才会发生。

　　在平安无事的时候，人们也会好好照顾自己的口舌，

　　而不是只顾着填饱不知道感激的肚子。

哈根　昨天晚上我也注意到了这一点。

　　还有如此宏伟的大厅！在这大地之上，

　　恐怕没有什么地方能让人感到自己如此接近天穹；

　　只要环顾四周，就能看见众行星的舞蹈。

艾柴尔　这座大厅可不是我们自己建造的！——

---

① 指克里姆希尔德先前与哈根达成默契，不将勃艮第人全副武装的真实原因告知艾柴尔一事。

　　　　　我的征途使我发生了奇异的变化：
　　　　　我在出发的时候，是完全盲目的，
　　　　　不论是谷仓还是神殿，乡村还是城市，
　　　　　我从不放过任何建筑，全都放火烧毁。
4885　　　但当我返回的时候，却拥有了新的视野，
　　　　　我看见那些半成废墟的楼宇与狂风暴雨角力，
　　　　　只为能够再多矗立一刻；
　　　　　这样的场景给我带来的惊叹，
　　　　　是我在面对着完整壮丽的建筑时不曾有过的。
4890　伏尔凯　这是自然。人们看待死者的眼光
　　　　　和看待生者不同；
　　　　　一个人甚至会用刚刚砍倒了对手的那把剑
　　　　　去为死去的对手掘一个坟墓。
　　　艾柴尔　就这样，尽管那座宏伟的建筑正是由我自己毁灭的，
4895　　　但当我多年之后在一片瓦砾中再度看到它的残骸时，
　　　　　还是诅咒了我自己的双手。
　　　　　然而这时一个人走到我的面前，
　　　　　对我说道："它当初正是由我所建造，
　　　　　而我也定能成功地将它第二次建起！"
4900　　　于是我带他与我同行，这座大厅也就此被建在了这里。

第二十场

（一名朝圣者上，绕着桌子走了一圈，停在哈根身旁。）
　　朝圣者　我请求您给我一块面包，再打我一下；
　　　　　面包是为了创造我的上帝，
　　　　　打我则是为了惩罚我自己的罪过。

(哈根递给他一块面包。)

求您了！我忍饥挨饿，但是在您打我之前，
我绝不能吃东西。

哈根　真是奇怪！

(轻轻地打了他一下。)

(朝圣者下。)

第二十一场

哈根　　　　　这到底是怎么回事？

迪特里希　　　　　　　　　您怎么看？

哈根　他疯了？

迪特里希　　并非如此！那是一位高贵的公爵。

哈根　怎么会这样？

迪特里希　　在他前往圣地朝拜的这段时间里，
他高高在上的宝座就空置着，而一位贵妇
还在等着他回家。

哈根（大笑）　　这世界真是变了。

吕狄格　人们说，他曾经回过一次家，
但却在门槛跟前又转身离去了。

哈根　让这个愚人走吧！他要是再来一次，
我就马上再结结实实地打他一下，
让他的王侯本性苏醒过来。

迪特里希　　　　　　　这实在是不寻常！
他在外漫游了整整十年，终于在一个夜晚
回到了他的城堡。城堡里已亮起了灯火，
他看见了他的妻子和孩子，可正当他抬起手指，

     准备敲门的时候，却忽然意识到

4920   自己还配不上这份幸福；

     于是，当他的狗前来欢迎他的时候，

     他轻轻地捂住了它的嘴巴，再一次悄然离去，

     踏上了漫长的旅途。

     他在每一处马厩跟前乞讨，

4925   而当人们用脚踢他的时候，他也仍旧停留在那里，

     直到人们亲吻他，将他拥入怀抱之中。

     这实在是不寻常呀！

  哈根（大笑）   哈哈！您说话的这腔调，就好像

   我们莱茵河边的那位神甫一样！

  艾柴尔   今天那些琴师

   都到哪儿去了？

  克里姆希尔德 这里有一位

4930   能让其他所有人都不敢出声的琴师哩。

   那么，伏尔凯阁下，你来演奏一曲吧！

  伏尔凯   遵命。

   请您告诉我，您想听什么曲子。

  克里姆希尔德   稍等一会！

  （对一个仆人使眼色，仆人离去。）

  吉赛海尔（举杯饮酒）

   姐姐！

  克里姆希尔德（将自己杯中的酒倒空，对吕狄格）

    您过于爱惜自己的羽毛了，

   而现在您会失去更多！

第二十二场

(四巨人以金盾抬欧尔特尼特上。)

艾柴尔　　　　　　　　这才合乎礼数!

克里姆希尔德　看见这个孩子了吗?他继承的王冠

　　比他一次能吃下的樱桃还多呢。

　　就请演奏一支赞美他的曲子,为他的名声而歌唱吧。

艾柴尔　怎样,诸位兄弟?这个小公子的个头

　　以他的年纪来说是不是够高?

哈根　　　　　　　　请您把他传递一圈,

　　好让我们仔细看看。

克里姆希尔德(对欧尔特尼特)

　　　　　　　　你先向人们行礼,

　　之后他们也会向你行礼。

(众人传递欧尔特尼特,最后到哈根面前。)

艾柴尔　　　　　　　如何?

哈根　　　　　　　　我要向您保证,

　　这孩子活不长!

艾柴尔　　　　　他难道不够健壮吗?

哈根　您知道,我是精灵之子,① 因此

　　我的眼睛如同死者,会给人带来恐惧,

　　而同时也拥有双重的视野。② 我们

　　将永远不会到访这位公子的宫廷。

---

① 哈根的精灵血统并不见于史诗之中,而是来源于北欧传说。
② 指预见未来的能力。

克里姆希尔德

  这就是你的歌吗？你只不过是说出了你自己的愿望！
  伏尔凯阁下，你来弥补他的过失，别再给提琴调弦了，
  这年轻的国王还不能很好地理解音乐哩。

第二十三场

（旦克瓦特身着染血甲胄上。）

旦克瓦特 你看看，哈根，我的兄长，你看看！你们在餐桌旁
4950 坐得真够久的！今天的菜肴就如此美味吗？
  那就继续享用吧，酒食的账已经偿付了！

恭特 出什么事了？

旦克瓦特   您托付给我的
  那些勃艮第人，现在没有一个
4955 还活着了。这就是您所饮美酒的代价。

哈根（起身拔剑，引起一阵骚动）

  你呢？

克里姆希尔德

   孩子！我的孩子！

哈根（俯身越过欧尔特尼特，对旦克瓦特）

    你身上在滴血！

克里姆希尔德 他会杀了他的！

旦克瓦特   这不过是一阵红雨，

（擦去身上的血）

  你看，我并没有继续流血，但其他所有人
  都死了。

克里姆希尔德

    吕狄格阁下!快救救他!

哈根(将欧尔特尼特斩首)

         这儿,母亲,这儿!——

  旦克瓦特,守住大门!

伏尔凯   这里也还有一处出口!   4960

(旦克瓦特与伏尔凯分别守住大厅的两扇门。)

哈根(跳上桌子)

  现在你们就好好看看,谁才是掘墓之人吧。

艾柴尔 我!——跟我走!

迪特 里希(对伏尔凯) 给国王让路!

(艾柴尔与克里姆希尔德从人群中穿过,吕狄格、希尔德勃兰特、伊林、图林跟随其后;此时其他人亦试图与他们一并离开。)①

伏尔凯   你们都站住!

艾柴尔(在门前)

  我对你们的侍从遭到谋杀这件事一无所知,
  而且也愿意重重地惩罚这桩命案的凶手,直到你们
  自己让我住手为止。这一点我可以向你们保证!   4965
  但同时我也要发下另一桩誓言:从现在开始,你们
  在这个世界上再也得不到和平,同时也失去了
  进行战争的权利!我要按照我过去冲出沙漠时的
  那种方式,为了我的儿子和妻子
  向你们复仇,不知规矩、不知习俗,   4970

---

  ① 史诗中勃艮第人同意了迪特里希和吕狄格撤出大厅,并带走他们希望带走的人。虽然克里姆希尔德是谋害勃艮第侍从的主使,但出于宫廷骑士的礼节,她仍被允许与迪特里希一同离开。

如同烈火和洪水一般,在白旗面前
也不停下脚步,更不会敬重
合起来的双手。你们再也不能
离开这座大厅,而您,迪特里希阁下,
要为我保证此事。在这个狭小的厅堂之中,
你们将会看到,是什么使得匈人的国王
一度被这个世界如此畏惧!(下。)

(众人混战。)

第五幕

大厅前。烈火熊熊,烟雾缭绕。亚美伦弓箭手将大厅包围。两道宽阔的台阶分别从两侧通向大厅,在中间由一平台连接。

第一场

(希尔德勃兰特与迪特里希在场。)

希尔德勃兰特　这样的痛苦还要持续多长时间?

迪特里希　恐怕要等到最后一个人也倒下为止。

希尔德勃兰特　他们成了火焰的主人。您看,您看啊!
浓烟已经吞没了明火。

迪特里希　然后他们就用鲜血来灭火。

希尔德勃兰特　　　　　　　　他们蹚着
没到膝盖的血海,把头盔
当作水桶来用。

第二场

(大厅的门被撞开,哈根从中现身。)

哈根　　　　　　呸!

　　(转过身去)　　还有谁活着,就喊一声!

希尔德勃兰特　那高贵的哈根几乎窒息而死!　　　　　　　　4985

　　他的脚步都不稳了!

迪特里希　　　　　艾柴尔啊,你实在是可怕!

　　你将自己在天空中看到的那副可怕的面孔①

　　带到了地上,展现在了我们所有人的面前。

哈根　到这儿来,吉赛海尔,这儿的空气新鲜一些!

吉赛海尔(从大厅内)我找不到路!

哈根　　　　　　　　　摸着墙走,　　　　　　　　　　　　4990

　　循着我的声音过来!

　　(稍稍向大厅内后退)

　　　　　　　　　　别摔着了,

　　那里有一堆死人!(将吉赛海尔从大厅中领出。)

吉赛海尔　　　哈!——现在好多了!

　　我已经撑不住了!烟雾那么浓!而且还有热浪!

第三场

(恭特、旦克瓦特与盖尔诺特自大厅中现身,将鲁摩尔特搀扶在中间。)

---

① 即先前艾柴尔所述,在罗马城外见到的身披火焰的圣彼得形象。

恭特　　出口在这里。

旦克瓦特　　　　快！快！

盖尔诺特（深吸一口气）这①可价值千金哪！

恭特（对渐渐倒下的鲁摩尔特）

　　他没救了。

哈根　　　　死了？

4995　　旦克瓦特　　　　司厨阁下，醒醒！——

　　完了！

吉赛海尔

　　　　我太渴了！太渴了！

哈根　　　　　　　　　哎，那就回到酒馆里去吧，

　　那儿不缺鲜红的葡萄酒，

　　好些酒桶都满得溢出来了。

希尔德勃兰特　　　　您知道那是什么意思吗？

（指着堆满尸体的角落。）

　　那里躺着的就是空酒桶！

迪特里希　　上帝啊，救救我们吧！

5000　　哈根　　　　　　　　幸好这座大厅

　　是有穹顶的。若是没有这砖石的框架

　　为我们挡住雨点般落下的铜水，②

　　那就什么都救不了我们了。

恭特　　　　　　　　你穿着这身铁甲，

　　不觉得烫吗？

哈根　　　您站到风口处来，

---

① 指新鲜的空气。
② 大厅被焚烧时屋顶上的铜被熔化，滴落到建筑内部。

我们现在正需要这股凉风。

恭特　　　　　　　　那风还在吹吗？

第四场

克里姆希尔德（自一扇窗口处）

　　武器总管，还不动手？

希尔德勃兰特　　　　放箭！

（众弓箭手将弓举起。）

哈根　　　　　　　　我来掩护各位！

　　（举起盾牌，但盾牌随即脱手，从台阶上滚落）

　　快进去！（朝下高喊）

　　　　　　你们在笑我之前，先好好看看这面盾牌！

　　并不是我的手臂变得虚弱了，而是它变得太沉重了，

　　因为上面插满了你们投来的长矛！（跟上其他人。）

第五场

希尔德勃兰特　　我实在不能再忍受下去了。您难道就不愿意
　　结束这一切吗？

迪特里希　　　　我？我怎能这样做呢？

　　我是国王的臣子，而且和我当初

　　完全出于心中的追求，自愿

　　臣服于他的时候相比，我现在

　　更有义务对他保持忠诚！

希尔德勃兰特　　　　　您可别忘了！

迪特里希　　　　　　　　　　别说那件事。

希尔德勃兰特　　您为自己设了一个期限，在这段时间里
　　　　　让自己保持恭顺，但如今这个期限已经过去了，
　　　　　而为您作证的人都还活着！①
　　　迪特里希　　　　　　　　　在今天做这样的事？
　　　希尔德勃兰特　　要么今天，要么永远都不成了！上帝至今都以奇迹
5020　　　　护佑着英雄们平安无事，但他们现在也有生命危险。
　　　迪特里希　　若是这样的话，我就继续维持我现在的身份好了！
　　　　　如你所知，我要将此事作为给自己的一个讯号，
　　　　　看看我是将会再次戴上王冠，还是
　　　　　至死都只做一名封臣，
5025　　　而我对此二者都已做好了准备。
　　　希尔德勃兰特　　那么，如果您自己要保持沉默的话，就由我来说！
　　　迪特里希　　你不可如此！而且你也什么都无法改变！
　　　（将手放在希尔德勃兰特肩上）
　　　　　我的希尔德勃兰特啊，若是一座房子里
　　　　　爆发了一场火灾，那这家先前的雇工，
5030　　　就算是刚刚干满了任期，
　　　　　已经踏出了门槛之外，也还是会回头的：
　　　　　他会重新脱去节日的盛装，
　　　　　丢下自己的行李，去帮忙救火，
　　　　　而我难道要在这末日审判的日子抽身离去吗？
5035　希尔德勃兰特　　他们又开始把死人从窗口往外扔了。
　　　　　主上啊，您就结束这一切吧！魔鬼得到的已经够多了！

---

① 迪特里希在此剧中投靠艾柴尔的原因与史诗中不同，是出于宗教信仰，主动屈身为臣接受磨炼，并原定要在为艾柴尔服务七年之后自行离去，恢复原本的王者身份。

迪特里希　就算我想这样做,可我又如何做得到呢?
种种罪过在此盘根错节,彼此啮咬,
你甚至没办法找出一个人,
对他说一句"退回去!"就能解决。他们每一方都同样占理。 5040
倘若这场复仇本身没有因吞噬了太多生命而作呕,
没有怀着恐惧在最后的残骸碎片前背过身去的话,
那么谁都无法使它那可怕的巨口得到满足。
希尔德勃兰特（已经走到舞台侧面,又重新返回）
现在我们那些高贵的武士终究
也步了可怜的侍从们的后尘。其中大部分的人 5045
都只能靠身上的盔甲才让人认得出来,
勇敢的伊林冲在队伍的最前面。
主上,不要过去,您不能亲吻他,
他的头颅已经被烧焦了。
迪特里希　　　　　　　忠臣的鲜血啊!
（哈根在平台上重新现身。）
希尔德勃兰特　哈根又来了。

第六场

（克里姆希尔德上。）
克里姆希尔德　　　　　　放箭!
（哈根再次返回大厅之中。）
克里姆希尔德　　　　　　现在还有 5050
　多少人活着?
希尔德勃兰特（指着堆满尸体的角落）
　　　　您看看这儿,就知道多少人已经死了!

迪特里希　来到我们国中的所有勃艮第人
　　也都已经倒下——
克里姆希尔德　但哈根还活着！
迪特里希　将近七千名匈人都躺在了那里——
克里姆希尔德　但哈根还活着！
5055　迪特里希　　　　　　　　骄傲的伊林倒下了。
克里姆希尔德　但哈根还活着！
迪特里希　　　　　　　　慷慨的图林也死了，
　　伊恩夫里特、① 布洛德尔②和他们的部族也没能幸免。
克里姆希尔德　但哈根还活着！您不必再算账了，
　　而就算您自己要成为这笔账上最后的一栏，
5060　　这整个世界也无法偿还他亏欠我的一切。
希尔德勃兰特　魔鬼啊！
克里姆希尔德　　　　　你骂我什么？不过你骂吧！
　　这一点被你说中了，但你一定不希望自己说中，
　　因为我变成现在这个样子，完全是因为那些人，
　　而你们还很愿意为他们免除惩罚。
5065　如果我需要让鲜血流淌，直到
　　将整个大地淹没；如果我需要让尸体堆成山，
　　直到人们可以顺着它攀上月亮；
　　那么我积累起来的也是他们的罪过，不是我自己的。
　　啊，让我看看我自己的形象吧！我绝不会
5070　被它吓退，因为我的面孔上写满了
　　对那里那些毒蛇——而不是我自己——的控诉。那些人

---

① 黑贝尔将史诗中图林根领主伊恩夫里特当作了两个不同的人。
② 艾柴尔之弟，在史诗中率众袭击勃艮第侍从时被旦克瓦特所杀。

让我的想法染上了他们的颜色。我是个
阴险的伪善者吗？是他们教会了我
怎样将英雄引入陷阱。
我听不见同情的声音吗？ 5075
他们正是如此，即使那时连石头都被感动得融化了。
总而言之，我不过是他们的镜像，
而谁要是憎恨魔鬼，就绝不会
冲着那面被它的面孔玷污了的镜子吐唾沫，
而是要打击魔鬼本身，将它从这世界上驱逐出去。 5080

第七场

（哈根又一次现身。）

哈根　艾柴尔国王是否在此？

克里姆希尔德　　　　我代表他答话。
　　你们有何要求？

哈根　　　　在开阔地带进行公开战斗。

克里姆希尔德　我拒绝你们的这个要求，而且若是按照我的意愿，
　　你们甚至在大厅中都不会得到战斗的机会，只能
　　同饥饿、干渴和火焰搏斗！

迪特里希　　　　　　国王亲自来了！ 5085

第八场

（艾柴尔上。）

哈根　艾柴尔陛下，人们趁着我们
　　包扎伤口的时候，纵火焚烧这座大厅，

可是出自您的意愿?

艾柴尔　　　　　　　你们把我们的死者遗体
交出来了吗?你们难道不是甚至
不肯把我的孩子还给我吗?

5090　迪特里希　　　　　　　　这实在不应该!

艾柴尔　我们有义务为死者举行火葬!
你们若是以前不知道这一点,
现在就该知道了。

哈根　　　　　那么您和我们之间也两不亏欠了!
现在您若是不愿冒背上最严重耻辱的风险的话,
5095　　就请您允诺我们那件您所不能拒绝的事情。①

克里姆希尔德　最严重的耻辱就是把你们说的话听进去。
放箭!放箭!

哈根　　　　她戴着王冠吗?②

艾柴尔　　　　　　你们还能要求什么呢?
我把你们的命运交到你们姐妹的手上了。

克里姆希尔德　他们把那些死者的遗体作为抵押扣在里面,
5100　　为的是将那些没有因为愚蠢而冲上前去的活人
也引诱进去。

艾柴尔　　　一族换一族!
他们断绝了我的血脉,那么他们自己的家系
也将不得延续。

克里姆希尔德　出什么事了?
年老的吕狄格在发怒?

---

① 指前述在开阔地战斗的要求。
② 意指质疑克里姆希尔德是否能以匈人王后的身份发号施令。

第九场

(吕狄格追着一个匈人穿过舞台,一拳将其打倒在地。)

吕狄格　　　　　　你就躺在那儿,

再喷吐你的毒液吧。

艾柴尔　　　　　吕狄格阁下啊, 5105

您怎么帮起敌人来了?就算您不出手,

我们损失的人也够多了。

克里姆希尔德　　　那个人

做了什么?

吕狄格(对艾柴尔)

我只是您嘴上说说的朋友吗?

我是不是像饿狗追着鲜肉乱咬那样追逐您给的赠礼?

我是不是背着一个无底的口袋, 5110

外加一把被紧紧粘在鞘中的剑?①

艾柴尔　这话是谁说的?

吕狄格　　　　　若是一个人不该说出这样的话,

那么就请您不要因为我惩罚了这个小子而责骂我:

因为正当我流着眼泪,想着这个夏至日

给我们带来的全部痛苦的时候, 5115

他却恰恰当着我的面这般血口喷人,

而跟随他的那一群人也纷纷高声附和。

克里姆希尔德　那么就是说,他身后还有整整一群人?

吕狄格阁下,您对他的惩罚着实太重,

---

① 意指食君之禄,却不担君之忧。

5120		因为就算不是人人都和他想法相同，这样想的人也不在少数。
		您本应给他一个更好的答复，
		那就是立刻拔出佩剑，
		去痛击那些尼伯龙人。
	吕狄格	我？难道不是我亲自将他们带到我们国中的吗？
5125	艾柴尔	正因为如此，让他们从这里消失才是您的责任。
	吕狄格	不，国王陛下，您不能期待我如此行事！
		您刚刚才准许了我为您执行
		那件光彩的任务，① 而我也已经为您将它办成，
		现在您就要求我去做这样一桩事情？② 就算我的身体发肤
5130		尽系于此，我也必须违抗您的命令。
		我不能，也不愿袒护他们，
		但我毕竟怀着一片赤诚之心将他们引领到此地。
		如果我不能为了保护他们而与您相抗，
		那么我也同样不能在此战中为您效力。
5135	克里姆希尔德	您这样做，倒好像您还是个
		能够随心所欲做出选择的自由人似的！
	吕狄格	难道我不能这样做吗？若是我放弃我的采邑，
		还有什么能阻止我呢？
	克里姆希尔德	还有什么？——您的誓言！
		您只要还有一口气在，就仍然是
5140		我的臣仆，不能拒绝我的任何要求。
		那么好了，这就是我所要的！
	吕狄格	我不能说您在说谎，但这也

---

① 指迎接勃艮第人一事。
② 指与勃艮第人交战一事。

　　　　并不比说谎好多少。因为要求我发誓，
　　　　并且收下我的誓言的那位妇人，
　　　　与今天曲解我誓言内容的已经不是同一个人了。　　　　　　5145
艾柴尔　　您说到了忠诚，吕狄格。我想
　　　　您大概可以为我作证，我是知道
　　　　应当将其视作一种神圣的品质的。可是这如今还有意义吗？
　　　　现在他们已经不顾任何天理，用以武装自己的
　　　　是在世界被建成之前　　　　　　　　　　　　　　　　　　5150
　　　　就已经无声无息地沉入深渊的秽恶。
　　　　当地球逐渐成为圆形的时候，
　　　　自然界中的污秽原本早已沉淀下去，留在地底，
　　　　但是他们却将那些污秽向我们投掷。
　　　　他们拔掉了所有的钉子，并且还　　　　　　　　　　　　　5155
　　　　锯断了房梁，而您若是想要
　　　　做些有益的事，也必须从堤坝上跃过去才行。①
克里姆希尔德　　正是如此。第一个使用淬了毒的匕首的人
　　　　是可耻的，但第二个人就可以不受限制地挥舞它了！
吕狄格　　就算是这样吧，事实也的确如此，　　　　　　　　5160
　　　　我不想和两位陛下争吵。可是请想一想：
　　　　当他们跨越作为界河的多瑙河时，
　　　　我带着酒食迎接了他们，
　　　　并且一路陪伴着他们来到了你们的门槛跟前。
　　　　现在他们处于巨大的危难之中，　　　　　　　　　　　　　5165
　　　　我又怎能向他们举起刀剑？
　　　　就算在这世上上能数得出来的每一只手臂，

---

① 意指勃艮第人已经放弃了道德规范，吕狄格也没有必要坚持道德标准。

都一同出于天理的义愤

拿起武器来反对他们,就算短刀

5170 与长镰都闪着寒光,石块纷纷朝他们飞去,

我也仍然觉得自己受到了约束,

适宜我使用的至多不过是一把铲子。①

艾柴尔　一直以来我都尽量体谅您,

因此直到最后才把您召来。

吕狄格　　　　　　发发善心吧!

5175 若是我的女婿,年轻的吉赛海尔,

走到我的面前,伸出手来问候我的话,

我该如何作答?若是

已届暮年的我战胜了正值青春的他,

那我又该怎样面对我的女儿?——(对克里姆希尔德)

5180 您是出于怀念逝者的痛苦才这样做的,

可您难道要让一个像您一样怀抱爱情,

而且没做过任何错事的孩子也继承这种痛苦,并因此而死吗?

您要是选择我为您复仇的话,就会导致这样的结果,

因为不管那血腥的命运降临到谁的头上,

5185 活下来的胜利者都将不得不把她一同埋葬,

而我们两人中谁都无法再返回故乡。

克里姆希尔德　您在立誓之前

就应当考虑到这一切。您知道

自己发的是什么誓!

吕狄格　　　　　　不,我不知道,

5190 而且,全能的上帝在上,您自己那时候

---

① 意指要在战斗结束后安葬死者。

更不知道。全国上下都充满了
对您的赞誉。我在您的眼中
看到的第一滴泪水同时也是
最后的一滴,因为余下的眼泪
已全部被您自己以温柔的手擦去。 5195
不管我走到何处,人们都为您祝福,
没有一个孩子在入睡之前想着的不是您的形象,
没有一只被饮空的酒杯不是
被您斟满,没有一块被掰开分给众人的面包
不是来自您的篮子:我那时怎能想到, 5200
会有现在这样的时刻呢!就算我在立誓之前
能够谨慎地想到,自己要为此赌上性命,
我也不会想到这会危及您的兄弟们,
那几位国王的安全。当您看到他们
围在您白发苍苍的老母亲身边, 5205
准备陪着她前往教堂的时候,
您自己的心中难道会产生
有朝一日要取走他们的性命这种想法吗?
而当那最优秀、最高贵的少年向我的女儿求婚的时候,
我又如何能预料到事情的发展, 5210
如何能拒绝他的美意呢!

克里姆希尔德　　　　就算是现在,
我也并不想取走他们的性命!大门
是对所有人敞开的,除了一人之外:
只要他们愿意将武器留在里面,
出来向我们宣誓和平,就能得到自由。 5215
您现在就到他们那里去,最后一次向他们传达我的旨意。

第十场

（吉赛海尔在平台上现身。）

吉赛海尔　是你吗，姐姐？可怜可怜
　　　我这年轻的身体吧！

克里姆希尔德　　　　赶快下来！
　　　现在坐在餐桌跟前的人，不管
5220　　　多么饥饿，都会为你让路，而我将亲自
　　　为你斟上酒窖里最清凉的美酒！

吉赛海尔　我不能独自前来。

克里姆希尔德　　　　那么，
　　　就将乌特的摇篮抚育的骨肉都带来吧。这样她就不必怀着痛苦
　　　埋葬自己在喜悦中生下的孩子了。

吉赛海尔　我们还有更多人。

5225　克里姆希尔德　　　　你竟敢向我提起这样的事？
　　　现在慈悲的期限已经过了，谁要是
　　　还想得到宽恕，就得首先砍下那特罗尼人的头颅，
　　　将它拿到我的面前！

吉赛海尔　　　　我后悔说了这些话！

（复又离去。）

第十一场

吕狄格　您看见了！

克里姆希尔德　　　　这正是令我愤怒之处！
5230　　　他们今天不忠，明天又重新忠诚：

他们将最高贵之人的鲜血随意泼洒，
　　仿佛那不过是脏水一般，但却一滴不落地
　　保卫着这个魔鬼的血脉里沸腾着的、
　　来自地狱的浮沫，
　　就好像那是从圣杯中舀出来的一样。 5235
　　当我看到他们彼此埋怨的时候，我同样也无法预料到
　　会有这样的一天。我在修道院中的坟墓
　　并非完全寂静无声，因而我还能够
　　听见他们不休的争执。那时候我怎么想得到，
　　他们这些恨不得给彼此的面包里下毒的人， 5240
　　到了这儿就会如此紧密地团结在一起，
　　好似同胞手足一样呢？
　　无所谓了！那个恶毒的杀人凶手在棺床跟前
　　曾经这样无情地嘲弄过我："你的西格夫里特
　　与龙密不可分，而龙注定 5245
　　是要被杀死的。"今天我就把这话再说一遍！
　　我要杀死那条龙，而且每一个站在他那一边、
　　庇护他的人我都不会放过！
艾柴尔　当我下令围困他们，
　　任由无声的恐惧从每一面墙中慢慢渗出， 5250
　　如同即将到来的白昼一般增长的时候，
　　是您要求进行战斗的——当我指派了饥饿
　　作为他们的掘墓人时，
　　您却嫉妒它的这份职责。① 您并没有
　　笑那些失败者如何为了引诱您进入大厅而使出毒计， 5255

---

① 指先前吕狄格只希望能在战斗结束后埋葬死者的表态。

　　　　　　　对您假意嘲讽，而是高高举起
　　　　　　　您绣着纹章的旗帜，向我开口抱怨，
　　　　　　　直到我首肯为止。现在您就去与他们一决胜负吧！
　　　　　　　若是最后要轮到我自己上阵，那么我也绝不会在战斗中缺席，
5260　　　　　因为既然话已经出口，就不能再收回。
　　　吕狄格　　世间还从来没有人像我一样，经历着如此严酷的考验。
　　　　　　　因为无论我做什么，或是不做什么，
　　　　　　　我的行动都是罪过，并且会为此遭受诟病，
　　　　　　　而若是我不采取任何行动，那么每个人就都要责骂我了。

（从大厅中传来碰杯声。）

5265　克里姆希尔德　　怎么回事？这听起来像碰杯的声音！

（希尔德勃兰特登上台阶。）

　　　克里姆希尔德　　我觉得，他们是在嘲笑我们！这声音
　　　　　　　听起来快活得很。他们把头盔当作酒杯，
　　　　　　　碰得叮当作响哩。
　　　希尔德勃兰特　　您只要往里面看一眼，
　　　　　　　就不会再这样说了！他们坐在死人身上，
　　　　　　　用鲜血在解渴啊。
5270　克里姆希尔德　　可他们还有东西喝！
　　　希尔德勃兰特　　什么都不能让您感动吗？从来没有人
　　　　　　　像这里的这些尼伯龙人一样团结，
　　　　　　　无论他们之前犯下了什么样的罪过，
　　　　　　　这份勇气、这份忠诚都足以弥补他们的过失，
5275　　　　　因为倘若事实的确如您所说，
　　　　　　　那么他们现在对忠诚可是有着双倍的珍视。
　　　吕狄格　　　　　　　　　　　　　我的国王，我的主上，
　　　　　　　您之前曾经慷慨地赐予我许多礼物，

并且丝毫不要求我的回报,
因此在您的臣仆中,没有人像我一样,对您负有如此深的责任。
克里姆希尔德夫人啊,我向您发了誓, 5280
必须信守诺言,也愿意大声宣告
这是我的义务,不再对此有什么怨言。
而尽管如此,当你们看到我跪在你们面前的时候,
请想一想被猎人追捕的鹿,它在生命垂危之时
也是如此转过身去面对猎人, 5285
当着他的面流下自己一生中
能够流下的唯一一滴血泪,
希望能够唤醒他的慈悲之心。
我不是为了金银钱财在乞求,
也不是为了自己的身家性命, 5290
甚至不是为了我的妻子和孩子。
这一切我都可以放弃,我是为了自己的灵魂
在向你们乞求,如果你们不解除我的这个誓言,
它就将陷入万劫不复的深渊。
(对艾柴尔)
我并不是向您奉上我的采邑, 5295
因为倘若做臣子的在您的意旨面前唇舌僵硬,
眼中也没有喜悦的火光,那么您就可以
自动将他的采邑收回:我的领地已经重新归您所有了!
(对克里姆希尔德)
我也不对您说:"若是您需要我的生命,
那么就将它取走吧;若是您需要我的气力, 5300
那么明天就叫我去拉犁吧!"
(对两人)

　　　　　　尽管这一切看起来已经是一个人所能交出的全部，
　　　　　　但我献给你们的还要更多：如果你们
　　　　　　能够允许我，不在这场战斗中用上我这条手臂，
5305　　　那么从今以后，我就将当它已经不存在了。
　　　　　　若是人们打我，我也不会反击；
　　　　　　若是人们责骂我的妻子，我也不会为保护她而战。
　　　　　　我将要像一个被光阴的力量击垮
　　　　　　再也无法持剑的老人一样，
5310　　　用一根乞丐的拐棍支撑着身体，去世界上流浪。
　　　克里姆希尔德　我为您感到难过，但您必须去同他们战斗！
　　　　　　我在与艾柴尔一起第二次登上婚床之前，
　　　　　　经历了一番前所未有的天人交战，
　　　　　　可您难道认为，我就因此使自己的灵魂得到拯救了吗？
5315　　　啊，您要知道，当我本应
　　　　　　解开系在衣裙上的腰带时，
　　　　　　却将它在身上束得越来越紧，
　　　　　　直到他发了怒，用匕首将腰带割断了。
　　　　　　在那一个短短的瞬间里，我所经历的痛苦，
5320　　　比这座充满了恐怖，充满了热浪与烈焰，
　　　　　　充满了饥饿、干渴与死亡的大厅中还要多。
　　　　　　我原想夺下他的匕首，将他杀死，或是自杀，我都无所谓；
　　　　　　但我最终在这场内心的搏斗中取胜，
　　　　　　并没有那样做，而是与他同床共枕。
5325　　　那时给我力量的，正是您对我发下的誓言，
　　　　　　正是我所期盼的这个日子，
　　　　　　正是现在这个时刻，它必须使这一日得以圆满终结。
　　　　　　难道这一切现在要以一场闹剧的形式收场吗？

我已经将自己作为祭品奉献出来了，
难道要放弃应得的奖赏吗？ 5330
不，不，就算我要割开全世界
一切生灵的血脉，哪怕是
还没有离巢的雏鸽也不放过，
我也绝不会退缩一步。
所以，吕狄格方伯，您不要再犹豫了， 5335
您和我一样没有选择。如果您要诅咒的话，
就诅咒他们吧，因为是他们逼迫您这样做的，正如他们逼迫我
　　一样。

吕狄格（对其随从们）
　　那么，跟我来！
克里姆希尔德　　请您先再同我握一次手。
吕狄格　　　　　　　　　　　　等我们再次相见的时候吧。
希尔德勃兰特　　伯尔尼的迪特里希陛下，我现在要提醒您：
把您那守夜人所用的粗陋长矛扔到一边， 5340
拿出您一国之君的气度来，阻止这一切吧。
吕狄格，您暂且退下，他有权这样做，也能够这样做，
他只是为了完成一桩誓愿，
才为艾柴尔服务了七年，如今这个期限已经满了。
要是有人不相信这一点，我可以找来证人。 5345
艾柴尔　　您的话就足够了。
迪特里希
　　（在希尔德勃兰特说话时将手逐渐举起，做出宣誓的手势①）
　　　　　　　　我的国王，我的主上，事情确实是这样的。

---

①　举起拇指、食指、中指。见《西格夫里特之死》。

>但是我年老的武器总管并不知道，
>方才在他说话的时候，我已经悄悄地重新发过一遍誓言，
>而且这一次我将至死为您效力。

希尔德勃兰特（给吕狄格让开路）
>那么，您去吧！但是请您最后一次
>将手伸给我，因为不管您是获胜还是倒下，
>我们都再也不能握手了。

吕狄格　艾柴尔陛下啊，我将我的妻子和孩子，
>还有那些可怜的背井离乡之人，都一并托付给您。
>因为您自己对我施有大恩，
>而我则模仿着您，做了一些微末的布施。①

第十二场

（哈根与众尼伯龙人从大厅中向外张望，看到吕狄格带领随从们登上台阶。）

吉赛海尔　和平的希望还在。你们看见了吗？是吕狄格！

哈根　这意味着最后的也是最艰难的一场战斗即将到来。
>现在，人们将被自己所爱之人扼住咽喉。

吉赛海尔　　　　　　　　　　　　您的意思是？

哈根　若是他们想要和解，会披坚执锐地前来吗？
>谁会为了彼此拥抱而穿上盔甲，
>用剑将亲吻钉进彼此的身体，
>还带上全部的族人为这样的场景做见证呢？

---

① 意指艾柴尔接纳了流亡的吕狄格，后来吕狄格也在自己的领地上接纳了其他流亡者。

吉赛海尔　在贝希拉恩的时候我们全都互相交换了武器，
　　我带着他的武器，而他带着我的。5365
　　在世界上的任何地方，这样的事情都只会
　　在人们保证彼此不再互相攻伐的时候才会发生啊。
哈根　但不是在这里。不，你们彼此
　　握手告别吧。我们的路已经走到头了。
吉赛海尔（迎向吕狄格）欢迎！
吕狄格　　　　　　　　我听不见！——奏乐！奏乐！5370
（雷鸣般的音乐。）
哈根　要是我有一面盾牌在手——
吕狄格　　　　　　　　您没有盾牌？
　　您永远不会没有盾牌可用的，
　　把我的盾牌拿去吧。
（将盾牌递给哈根，同时希尔德勃兰特又将自己的盾牌递给吕狄格。）
　　　　　　　　奏乐！奏乐！
　　敲击你们的铠甲，摇动你们的长矛，
　　现在我已经听完了最后的一句话！5375
（与随从们进入大厅。众人激战。）

第十三场

艾柴尔　把我的头盔拿来！
希尔德勃兰特（朝大厅中望去，而后向克里姆希尔德挥拳）
　　　　　　　　您看看，您看看啊！
克里姆希尔德　　　　　　　　是谁倒下了？
希尔德勃兰特　您的兄弟盖尔诺特。

克里姆希尔德　　　　　　　　　　　这是他自找的。

希尔德勃兰特　怎么有这样一道光，晃得我睁不开眼？
　　　我什么都看不见了！——那是巴尔蒙宝剑！——哈根走进了
5380　一片刀光剑影的海洋之中，奋力砍杀；
　　　那宝剑流光溢彩，在他的周身舞蹈，
　　　它的光芒是如此刺眼，
　　　使我不得不将眼睛闭上。这真是一把好剑！
　　　它能砍出最深的伤口，同时又如闪电一般迅捷，
5385　使人根本看不见伤在何处。可现在那收割者①
　　　竟然停下了！这是怎么回事？他割去了多少人的生命啊！
　　　能抬起头来的秸秆已经不多了。
　　　就连吉赛海尔也——

克里姆希尔德　　　吉赛海尔怎么了？

希尔德勃兰特　他倒下了。

克里姆希尔德　　　　　　他倒下了？那么好吧，现在彻底完了。

5390　希尔德勃兰特　死神已经喘过气来，战斗
　　　再一次爆发了。吕狄格是多么愤怒！
　　　他如此忠实地履行自己的诺言，就好像他自愿这样做一样，
　　　但他现在也是孤军奋战了！

克里姆希尔德　　　　　　　那你就去帮他！

希尔德勃兰特　我不会参与对尼伯龙人的攻伐！——
5395　旦克瓦特啊，你为什么靠在墙角躲清闲，
　　　而不去履行你的职责呢？你难道没有看见，
　　　伏尔凯倒下了吗？——哎，他的确有理由如此。
　　　他的腿脚曾支撑着他跨越上千场艰难的战斗，

---

① 指死神。

现在却再也无法站立，只有墙壁才能撑住他的身体。① ——
唉，上帝啊！

克里姆希尔德　现在情况又如何了？

希尔德勃兰特　　　　　　他们彼此拥抱着倒在地上！ 5400

克里姆希尔德　谁？

希尔德勃兰特　是吕狄格和那特罗尼人！

克里姆希尔德　　　　　　　　可耻！该死！

希尔德勃兰特　您不要这样咒骂他们！他们的眼睛
都被溅上去的血糊住了，为了不跌倒
只能四处摸索。

克里姆希尔德　那么我原谅他。

希尔德勃兰特　现在他们擦干净了眼睛，像从水里上来一样 5405
抖落身上的血，彼此吻别，然后——您要是还想知道更多，
就自己上来往里面看看吧。

克里姆希尔德　现在还有什么吓得着我呢？

（登上台阶。）

哈根（在克里姆希尔德走到一半时现身，面向她。）
吕狄格方伯阁下请求你们将他埋葬！

艾柴尔（拿过一个仆人递来的头盔）
现在轮到我了，谁也不能阻止我。 5410

迪特里希　轮到的是我，国王应当最后才出战。

（进入大厅。）

希尔德勃兰特　感谢上帝，赞美上帝！大地将它的力量
在全人类中分成了两半，
一半由数百万的人共享，

---

① 意指旦克瓦特已经战死，但尸体还靠在墙上没有倒下。

5415 　　　而另一半则集于迪特里希一身。

第十四场

迪特里希（将被镣铐锁住的哈根与恭特带出大厅）
　　　他们在这里！
哈根（指着自己身上的伤口）
　　　　　　　　所有的水龙头都已经开着，
　　　用不着再把它们拧开了。①
恭特　　　　　　　　我想
　　　稍微坐一会儿。这里连一张椅子都没有吗？
哈根（跪伏于地）
　　　请坐吧，高贵的国王，请坐，这张座椅
　　　甚至是归您所有的。
5420 迪特里希　　　　　　请您对他们开恩，
　　　由死神来决定他们的命运，
　　　看看他是否能允许奇迹发生。②
艾柴尔　　　　　　　　直到明天为止，
　　　我都保证他们的安全。接下来怎样就取决于她了！
　　　把他们带到屋里去吧。
（哈根与恭特被押下。）
克里姆希尔德　　　　特罗尼的哈根阁下，听着！
哈根（转回）
　　　妇人啊，你要什么？

---

① 中世纪并没有水龙头，此处的台词为黑贝尔的艺术虚构。
② 哈根与恭特此时已经身负重伤，随时可能死去。

克里姆希尔德　　　　你一会儿就知道了！——在匈人武士之中，　　5425
　　只有艾柴尔国王一人还活着吗？
　　（指着堆满尸体的角落）
　　我觉得，那里似乎有什么在动！
艾柴尔　　　　　　　　　　没错！还有一个活人
　　正在费力地从堆积如山的尸体之中爬出来，
　　用剑当拐棍支撑着身体。
克里姆希尔德　　　　上前来，
　　你这残废人，如果你那伤损了的肢体　　　　　　　　　　5430
　　还撑得住的话；我要付给你报酬，
　　因为我欠你一笔债！
（一名匈人上前。）
克里姆希尔德　　　　哈根阁下，
　　财宝在哪里？我不为我自己而问，
　　而是为这个人而问；财宝是属于他的。①
哈根　当我将财宝沉入河中的时候，必须发下这样一道誓言：　5435
　　只要我侍奉的国王中还有一人在世，
　　我就不能将财宝的下落告诉任何人。
克里姆希尔德（低声对那名匈人）
　　你还能拿得起剑吗？现在，你去
　　斩杀那被监禁的国王，
　　把他的头带来给我。
（匈人点头，离去。）
克里姆希尔德　　　　乌特的儿子中　　　　　　　　　　　　5440
　　罪孽最深重的那一个不应留存于世，

----

① 克里姆希尔德先前曾承诺以尼伯龙财宝赏赐为她而战的匈人。

否则这就将是对这场末日审判的嘲讽!

(匈人带着恭特的首级返回。)

克里姆希尔德 (指向恭特的首级)

你认识这颗人头吗?现在快说,财宝在哪儿?

哈根　这就是结局了!正如我所料想的一样!

(击掌)

5445　　妖妇啊,我再一次以智谋胜过了你。

现在只有上帝和我知道那财宝藏在何处,

而我们两者之中谁都不会将这个秘密透露给你!

克里姆希尔德　那么,巴尔蒙宝剑啊,完成你最后的使命吧!

(拔出哈根佩在身上的巴尔蒙宝剑将其杀死。哈根没有反抗。)

希尔德勃兰特　魔鬼竟然在死神之前来到了这里?

回到地狱去吧!(将克里姆希尔德杀死。)

迪特里希　　　希尔德勃兰特!

5450　希尔德勃兰特　　　　　是我杀了她。

艾柴尔　我现在应当审判——复仇——往血海中

引入新的溪流——可这让我厌恶,

我再也无法继续了——我身上的负担过于沉重——

迪特里希阁下啊,把我的王冠拿去,

5455　然后背负起这个世界,继续前进吧——

迪特里希　以献身于十字架上的圣子之名!

全剧终

附录

一部关于灾难想象的悲剧
——黑贝尔的"德意志悲剧"《尼伯龙人》

米夏埃尔·耶格

弗雷德里希·黑贝尔出生于迪特马申县的韦瑟尔布伦镇。他是一名泥瓦匠的儿子,在贫寒中成长起来。在其少年时期和求学年代,黑贝尔属于十九世纪贫困阶层中的一员:这一人群被时代的潮流所裹挟,离开逐渐衰落的乡村地区,进入新兴的大城市谋生。这种人口的流动是工业革命的产物,相应也加速了旧世界中传统的生活、工作与思想方式的解体。多年来一直徒步行走于乡间道路之上的黑贝尔同样参与在这种变革之中——在迁居维也纳之前,他曾频繁来往于汉堡和慕尼黑之间。从黑贝尔的日记和书信中可以看到他颇具时代特色的经历,而他的戏剧作品也将这些经历间接反映了出来:其中有人际关系的撕裂;有家庭与宗教传统约束力的丧失;有对在社会中失去根基的忧虑;有面对着一个充斥着竞争、人们必须为生存而进行搏斗的陌生世界时,那种对被异化的惶恐和孤立无援的无奈。①

---

① 关于黑贝尔剧作的历史背景,尤其是社会史与经济史背景,参见 Thomas Nipperdey,《德意志史:1800—1866,市民世界与强权国家》(*Deutsche Geschichte. 1800 - 1866. Bürgerwelt und starker Staat*, 1983);以及 Jürgen Osterhammel,《世界的转变:十九世纪的历史》(*Die Verwandlung der Welt. Eine Geschichte des 19. Jahrhunderts*, 2009)。

变化中的世界

乍看之下,黑贝尔的戏剧作品中几乎没有任何体现世界在十九世纪所发生的变化的元素。他没有描写蒸汽机、铁路、电报、摄影与煤气灯;没有描写逐渐兴起的重工业和吸引了大批流动人口的大型工厂;没有描写应用了机器的新型生产工作方式。然而,尽管《尼伯龙人》的背景被设定于神话时代,但是黑贝尔通过这部作品所传达的无疑仍是对他所处时代标志性的环境与题材的隐喻。当炽热的金属从冒着热气的大地上的那些深渊、裂谷和洞穴中放出光来,将舞台的布景照亮的时候,它们使人联想到的就是铁矿与煤矿,是高炉与炼钢厂,是流动的铁水与熔融的合金。而在这样的布景中出场的尼伯龙人,其行事风格也完全具有十九世纪的特色:他们以一种仿佛与俾斯麦如出一辙的语气宣布,"'当代的重大问题'必须由'铁与血'来解决"。[①]

对于与黑贝尔同时代的人们来说,当他们看到剧中一路推动情节发展,直到最终使众人陷入疯狂的尼伯龙黄金这一来自神话素材的意象时,也会很容易联想到由新兴的银行和股份公司所操控的大宗黄金、货币与资本对世界工业化进程的推动。

在十九世纪危机四伏的时代背景下,包括尼采在内的一批思想家提出了对新世界的预言。他们将这些社会危机视为世界革命和同样具有革命性质的价值重估的先兆,也就是一种必要的灾难,而新人类——或"超人"——将从这种灾难中诞生。这种在当时普遍存在的、对世界变革的感知,也同样在黑贝尔的剧作中有着明显的体现;但是,若要将危

[①] 关于俾斯麦时代人们的精神生活在以下文献中有简要的介绍:Hagen Schulze,《德国简史(附有来自德国历史博物馆的插图)》(*Kleine deutsche Geschichte. Mit Bildern aus dem Deutschen Historischen Museum*, 1996),页105起。

机作为对人们将拥有新的自由和真正独立的生活的预示,这样的一种保证在黑贝尔的剧作中并不存在。①

"意志人"与忏悔者的形象

当时人们在面对工业时代的激烈社会变革时较为典型的应对态度,除了尼采等人对未来的展望之外,也包括叔本华对世界本质的悲观主义阐释。自十九世纪中叶开始,叔本华的哲学思想逐渐为越来越多的人所接受和阅读,而黑贝尔也同样曾经有过这种具有鲜明时代特色的经历。他阅读过叔本华的作品,其影响则在《尼伯龙人》中有着明显的体现。黑贝尔在剧中安排了一名过着禁欲生活的朝圣者出场,这一形象与身着甲胄的战士们形成了鲜明的对比。这一朝圣者身上所体现的道德教化色彩比宫廷神甫②还要明显,不过与宫廷神甫相似的是,他的行为也并不符合剧情的时代设定。当誓死为敌的人们在艾柴尔的宴席上聚集起来的时候,这名朝圣者则前来绕行于他们身边,向他们乞讨面包,并且又以

---

① 关于尼伯龙人传说中的意象参见:Wolfgang Storch,《尼伯龙人:爱情、背叛与毁灭的图像》(*Die Nibelungen. Bilder von Liebe, Verrat und Untergang*, 1987)。关于十九世纪政治辩论中的神话想象参见:Herfried Münkler,《德国人和他们的神话》(*Die Deutschen und ihre Mythen*, 2009)。关于十九世纪哲学中对世界巨变与灾难的想象参见:Karl Lowith,《从黑格尔到尼采:十九世纪思想史的革命性突破》(*Von Hegel zu Nietzsche. Der revolutionäre Bruch im Denken des 19. Jahrhunderts*, 1939),见 Karl Löwith, *Sämtliche Schriften*, Bd. 4: *Von Hegel zu Nietzsche*, 1988, 页 1–490。

② [译者注] 剧中沃尔姆斯的宫廷神甫是一名受到殉道者感召而皈依的异教徒,一直试图以虔诚、隐忍的宗教理念对勃艮第王族进行引导。

忏悔者的姿态请求他们打他一下，"为了惩罚我自己的罪过（4903行）"。①

这名朝圣者原本是"高贵的公爵（4907行）"——一个强大的、有权有势的人；但是他在这段情节中却公开做出了彻底悔改的姿态，从权力的运作系统以及算计与反算计的领域中脱离了出来。面对这一忏悔赎罪的行动，哈根此时的反应代表了所有争斗参与者的态度：

> 真是奇怪！
> [……]
> 这到底是怎么回事？
> [……]
> 他疯了？
> [……]
> 让这个愚人走吧！他要是再来一次，
> 我就马上再结结实实地打他一下，
> 让他的王侯本性苏醒过来。（行4906 – 4915）

而接下来伯尔尼的迪特里希则解释了这位避世者"愚人式的"行事准则。他离开了自己的城堡和"高高在上的宝座"，四处漫游：

> 在每一处马厩跟前乞讨，
> 而当人们用脚踢他的时候，他也仍旧停留在那里，
> 直到人们亲吻他，将他拥入怀抱之中。（行4924 – 4927）

迪特里希对此的评价是："这实在是不寻常呀！"显然，这位漫游者

---

① 关于黑贝尔的悲剧概念参见：Hartmut Reinhardt，《悲剧的辩护词：对弗雷德里希·黑贝尔的戏剧研究》（*Apologie der Tragödie. Studien zur Dramatik Friedrich Hebbels*，1989）。

的态度举止尽管完全与众不同，却也真实虔诚。迪特里希愿意相信朝圣者的行为是"不同寻常"的，但哈根却认为这是一种可笑而且毫无意义的态度——他大笑着评论道："哈哈！您说话的这腔调，就好像我们莱茵河边的那位神甫一样！"（行4927 - 4928）

在人们都已全副武装、战斗随时可能爆发的地方，这一幕的出现显得十分不合时宜：在一群身着甲胄、时刻准备着向彼此发起冲锋的"意志人"中间，突然出现了一个忏悔者的形象。通过这个使人感到困惑的场景，人们能够看到一个与先前的情节完全相异的世界。不难发现，这正是叔本华所描绘的世界。正是在好战的激情和嗜血的疯狂被最终引爆之前，这个四处漫游的怪人的出场提醒了人们，还有这样一种行为方式存在：这种行为方式在整个关于灾难想象的体系中看似不可理喻，也因而被遗忘和排斥，但它却能使人们注意到这样一种可能性，即对于权力的绝对意志应当被批判与反省，并注意到悲悯之心的道德意义以及对于同情的认知——这种认知能够跨越一切自卫式的界限，消解"我"与"非我"之间充满恐惧与攻击性的分歧，甚至是至死方休的敌意。

上述的这种态度看似可笑，并且缺乏男子气概，但其出发点却在于对世间受苦众生的一视同仁。而在剧中充满了武器铿锵之声的背景之下，伯尔尼的迪特里希对此做出了一个令人惊异的评价。匈人的国王艾柴尔问他，为什么在这些皈依了基督教的日耳曼人身上看不到任何基督教所宣扬的美德，诸如"爱自己的仇敌，就算被人打了，也要以亲吻作为回报"（行4552 - 4553）；迪特里希则简短地答道："原本确实应当如此，但并不是每个人都有这样做的毅力。"（行4554 - 4555）

遮蔽恐惧的铠甲

迪特里希所描述的这种强大毅力并不常见：它要求人们扭转自己意志的方向，与死敌达成和解。而与之相反的行为准则，就是所谓的"尼伯龙人的忠诚"。剧中吉赛海尔的形象正是这一与先前所述的道德追求截然不同的原则——无条件地参与战斗——得到贯彻的例证。显然,他是一个被撕裂的人:一方面,他同情自己的姐姐克里姆希尔德,另一方面,他又对尼伯龙人这一借由誓约联结成的共同体负有绝对忠诚的责任,这种责任感使他作为个人的情感联系失去了效力。吉赛海尔的立场一直踌躇不定,但最终在众人的压力之下服从了命令,一面拔出佩剑站到哈根的身边,一面又向克里姆希尔德请求原谅:

> 姐姐啊,停手吧,
> 我们别无选择
> [……]
> 有什么能妨碍你的决定呢?可我们如果
> 背弃了与我们共患难、同生死的人,
> 那么终生都将为此背负耻辱。(行4449–4453)

这种让尼伯龙人们必须无条件服从的忠诚乃是一种自我关联性的价值观;因为这种忠诚,这一群固执的人必须坚守自己的职责,对身边的人不离不弃。于是,尽管克里姆希尔德绝望地试图提醒自己的兄弟们和哈根,他们表现忠诚的方式是一种荒诞的肆意妄为,因为正是他们自己违背了对西格夫里特和克里姆希尔德的忠诚义务,无视了家族中的一切准则,也不顾与克里姆希尔德的亲近血缘,将西格夫里特"像一头野兽那样残忍地杀害"(行4467),但她的这番话却仍旧无法撼动"尼伯龙人的忠诚"。

除了遵照"尼伯龙人的忠诚"坚守在哈根这一边之外,吉赛海尔别无选择。他秉承这种态度的原因,以及假如他抛弃了自己的封臣并从由誓约联结成的共同体脱离出来的话,又将会如何终生都为此背负耻辱,这些都在之后伏尔凯对"尼伯龙人的忠诚"所下的定义中得到了解释——毫无疑问,这段解释是一种男性的想象,但值得注意的是,它也对吉赛海尔的态度进行了分析性的观察：

> 妇人的贞洁在于她们的身体，
> 而男子的贞洁在于他们的灵魂；
> 让一个少年向你袒露他的心迹，
> 比让一个少女向你袒露她的玉体还要难哩。（行 4536 – 4539）

这段言辞以一种古朴的方式将对自身的袒露按照男性和女性划分成了两种不同的方式，而在男性这一方面——具体到剧中的情形，则是吉赛海尔这一方面——必须将自己内心的撕裂隐藏在"尼伯龙人的忠诚"之后，若是他仍然保持着这种踌躇不决的态度，甚至将其表现出来的话，就将使自己蒙羞。正是这种羞耻心，使得他在自身的生存受到威胁的时候，仍然要表现出一种无可动摇的坚定。这种英雄主义式的强硬姿态被视为一种抵御人格所受威胁的方式——造成这种威胁的是矛盾的情感，但更主要的则是对死亡的恐惧。

"尼伯龙人的忠诚"实质上是覆盖在恐惧情绪表面的一层铠甲。有了这样一层铠甲的阻隔，年轻的吉赛海尔就不必受到恐惧的折磨而感到羞耻，不必无助地将真实的自己——怀着对生命的担忧向姐姐乞求同情与宽恕的自己——"袒露"出来。他曾一度不顾这层阻隔恐惧的铠甲，先是大声说出了自己内心的矛盾和对死亡的恐惧，之后当他在烈火的折磨下艰难地呼吸着，几乎要因干渴而死去的时候，则更是进一步将自己的脆弱暴露无遗；他甚至"袒露"了自己内心的恐惧，恳求克里姆希尔德怜悯于他：

> 是你吗，姐姐？可怜可怜
> 我这年轻的身体吧！（行 5217 – 5218）

但是，克里姆希尔德的怜悯是有条件的，那就是他必须打破对族人的忠诚。这一点与吉赛海尔自身恐惧的矛盾使他立刻对自己"袒露"内心带来的耻辱感到后悔,并再一次从手足亲情、人性与自我的领域中逃离,隐藏到了"尼伯龙人的忠诚"这层铠甲之后,回到了尼伯龙人聚集的混乱大厅中,亦即进入了将剧情推向悲惨结局的灾难想象的中心。

"尼伯龙人的忠诚"与"尼伯龙人式的意识形态"

剧中,克里姆希尔德与希尔德勃兰特一直密切关注着尼伯龙人聚集的大厅中地狱般的场景:

> (从大厅中传来碰杯声)
> 克里姆希尔德　怎么回事?这听起来像是碰杯的声音!
> (希尔德勃兰特登上台阶)
> 克里姆希尔德　我觉得,他们是在嘲笑我们!这声音
> 　　　听起来快活得很。他们把头盔当作酒杯,
> 　　　碰得叮当作响哩。
> 希尔德勃兰特　　您只要往里面看一眼,
> 　　　就不会再这样说了!他们坐在死人身上,
> 　　　用鲜血在解渴啊。(行5265-5270)

接下来,希尔德勃兰特对那地狱般的场景的评论,是整部剧作中最令人毛骨悚然的一段文字。他说道:

> 从来没有人
> 像这里的这些尼伯龙人一样团结,
> 无论他们之前犯下了什么样的罪过,

> 这份勇气、这份忠诚都足以弥补他们的过失，
> 因为倘若事实的确如您所说的话，
> 那么他们现在对忠诚可是有着双倍的珍视。（行 5271 – 5276）

当"尼伯龙人的忠诚"如希尔德勃兰特所赞誉的那样，被提升到绝对准则的高度，甚至可以将其他一切价值都排除在外的时候，就只有一件事情是禁忌了，那就是对忠诚誓言的破坏。通过这种绝对的自我关联性，它将事件发展的方向推向了对文明的破坏，这在他们打破了对食血的禁忌这一点上体现得尤其明显。饮下人血本是对文明准则极其严重的亵渎行为，但在这里却成了对绝对忠诚的证明；而另一方面，对文明中最基本的禁忌最后的尊重却会被曲解为对忠诚的破坏，并且将导致荣誉的丧失。后来纳粹那种"尼伯龙人式的意识形态"正是基于尼伯龙人神话的这一部分而产生的，它在1943年2月德国陆军第六集团军于斯大林格勒战役中失败之后，以及在1945年第二次世界大战的最后几个星期中表现得尤为明显。按照纳粹和党卫军的话来说，这种自我关联性的绝对忠诚誓言中最致命的准则就是："我们的荣誉名为忠诚。"①

尽管一直以来人们都试图从黑贝尔的这部剧作中搜寻意识形态的痕迹，但实际上它却并不作为纳粹的这种宣扬无条件坚持的意识形态的文学史背景而存在。因为黑贝尔在剧中所描绘的画面实际上恰好打破了那种将罪行曲解为荣誉、将对文明的破坏曲解为英雄主义激情的精神影响，正是这种实质上极为可怖的影响在二十世纪将德国引入了纳粹的噩梦。

---

① 关于纳粹"尼伯龙人式的意识形态"以及对其语言形式的分析参见：Victor Klemperer，《第三帝国的语言：一位语言学家的笔记［1946］》（*LTI. Notizbuch eines Philologen*［1946］, 1975）。

语言的尽头

在发生在吕狄格方伯身上的人性悲剧的最后几幕中,先前那种由鲜血和荣誉结合而成的意识形态上的英雄主义被毫不掩饰地彻底摧毁了。他在克里姆希尔德面前下跪,再一次坦白道:

> 在您的臣仆中,没有人像我一样,对您负有如此深的责任。
> 克里姆希尔德夫人啊,我向您发了誓,
> 必须信守诺言,也愿意大声宣告
> 这是我的义务,不再对此有什么怨言。(行 5279 – 5282)

但他说出这番话,却是为了乞求他侍奉的君主夫妇,解除他的这条忠诚誓言:

> 我是为了自己的灵魂
> 在向你们乞求,如果你们不解除我的这个誓言,
> 它就将陷入万劫不复的深渊。(行 5292 – 5294)

吕狄格所恐惧的是,若是他为了履行自己的忠诚誓言而打破血亲相残的禁忌的话,灵魂就会遭到祸殃。在他的言辞中,叔本华所提出的那另一种可能性——皈依忏悔、拒绝战斗、放弃英雄的身份转而去做一个乞丐的可能性——最后一次在剧中得到了体现:

> 尽管这一切看起来已经是一个人所能交出的全部,
> 但我献给你们的还要更多:如果你们
> 能够允许我,不在这场战斗中用上我这条手臂,
> [……]

> 若是人们打我，我也不会反击；
> [……]
> 我将要像一个被光阴的力量击垮，
> 再也无法持剑的老人一样，
> 用一根乞丐的拐棍支撑着身体，去世界上流浪。（行 5302 – 5310）

正如迪特里希先前所预见的那样，吕狄格纵然是英雄，但是也缺乏足够的毅力，去扭转绝对的意志。他并没有勇气真正去做一个乞丐，也无力挣脱无条件的誓言强加在精神上的束缚、打破自己对鲜血与死亡立下的誓约。

而在克里姆希尔德看来，即使是对灵魂的担忧也不能成为拒绝战斗的有效理由："您难道认为，我［……］使自己的灵魂得到拯救了吗？"（行 5314）在她的噩梦中，已经没有一点灵魂的闪光，因为她为了使彻底复仇的原则得以施行，将自己的一切乃至灵魂都当作了牺牲品：

> 我已经将自己作为祭品奉献出来了，
> 难道要放弃应得的奖赏吗？
> 不，不，就算我要割开全世界
> 一切生灵的血脉，哪怕是
> ［……］雏鸽也不放过，
> 我也绝不会退缩一步。（行 5329 – 5334）

克里姆希尔德选中了吕狄格作为自己复仇的工具，就是要将他锤炼成坚硬无比的钢铁，用以割开众生的血脉。而吕狄格受到忠诚誓言的约束，最终也不得不为了他人至死方休的仇恨而牺牲自己的灵魂。

于是，我们可以看到，吕狄格的人性终于崩溃，这位英雄变成了一个身穿甲胄的幽灵。他的铠甲阻隔了来自生命和恐惧的全部声音，而他作为个人的自我、他的意识、他的灵魂全都消失在这身铠甲之后。黑贝尔在这部剧作中尝试呈现的是人物之间毫无和解可能的关系；这种关系的结果是所有的交流都被人们加诸己身的铠甲彻底隔绝，不留一丝缝隙，而语言的力量也随之走到尽头。当吕狄格如同没有灵魂的行尸走肉一般加入战斗的时候，这样的局面终于被完整地呈现了出来：

> 吕狄格　我听不见！——奏乐！奏乐！
> [……]
> 敲击你们的铠甲，摇动你们的长矛，
> 现在我已经听完了最后的一句话！（行5370-5375）

在铠甲的遮蔽下，人性彻底崩塌，剩下的只有陷入激情的狂热之中、如同野蛮人一般空洞的战斗机器——

> 吕狄格是多么愤怒！
> 他如此忠实地履行自己的诺言，就好像他自愿这样做一样。（5391-5393行）

生命的延续

前面所提到的这种能够将自身与他人的生命一并毁灭的愤怒并不能带来英雄主义的观感，而只会让人感到厌恶。这也正是黑贝尔借匈人国王艾柴尔之口，对尼伯龙人的悲剧所下的判断。对灾难的想象给人物开了一张可悲的空头支票，那就是只要将通向死亡的道路描绘成启示录①式的集体经历，就能将死亡本身也重塑为一种令人迷醉的、使存在得以

---

① ［译者注］《圣经》中的《启示录》，描绘基督教神话中世界末日来临、正邪决战爆发的情形。

完满的过程。但是，在这部剧作的结尾，这一切却被证明不过是一种空虚无力的幻觉、一种对生命的背叛。

除此之外，剧作的最后几行也指出了一种基础性的视角转换：这部剧作叙述的故事真正的意义，以及真正的倾注情感之处，并不在于将存在过度拔高、做英雄化的塑造，而是在于经历了一切毁灭与创伤之后，仍然能将平常的生活延续下去。我们看到，迪特里希将会"背负起这个世界，继续前进"（行5455），而整个故事的核心意义正是在于这个"继续"，也就是生命的延续。在展现了一切关于毁灭的凶兆之后，这个结局传达的是一种现实主义式的和解意向：它尽管显得软弱，但却对生命、对人类都怀抱着友善的态度。

图书在版编目（CIP）数据

尼伯龙人：德意志悲剧 /（德）弗雷德里希·黑贝尔著；裘宇飞译. --北京：华夏出版社有限公司，2021.11
（西方传统：经典与解释）
ISBN 978-7-5222-0164-1

Ⅰ.①尼… Ⅱ.①弗… ②裘… Ⅲ.①悲剧－剧本－作品集－德国－近代 Ⅳ.①I516.34

中国版本图书馆 CIP 数据核字(2021)第 164434 号

尼伯龙人——德意志悲剧

作　　者	［德］弗雷德里希·黑贝尔
译　　者	裘宇飞
责任编辑	刘雨潇
责任印制	刘　洋
出版发行	华夏出版社有限公司
经　　销	新华书店
印　　装	三河市少明印务有限公司
版　　次	2021 年 11 月北京第 1 版 2021 年 11 月北京第 1 次印刷
开　　本	880×1230　1/32
印　　张	10.25
字　　数	275 千字
定　　价	78.00 元

华夏出版社有限公司 地址：北京市东直门外香河园北里 4 号　邮编：100028
网址：www.hxph.com.cn　电话：(010)64663331(转)
若发现本版图书有印装质量问题，请与我社营销中心联系调换。

西方传统：经典与解释
Classici et Commentarii
HERMES
刘小枫◎主编

古今丛编

欧洲中世纪诗学选译　宋旭红 编译
克尔凯郭尔　[美]江思图 著
货币哲学　[德]西美尔 著
孟德斯鸠的自由主义哲学　[美]潘戈 著
莫尔及其乌托邦　[德]考茨基 著
试论古今革命　[法]夏多布里昂 著
但丁：皈依的诗学　[美]弗里切罗 著
在西方的目光下　[英]康拉德 著
大学与博雅教育　董成龙 编
探究哲学与信仰　[美]郝岚 著
民主的本性　[法]马南 著
梅尔维尔的政治哲学　李小均 编/译
席勒美学的哲学背景　[美]维塞尔 著
果戈里与鬼　[俄]梅列日科夫斯基 著
自传性反思　[美]沃格林 著
黑格尔与普世秩序　[美]希克斯 等著
新的方式与制度　[美]曼斯菲尔德 著
科耶夫的新拉丁帝国　[法]科耶夫 等著
《利维坦》附录　[英]霍布斯 著
或此或彼（上、下）　[丹麦]基尔克果 著
海德格尔式的现代神学　刘小枫 选编
双重束缚　[法]基拉尔 著
古今之争中的核心问题　[德]迈尔 著
论永恒的智慧　[德]苏索 著
宗教经验种种　[美]詹姆斯 著
尼采反卢梭　[美]凯斯·安塞尔-皮尔逊 著
舍勒思想评述　[美]弗林斯 著
诗与哲学之争　[美]罗森 著
神圣与世俗　[罗]伊利亚德 著
但丁的圣约书　[美]霍金斯 著

古典学丛编

赫西俄德的宇宙　[美]珍妮·施特劳斯·克莱 著
论王政　[古罗马]金嘴狄翁 著
论希罗多德　[古罗马]卢里叶 著
探究希腊人的灵魂　[美]戴维斯 著
尤利安文选　马勇 编/译
论月面　[古罗马]普鲁塔克 著
雅典谐剧与逻各斯　[美]奥里根 著
菜园哲人伊壁鸠鲁　罗晓颖 选编
《劳作与时日》笺释　吴雅凌 撰
希腊古风时期的真理大师　[法]德蒂安 著
古罗马的教育　[英]葛怀恩 著
古典学与现代性　刘小枫 编
表演文化与雅典民主政制
　[英]戈尔德希尔、奥斯本 编
西方古典文献学发凡　刘小枫 编
古典语文学常谈　[德]克拉夫特 著
古希腊文学常谈　[英]多佛 等著
撒路斯特与政治史学　刘小枫 编
希罗多德的王霸之辨　吴小锋 编/译
第二代智术师　[美]安德森 著
英雄诗系笺释　[古希腊]荷马 著
统治的热望　[美]福特 著
论埃及神学与哲学　[古希腊]普鲁塔克 著
凯撒的剑与笔　李世祥 编/译
伊壁鸠鲁主义的政治哲学
　[意]詹姆斯·尼古拉斯 著
修昔底德笔下的人性　[美]欧文 著
修昔底德笔下的演说　[美]斯塔特 著
古希腊政治理论　[美]格雷纳 著
神谱笺释　吴雅凌 撰
赫西俄德：神话之艺
　[法]居代·德拉孔波 编
赫拉克勒斯之盾笺释　罗逍然 译笺
《埃涅阿斯纪》章义　王承教 选编
维吉尔的帝国　[美]阿德勒 著
塔西佗的政治史学　曾维术 编

古希腊诗歌丛编
- 古希腊早期诉歌诗人 [英]鲍勒 著
- 诗歌与城邦 [美]费拉格、纳吉 主编
- 阿尔戈英雄纪(上、下)
  [古希腊]阿波罗尼俄斯 著
- 俄耳甫斯教祷歌 吴雅凌 编译
- 俄耳甫斯教辑语 吴雅凌 编译

古希腊肃剧注疏集
- 希腊肃剧与政治哲学 [美]阿伦斯多夫 著

古希腊礼法研究
- 宙斯的正义 [英]劳埃德-琼斯 著
- 希腊人的正义观 [英]哈夫洛克 著

廊下派集
- 剑桥廊下派指南 [加]英伍德 编
- 廊下派的苏格拉底 程志敏 徐健 选编
- 廊下派的神和宇宙 [墨]里卡多·萨勒斯 编
- 廊下派的城邦观 [英]斯科菲尔德 著

希伯莱圣经历代注疏
- 希腊化世界中的犹太人 [英]威廉逊 著
- 第一亚当和第二亚当 [德]朋霍费尔 著

新约历代经解
- 属灵的寓意 [古罗马]俄里根 著

基督教与古典传统
- 保罗与马克安 [德]文森 著
- 加尔文与现代政治的基础 [美]汉考克 著
- 无执之道 [德]文森 著
- 恐惧与战栗 [丹麦]基尔克果 著
- 托尔斯泰与陀思妥耶夫斯基
  [俄]梅列日科夫斯基 著
- 论宗教大法官的传说 [俄]罗赞诺夫 著
- 海德格尔与有限性思想(重订版)
  刘小枫 选编
- 上帝国的信息 [德]拉加茨 著
- 基督教理论与现代 [德]特洛尔奇 著
- 亚历山大的克雷芒 [意]塞尔瓦托·利拉 著
- 中世纪的心灵之旅 [意]圣·波纳文图拉 著

德意志古典传统丛编
- 《浮士德》发微 谷裕 选编
- 尼伯龙人 [德]黑贝尔 著
- 论荷尔德林 [德]沃尔夫冈·宾德尔 著
- 彭忒西勒亚 [德]克莱斯特 著
- 穆佐书简 [奥]里尔克 著
- 纪念苏格拉底——哈曼文选 刘新利 选编
- 夜颂中的革命和宗教 [德]诺瓦利斯 著
- 大革命与诗化小说 [德]诺瓦利斯 著
- 黑格尔的观念论 [美]皮平 著
- 浪漫派风格——施勒格尔批评文集 [德]施勒格尔 著

美国宪政与古典传统
- 美国1787年宪法讲疏 [美]阿纳斯塔普罗 著

启蒙研究丛编
- 论古今学问 [英]坦普尔 著
- 历史主义与民族精神 冯庆 编
- 浪漫的律令 [美]拜泽尔 著
- 现实与理性 [法]科维纲 著
- 论古人的智慧 [英]培根 著
- 托兰德与激进启蒙 刘小枫 编
- 图书馆里的古今之战 [英]斯威夫特 著

政治史学丛编
- 克服历史主义 [德]特洛尔奇 等著
- 胡克与英国保守主义 姚啸宇 编
- 古希腊传记的嬗变 [意]莫米利亚诺 著
- 伊丽莎白时代的世界图景 [英]蒂利亚德 著
- 西方古代的天下观 刘小枫 编
- 从普遍历史到历史主义 刘小枫 编
- 自然科学史与玫瑰 [法]雷比瑟 著

地缘政治学丛编
- 施米特的国际政治思想 [英]欧迪瑟乌斯/佩蒂托 编
- 克劳塞维茨之谜 [英]赫伯格-罗特 著
- 太平洋地缘政治学 [德]卡尔·豪斯霍弗 著

荷马注疏集
- 不为人知的奥德修斯 [美]诺特维克 著
- 模仿荷马 [美]丹尼斯·麦克唐纳 著

品达注疏集
 幽暗的诱惑 [美]汉密尔顿 著

欧里庇得斯集
 自由与僭越 罗峰 编译

阿里斯托芬集
 《阿卡奈人》笺释 [古希腊]阿里斯托芬 著

色诺芬注疏集
 居鲁士的教育 [古希腊]色诺芬 著
 色诺芬的《会饮》 [古希腊]色诺芬 著

柏拉图注疏集
 挑战戈尔戈 李致远 选编
 论柏拉图《高尔吉亚》的统一性 [美]斯托弗 著
 立法与德性——柏拉图《法义》发微 林志猛 编
 柏拉图的灵魂学 [加]罗宾逊 著
 柏拉图书简 彭磊 译注
 克力同章句 程志敏 郑兴凤 撰
 哲学的奥德赛——《王制》引论 [美]郝兰 著
 爱欲与启蒙的迷醉 [美]贝尔格 著
 为哲学的写作技艺一辩 [美]伯格 著
 柏拉图式的迷宫——《斐多》义疏 [美]伯格 著
 苏格拉底与希琵阿斯 王江涛 编译
 理想国 [古希腊]柏拉图 著
 谁来教育老师 刘小枫 编
 立法者的神学 林志猛 著
 柏拉图对话中的神 [法]薇依 著
 厄庇诺米斯 [古希腊]柏拉图 著
 智慧与幸福 程志敏 选编
 论柏拉图对话 [德]施莱尔马赫 著
 柏拉图《美诺》疏证 [美]克莱因 著
 政治哲学的悖论 [美]郝岚 著
 神话诗人柏拉图 张文涛 选编
 阿尔喀比亚德 [古希腊]柏拉图 著
 叙拉古的雅典异乡人 彭磊 选编
 阿威罗伊论《王制》 [阿拉伯]阿威罗伊 著
 《王制》要义 刘小枫 选编

柏拉图的《会饮》 [古希腊]柏拉图 等著
 苏格拉底的申辩（修订版） [古希腊]柏拉图 著
 苏格拉底与政治共同体 [美]尼柯尔斯 著
 政制与美德——柏拉图《法义》疏解 [美]潘戈 著
 《法义》导读 [法]卡斯代尔·布舒奇 著
 论真理的本质 [德]海德格尔 著
 哲人的无知 [德]费勃 著
 米诺斯 [古希腊]柏拉图 著
 情敌 [古希腊]柏拉图 著

亚里士多德注疏集
 《诗术》译笺与通绎 陈明珠 撰
 亚里士多德《政治学》中的教诲 [美]潘戈 著
 品格的技艺 [美]加佛 著
 亚里士多德哲学的基本概念 [德]海德格尔 著
 《政治学》疏证 [意]托马斯·阿奎那 著
 尼各马可伦理学义疏 [美]伯格 著
 哲学之诗 [美]戴维斯 著
 对亚里士多德的现象学解释 [德]海德格尔 著
 城邦与自然——亚里士多德与现代性 刘小枫 编
 论诗术中篇义疏 [阿拉伯]阿威罗伊 著
 哲学的政治 [美]戴维斯 著

普鲁塔克集
 普鲁塔克的《对比列传》 [英]达夫 著
 普鲁塔克的实践伦理学 [比利时]胡芙 著

阿尔法拉比集
 政治制度与政治箴言 阿尔法拉比 著

马基雅维利集
 君主及其战争技艺 娄林 选编

莎士比亚绎读
 莎士比亚的政治智慧 [美]伯恩斯 著
 脱节的时代 [匈]阿格尼斯·赫勒 著
 莎士比亚的历史剧 [英]蒂利亚德 著
 莎士比亚戏剧与政治哲学 彭磊 选编
 莎士比亚的政治盛典 [美]阿鲁里斯/苏利文 编
 丹麦王子与马基雅维利 罗峰 选编

洛克集
　上帝、洛克与平等　[美]沃尔德伦 著

卢梭集
　论哲学生活的幸福　[德]迈尔 著
　致博蒙书　[法]卢梭 著
　政治制度论　[法]卢梭 著
　哲学的自传　[美]戴维斯 著
　文学与道德杂篇　[法]卢梭 著
　设计论证　[美]吉尔丁 著
　卢梭的自然状态　[美]普拉特纳 等著
　卢梭的榜样人生　[美]凯利 著

莱辛注疏集
　汉堡剧评　[德]莱辛 著
　关于悲剧的通信　[德]莱辛 著
　《智者纳坦》（研究版）　[德]莱辛 等著
　启蒙运动的内在问题　[美]维塞尔 著
　莱辛剧作七种　[德]莱辛 著
　历史与启示——莱辛神学文选　[德]莱辛 著
　论人类的教育　[德]莱辛 著

尼采注疏集
　何为尼采的扎拉图斯特拉　[德]迈尔 著
　尼采引论　[德]施特格迈尔 著
　尼采与基督教　刘小枫 编
　尼采眼中的苏格拉底　[美]丹豪瑟 著
　动物与超人之间的绳索　[德]A.彼珀 著

施特劳斯集
　苏格拉底与阿里斯托芬
　论僭政（重订本）　[美]施特劳斯 [法]科耶夫 著
　苏格拉底问题与现代性（增订本）
　犹太哲人与启蒙（增订本）
　霍布斯的宗教批判
　斯宾诺莎的宗教批判
　门德尔松与莱辛
　哲学与律法——论迈蒙尼德及其先驱
　迫害与写作艺术

　柏拉图式政治哲学研究
　论柏拉图的《会饮》
　柏拉图《法义》的论辩与情节
　什么是政治哲学
　古典政治理性主义的重生（重订本）
　回归古典政治哲学——施特劳斯通信集
　　　　　　＊＊＊
　论源初遗忘　[美]维克利 著
　政治哲学与启示宗教的挑战　[德]迈尔 著
　阅读施特劳斯　[美]斯密什 著
　施特劳斯与流亡政治学　[美]谢帕德 著
　隐匿的对话　[德]迈尔 著
　驯服欲望　[法]科耶夫 等著

施米特集
　宪法专政　[美]罗斯托 著
　施米特对自由主义的批判　[美]约翰·麦考米克 著

伯纳德特集
　古典诗学之路（第二版）　[美]伯格 编
　弓与琴（重订本）　[美]伯纳德特 著
　神圣的罪业　[美]伯纳德特 著

布鲁姆集
　巨人与侏儒（1960-1990）
　人应该如何生活——柏拉图《王制》释义
　爱的设计——卢梭与浪漫派
　爱的戏剧——莎士比亚与自然
　爱的阶梯——柏拉图的《会饮》
　伊索克拉底的政治哲学

沃格林集
　自传体反思录　[美]沃格林 著

朗佩特集
　哲学与哲学之诗
　尼采与现时代
　尼采的使命
　哲学如何成为苏格拉底式的
　施特劳斯的持久重要性

大学素质教育读本
  古典诗文绎读 西学卷·古代编（上、下）
  古典诗文绎读 西学卷·现代编（上、下）

柏拉图读本（刘小枫 主编）
  吕西斯　贺方婴 译
  苏格拉底的申辩　程志敏 译
  普罗塔戈拉　刘小枫 译

阿里斯托芬全集
  财神　黄薇薇 译

中国传统：经典与解释
Classici et Commentarii
经典与解释
刘小枫 陈少明 ○主编

知圣篇 / 廖平 著
《孔丛子》训读及研究 / 雷欣翰 撰
论语说义 / [清]宋翔凤 撰
周易古经注解考辨 / 李炳海 著
图象几表 / [明]方以智 编
浮山文集 / [明]方以智 著
药地炮庄 / [明]方以智 著
药地炮庄笺释·总论篇 / [明]方以智 著
青原志略 / [明]方以智 编
冬灰录 / [明]方以智 著
冬炼三时传旧火 / 邢益海 编
《毛诗》郑王比义发微 / 史应勇 著
宋人经筵诗讲义四种 / [宋]张纲 等撰
道德真经取善集 / [金]李霖 编撰
道德真经藏室纂微篇 / [宋]陈景元 撰
道德真经四子古道集解 / [金]寇才质 撰
皇清经解提要 / [清]沈豫 撰
经学通论 / [清]皮锡瑞 著
松阳讲义 / [清]陆陇其 著
起凤书院答问 / [清]姚永朴 撰

周礼疑义辨证 / 陈衍 撰
《铎书》校注 / 孙尚扬 肖清和 等校注
韩愈志 / 钱基博 著
论语辑释 / 陈大齐 著
《庄子·天下篇》注疏四种 / 张丰乾 编
荀子的辩说 / 陈文洁 著
古学经子 / 王锦民 著
经学以自治 / 刘少虎 著
从公羊学论《春秋》的性质 / 阮芝生 撰

刘小枫集
  共和与经纶 [增订本]
  城邦人的自由向往
  民主与政治德性
  昭告幽微
  以美为鉴
  古典学与古今之争 [增订本]
  这一代人的怕和爱 [第三版]
  沉重的肉身 [珍藏版]
  圣灵降临的叙事 [增订本]
  罪与欠
  儒教与民族国家
  拣尽寒枝
  施特劳斯的路标
  重启古典诗学
  设计共和
  现代人及其敌人
  海德格尔与中国
  现代性与现代中国
  现代性社会理论绪论
  诗化哲学 [重订本]
  拯救与逍遥 [修订本]
  走向十字架上的真
  西学断章

编修 [博雅读本]
  凯若斯：古希腊语文读本 [全二册]

古希腊语文学述要
雅努斯：古典拉丁语文读本
古典拉丁语文学述要
危微精一：政治法学原理九讲
琴瑟友之：钢琴与古典乐色十讲

译著

柏拉图四书

经典与解释辑刊

1 柏拉图的哲学戏剧
2 经典与解释的张力
3 康德与启蒙
4 荷尔德林的新神话
5 古典传统与自由教育
6 卢梭的苏格拉底主义
7 赫尔墨斯的计谋
8 苏格拉底问题
9 美德可教吗
10 马基雅维利的喜剧
11 回想托克维尔
12 阅读的德性
13 色诺芬的品味
14 政治哲学中的摩西
15 诗学解诂
16 柏拉图的真伪
17 修昔底德的春秋笔法
18 血气与政治
19 索福克勒斯与雅典启蒙
20 犹太教中的柏拉图门徒
21 莎士比亚笔下的王者
22 政治哲学中的莎士比亚
23 政治生活的限度与满足
24 雅典民主的谐剧
25 维柯与古今之争
26 霍布斯的修辞
27 埃斯库罗斯的神义论
28 施莱尔马赫的柏拉图
29 奥林匹亚的荣耀
30 笛卡尔的精灵
31 柏拉图与天人政治
32 海德格尔的政治时刻
33 荷马笔下的伦理
34 格劳秀斯与国际正义
35 西塞罗的苏格拉底
36 基尔克果的苏格拉底
37 《理想国》的内与外
38 诗艺与政治
39 律法与政治哲学
40 古今之间的但丁
41 拉伯雷与赫尔墨斯秘学
42 柏拉图与古典乐教
43 孟德斯鸠论政制衰败
44 博丹论主权
45 道伯与比较古典学
46 伊索寓言中的伦理
47 斯威夫特与启蒙
48 赫西俄德的世界
49 洛克的自然法辩难
50 斯宾格勒与西方的没落
51 地缘政治学的历史片段
52 施米特论战争与政治
53 普鲁塔克与罗马政治
54 罗马的建国叙述
55 亚历山大与西方的大一统
56 马西利乌斯的帝国
57 全球化在东亚的开端
58 弥尔顿与现代政治
59 拉采尔与政治地理学